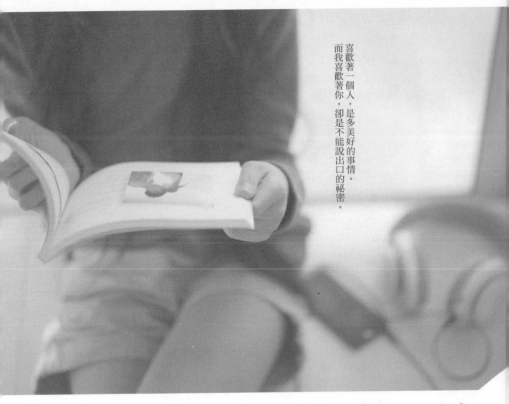

情書忘了寄

love letter

柚昕——著

第一章　停留在過去的聲音

忐忑不安。

此刻，徐語安的腦中只有這個念頭，她覺得自己像是快要被緊張的情緒吞沒了一樣。

台下坐著許多不熟悉的面孔，她拿著麥克風的手不禁微微顫抖了起來，右掌心一片冰冷。她都快搞不清楚這片冰冷是來自麥克風的金屬材質，還是因為緊張而出現的溫度。

看著投射在布幕上的投影片，她輕吁了一口氣，然後艱澀的開口，「我、我是第五組的徐語安，我們這組要報告的題目是——」

然而，話還來不及說完整，就突然被站在教室後方的教授打斷。

「同學，大聲一點。」教授皺著眉，不耐地說：「妳都已經用麥克風了，為什麼我還是聽不見妳的聲音？」

她頓時一驚，同時也看見許多原本在低頭滑手機的同學紛紛抬頭看向自己，她緊張的情緒中又增添了幾分不自在。

「我連妳報告的聲音都聽不見，妳要我怎麼打分數？」

「對不起。」她吶吶的說，為了不連累到組員，她硬著頭皮提高音量，開始了方才被打斷的報告，盡可能無視她心裡一直都很在意的事，卻還是無法完全忽視台下部分同學在她再度開口之後所露出的奇怪神情。

這是什麼奇怪的聲音？她知道他們心裡肯定都這麼想著。

每次上台報告都像是要了她的命似的。她真的很不喜歡在不熟的人面前開口說話，不是因為她害怕面對人群，她只是不想用她的聲音說話，不想讓別人聽見她的聲音。

她很討厭自己的聲音。不管經過多少年，她的聲音依然停留在孩童時期，感覺好像聲音沒有長大，到了現在，她的聲線依舊是和外表以及實際年齡不符的稚嫩娃娃音。

明明僅是幾分鐘就能結束的報告，她卻覺得莫名漫長，如同歷經了一整天。

「語安，妳還好嗎？臉色很難看欸。」回到座位上，坐在隔壁的王翊婷問她。

「我快緊張死了。」她摸了摸自己發燙的臉頰，情緒直到現在才漸漸沉澱下來，她輕嘆了一聲，「但願沒有被我搞砸才好。」

「不會啦，誰上台不會緊張啊？只要完整的報告完就好了。」王翊婷安慰她。

她沒有說話，只是點點頭，應了一聲。

王翊婷看著她，知道她心裡在意的是什麼，連忙說：「唉，妳不要那麼在意自己的聲音嘛！又沒有人會笑妳。而且，我覺得妳的聲音很可愛啊。」

可是，她從來不覺得自己的聲音可愛，只覺得很奇怪。她常常因為這樣的聲音受到困擾，國中時甚至因此被同學惡意嘲弄。

童話故事《美人魚》中，人魚公主為了愛情用自己的聲音作為代價，向深海女巫換取了一罐能夠變身成人類的藥水。如果可以，徐語安也很希望她能像人魚公主那樣用自己的聲音來換取國中時的平靜生活。

「徐語安的聲音未免也太假了吧？她肯定是裝出來的啦。」

「真噁心，都幾歲了還在裝可愛。」

在國中那段時光裡，她經常聽見班上的女同學私底下用著嘲諷的語氣議論她的聲音。而男同學總是喜歡在她說話時，故意誇張的模仿她的嗓音，甚至還會很惡劣的在她抽屜裡藏假昆蟲和假蛇嚇她，然後嘲笑她受到驚嚇而音調變得更高的叫聲。

從那時起，她總會想：如果她的聲音能改變就好了，不用變得多好聽，只要變正常就行了，只要變得跟同齡的人一樣就好了，她甚至希望有天會和進入青春期的男生一樣變聲。

然而，她希望的事情從來沒有發生，不管過了多少年，她的聲音還是停留在孩童時期，始終沒有任何變化。

到了現在，她的聲音還是她最討厭的那種。

下課鐘聲響起，教室裡的氣氛頓時活絡了起來，多了許多談笑的聲音，不再像上課時只有來自教授和講台上的聲音而已。

「語安，妳等等一樣要去圖書館嗎？」王翊婷問，手邊正在收拾著桌上的文具用品。

徐語安點頭，「嗯，對啊，不然我也沒地方可去。」

自從上了大學，除了教室，圖書館大概是徐語安最常待的地方了。她住家裡，每天通勤上下學，從她家騎車到學校差不多要三十分鐘，來回就要一個小時，不算遠但也不算太近，對通勤者來說不是太大的負擔。不過，很多時候課與課之間的空堂只有短短幾個小時，要是她利用空堂回家，光是扣掉來回的通勤時間，能休息的時間就已經去掉一大半，與其安排得這麼緊迫，不如去圖書館休息。

「那妳可不可以順便幫我還個書？」王翊婷問。

「當然可以啊。」

「謝啦，這樣我就不用特地跑去圖書館一趟了。」王翊婷笑著從背包裡拿出了一本有點厚度的書。

徐語安接過王翊婷遞過來的書，沒想到竟然是關於海外華裔移民歷史紀錄的書籍，她不禁訝異，很驚訝的問：「妳也會看這種書？」

「怎麼可能？當然是因為通識課的關係啦。」王翊婷沒好氣地失笑，「還不是老師要我們寫心得，不然我怎麼會沒事去看這種書？」

「看這個寫心得？」她把書翻到背面，讀著封底上的文案。

如果要她寫關於歷史紀錄的心得，她肯定不知道該從哪裡下筆才好。

「是啊，三千字，寫到都快吐血了。」王翊婷翻了個白眼，無奈的說。

她笑了笑，順手將書收進自己的背包裡，拉上了拉鍊，「那我就先走了喔。」

「嗯，明天見。」

「拜拜。」

離開教室之後，她才發現不知道何時開始，灰濛濛的天空飄起了點點細雨，讓微冷的初冬又增添了幾分寒意。

剛踏進安靜無聲的圖書館，靜謐的氣息讓徐語安突然不太習慣，感覺像是隔絕了所有的喧鬧。圖書館內很安靜，就連已經小心翼翼走著的腳步聲都變得清晰了起來。

她走到櫃檯，拿出王翊婷要還的書，遞給穿著藍色工作背心的男生，小聲的說：「你好，我要還書。」

她的話才剛說完，他就猛然抬頭看向她，表情很驚訝。尤其在他們視線交會的瞬間，他臉上的訝異又更明顯，像看到什麼奇怪的東西。他的雙眼睜得大大的，一臉吃驚的看著她。

其實，她多少可以猜到他為什麼會露出這樣奇怪的表情，是因為她的聲音吧？

即使如此，她還是佯裝什麼都不知道，假裝疑惑的問：「怎麼了嗎？」

「沒、沒事，請等一下。」他這時才恍然回過神，趕緊接過她遞向他的書本，低下頭開始處裡還書的工作。他移動滑鼠，然後拿起了刷條碼的機器。

嗶。

刷書本條碼的清亮聲音響起，雖然只是短短一聲，音量也不大，但在這安靜的空間內顯得格外響亮。接著，只見他一手拿著刷條碼的機器，一手拿著書，呆愣的盯著電腦螢幕看，遲遲沒有反應，她不確定還書的程序是不是結束了，也不知道自己能不能離開了。

「請問還沒好嗎？」時間一分一秒流逝，她忍不住開口問一直緊盯著電腦螢幕不放的他。

「啊?喔,好了好了,這樣就可以了。」直到被她出聲提醒,他才頓時回過神,放下書,朝她點點頭,她能感覺到,他似乎是因為自己的失神而有點尷尬。

「嗯,謝謝你。」她向他道謝。只是,當她正準備轉身離開,他的聲音又突然小聲的傳來,「那個……」

「怎麼了?」她問,他一臉欲言又止的模樣看著她。

「那個……」他吶吶的問:「請問這本書是妳借的嗎?」

「不是,是我同學借的,我只是幫她還書而已。」她解釋,然後問:「有什麼問題嗎?」難不成圖書館有規定不能幫別人還書嗎?被他這麼一問,她忍不住納悶的心想。

「沒有,我只是好奇問一下。」他搖搖頭,輕聲的說。

她莫名其妙的看著他,真是個奇怪的人。

走到四樓的圖書區,這裡人不多,周遭依舊一片寧靜,徐語安站在書架之間的走道,手裡拿著剛才隨手從書架上拿的書,低頭閱讀封底的文字。

「語安。」

當她的思緒專注在書底上的字句時,聽見有人在叫她的聲音。這道聲音很輕,音量也不大,不過在這安靜的空間裡特別清晰。她下意識轉過頭,疑惑的往自己的左右兩側看去,然而這條走道上除了她之外,沒有其他人。

奇怪?是她聽錯了嗎?

她抓了抓頭,納悶的心想,低下頭,視線又回到文字上。

「喂，不是那邊，我在妳的前面。」那道聲音又傳來，言語裡頭還多了幾分笑意，同時也讓她多了一種熟悉的感覺。

前面？她納悶的抬頭一看，下一秒，她迎上了一雙明亮的笑眼，心跳彷彿頓時漏了一拍。因為驚訝，更因為看著她的那個人是李佑鈞。

站在書架另一邊的李佑鈞正微彎著腰，透過書架上少了幾本書的縫隙看著她。當視線交會，他笑著和她打了一聲招呼。

「嗨。」他輕聲說，嘴角微微上揚。僅是淺淺一笑，卻輕易的泛起了她內心的陣陣漣漪。這瞬間，她清楚聽見自己的心跳聲。

明明已經認識四年多了，可是她對他的笑容依然沒什麼抵抗力，每次都能輕易讓她感到怦然心動。

「好巧喔，竟然會在這裡遇見妳。」他笑著說，笑意加深，右臉頰上隨即浮現出一個淺淺的小酒渦。

「嗯。」她突然不知道該怎麼反應才好，只是愣愣的朝他點頭，聽著來自左胸口的躁動變得更是震耳。

「這樣不太好講話，講久了腰會痠。」他皺了皺眉，輕揉著腰際，失笑道：「我看我過去妳那邊好了。」

還來不及給予任何回應，他的身影就立刻從縫隙當中消失。沒多久，她看見他自書架另一端朝自己走來，書架之間的走道本來就不是很寬敞，他的靠近讓空間更加擁擠，也讓她緊張不已。

身處在這麼安靜的空間，深怕會被他察覺到自己的心跳聲，就連呼吸都忍不住小心翼翼了起來。

他帶著笑容，在與她相距兩步的位置停下，微笑望著她，問她，「怎麼一臉傻傻的？是被我嚇到了嗎？」

她連忙搖頭否認，即使多少因為他的突然出現而受到一點驚嚇。

「沒有就好。」他更是莞爾，視線落到她手中的書上，「妳是在找什麼書嗎？」

「不是，我只是來打發時間而已。」她努力壓抑著胸口的躁動，和往常一樣故作鎮定的問：「那你呢？怎麼會在這裡？」

在她的印象中，李佑鈞不怎麼喜歡待在圖書館，他總說過於安靜的氣氛只會讓他想睡覺。因此，她很意外會在圖書館裡遇見他。

「我跟妳一樣，我三點到四點沒有課。」他搔了搔右臉頰，笑得有點不好意思，解釋著，「因為實在太無聊了，也不知道該去哪裡才好，所以就來圖書館打發時間。」

「怎麼沒回家休息？」

「我本來是有這個打算，但每次我都會不小心睡過頭，然後就把課蹺掉了。所以想說還是來圖書館比較好，畢竟缺席太多的話，期末會很危險。」

「是啊。」她聽了，忍不住輕輕的笑了，沒好氣的笑著說：「不過，如果是每次都睡過頭，那應該就不是不小心了吧？」

他沒有否認，附和的笑了笑，「所以，妳空堂都是來圖書館嗎？」

「嗯，不然我也沒地方可以去。」

李佑鈞和她一樣是台中人，不同的是他沒有通勤上下學，而是外宿。他在學校附近租了一間小套房，離學校只有幾分鐘路程，和她的通勤時間相比，他有更多可以利用的彈性時間。

「這麼說也是，住家裡就是這種時候特別不方便，所以當初我才會拚了命要搬出來。」他停頓了一下，然後問：「妳什麼時候要上課？」

「五點那堂。」

「五點嗎？」他低頭看了手錶一眼，抬起頭，笑著問：「那現在還有滿多時間的耶，要不要一起去吃個東西？」

「吃什麼？」

「妳想吃什麼都可以啊。」他笑著說，將她拿在手裡的書本放回書架上，輕搭上她的肩，「我們難得在學校裡遇到，就別待在這裡了，走吧。」

不論是在眼前綻開的燦爛笑容，還是來自左肩上的溫暖，都讓她再次察覺來自左胸口的躁動。她想，李佑鈞一定不知道，他這些不經意的小舉動，甚至只是他的一抹微笑，都能輕易讓她藏在心底的情緒翻騰不已。

「嗯。」她點頭。

然而，無論心裡有多麼波濤洶湧，她表面上始終平靜，因為這件事只能是一個祕密，是一個怎樣也說不出口的祕密。

誰叫他是林韻瑄的男朋友，誰叫他偏偏是她好朋友的男朋友。所以，這三年來，她都只好假裝自己沒有喜歡他。

或許因為下著雨，又或者是因為現在這個時間點，豆花店裡除了徐語安和李佑鈞之外，沒有其他客人。

「現在想想，我們好像已經很久沒有像這樣一起出來吃東西了吧？」李佑鈞在餐點勾選單上畫了一筆，把單子遞到她眼前。

她斂下眼，看著單子上的文字，「是啊，因為一直都沒有在學校裡遇見過你。」

雖然身處在同一個校園，但科系不同，上課的地點也不一樣，徐語安不太有機會在學校碰到他，因此她滿意外今天能在圖書館巧遇他。

「最近還好嗎？」他關心問起她的近況，即使平時會透過LINE聯絡，但冰冷的文字訊息始終比不上面對面詢問時的溫暖。

「嗯，這週幾乎都在忙期中報告。」她拿起紅筆，在粉圓豆花旁邊的空格畫上一橫。

「期中考不是上星期就已經結束了嗎？怎麼現在還在忙期中報告的事？」他納悶的問。

「之前課堂時間不夠，所以我這組被排到期中考後報告。」她抬眸，向他解釋，也想起了才剛結束不久的期中報告，「不過，今天都已經結束了，總算可以鬆一口氣，不然我這週根本就沒有期中考結束的感覺，而且這次又是剛好輪到我上台報告，害我幾乎整個星期都睡不好。」

「既然可以放鬆了，那妳今天可要多吃一點。」他笑著說，指著勾選單，示意她多選一點。

「不用了，這樣就夠了，晚點我還要吃晚餐耶。」她搖頭婉拒，然後從背包中找出了錢包，數著零錢。

「今天報告還順利嗎？」

「應該算順利吧。」停下手邊的動作，她頓了頓，隨後不禁苦笑，「不過，剛開始我因為聲音太小被教授訓了一下，但願這不會影響到整體成績才好。」

「聲音太小？」

「是啊，我只要一上台講話，音量就會不自覺降低。」她輕撫著喉嚨的位置。

不是只有上台說話，就連在陌生人或是不熟的人面前說話也是如此。

關於這點，就算不用她說，李佑鈞也清楚明白，他知道她對於自己的娃娃音一直很在意。

「是喔，不過我覺得這樣很可惜耶。」

「可惜什麼？」她不明白的問。

他輕輕一笑，「指妳降低音量的事啊。」

「咦？」

「我啊，一直都很喜歡妳的聲音。」他莞爾，看著她，不論是語調還是眼神都蘊藏著溫柔。

她微微一怔，周遭的聲音像是全都消失似的，停留在耳畔的，只剩下他的話語以及自己的心跳聲。

或許是因為她過於呆愣的反應，他更是笑開了，「所以，妳就不要那麼沒自信了，我覺得妳的聲音很可愛，妳要更有自信的說話才對。而且，不只是我，韻瑄也這麼覺得。」

她能明白他的意思，他是想告訴她，不要太在意那些嘲笑她的人，除了那些人之外，還是有人喜歡她的聲音，例如他，例如林韻瑄。

明明清楚知道他所給予的只是出自朋友的關心，就像林韻瑄對她一樣，可是她仍有那麼一瞬間在期待著什麼。

她愣愣看著他，半晌，才緩緩點頭，「謝謝。」

他笑了笑，站起身，「那我去結帳，妳等我一下。」

手裡還拿著錢包，望著他離去的背影，來自左胸口的躁動遲遲沒有平靜下來。

「我啊，一直都很喜歡妳的聲音。」

那句話依舊清晰的停留在耳畔，伴隨著外頭的淅瀝雨聲。

其實，她一直很想告訴他，她也很喜歡他的聲音。對她而言，他的聲音是這個世界上最溫柔的聲音。

正吃著豆花，李佑鈞的手機忽然響了起來，清亮的手機鈴聲迴盪在店裡。

「奇怪？會是誰啊？」李佑鈞納悶的放下湯匙，拿起放在桌上的手機一看，頓時輕輕地笑了，抬眸看向她，眼帶笑意，抱歉的說：「語安，不好意思，我接一下電話。」

吞下口中的豆花，她朝他點點頭，「嗯，你忙吧。」

他笑了笑，接起電話，臉上的笑意更深，說話的語氣也頓時溫柔了起來，他輕聲的問：「又怎麼了？」

光看表情，她馬上就知道是誰來電。正在聽電話的他笑得很無奈，卻又笑得好溫柔，而且和方才跟她說話時的表情很不一樣。明明同樣都是笑著，但此刻多了專屬於林韻瑄的溫柔。

她隱約感覺到嫉妒心在體內發酵。

「怎麼可能？當然是因為沒課才能接妳電話啊。」他輕笑道。

因此，她的視線並沒有在他身上停留太久。她很快就低下頭，耳邊聽著他的笑語，繼續吃著熱豆花。溫熱的甜味在嘴裡擴散開來，空氣裡彌漫著糖水的香氣，就連他們之間即使相距半個台灣也依然甜蜜的氣氛，彷彿同樣停留在空氣中。

這三年多以來，在他們面前，徐語安總是在假裝，假裝自己沒有喜歡李佑鈞，假裝自己從來沒有嫉妒過林韻瑄，假裝自己對於他們只有純粹的友誼而已。

她常在想，是不是只要假裝久了，就能漸漸忘記伴隨暗戀而來的苦澀，甚至是與暗戀如影隨行的嫉妒？

然而，所謂的假裝終究只是假象。

每當她看見李佑鈞因為林韻瑄而笑得那麼溫柔，無論她表面上裝得有多麼平靜，在她心裡，始終止不住自己的嫉妒翻騰，例如現在。

「現在嗎？我現在跟語安在一起啊。我們剛好都沒課，剛才在圖書館遇見了，所以就一起來吃豆花。」

一聽見他提起自己的名字，她立刻抬起頭，不偏不倚的和他的眼神交會。

「咦？妳說現在嗎？這個嘛……」李佑鈞忽然收起幾分笑意，欲言又止的看著她，皺著眉半晌，然後又說：「好吧，那我先跟她說一聲，妳等等。」

徐語安聽了，不禁感到納悶，「怎麼了嗎？」

他將手機稍微移開耳邊，「語安，不好意思，韻瑄說她現在快到台中了，要我去載她，所以我可能要先離開了。」

她一秒也沒有停頓，馬上點頭，「嗯，我知道了。」

即使心裡有再多不願意，捨不得就這樣結束和他獨處的時光，但她也知道他此刻在意的是什麼，更知道自己並沒有立場留住他。比起普通朋友，在外縣市讀書的女朋友更重要，尤其林韻瑄難得回台中一趟，他應該更想陪在林韻瑄身邊才對。

「不好意思，我自己找妳出來還這樣先離開。」他抱歉的說，她笑著朝他搖搖頭，表示沒關係，接著又見他朝電話的那頭說現在馬上就出發，然後結束了這通電話。

「現在還在下雨，你待會騎車的時候要小心，注意安全。」她提醒他，店外的雨勢比他們離開圖書館的時候還要再大一些。

「放心，我知道。」他應聲，趕緊將碗裡剩下的豆花全都吃光，站起身，「那我就先走了，妳慢慢吃。」

「嗯。」

「啊，對了，我蹺課的事要幫我保密喔。韻瑄不知道我今天下午有課，要是被她知道，她以後回家就更不會讓我接她了。」他笑了笑，「不管怎樣，比起教授，我更想見到女朋友。」

她想也是。不過，她並沒有馬上答應他，而是朝他伸出手，望著有些愣住的他，笑咪咪的問：「封口費呢？」

「真沒想到妳也會來這招。」他頓時笑了，微微傾下身，朝她伸出右手，她以為他是要把自己的手撥開，沒想到他竟用小指輕輕勾住了她的小指，手指接觸的瞬間，她怔住，接著只見他無奈笑道：「真沒辦法，只好改天找個時間請妳吃飯了。」

說完，他勾著她的手指，然後用大拇指在她的拇指上留下一個溫暖的痕跡。

「好啦，我已經答應妳了。」他笑著收回手，然後朝她揮手，「那我就先走了，拜拜。」

他突然打勾約定讓她一驚，她原本是跟他開個玩笑而已，沒想到他竟如此認真看待。雖然僅停留了短短幾秒鐘，她依然能深刻受他留在拇指上的溫度。

他轉過身，往店門口走去，然後撐起傘，快步走入雨中。在雨中，他離去的身影越漸縮小，最後消失在視線裡。直到再也看不見他，她才低下頭，視線回到了桌上那碗還吃不到一半的豆花上，半晌，她拿起湯匙，繼續吃著豆花。

半碗豆花，一個空碗，以及被留下的一個人，停留在耳畔的只剩下陣陣雨聲，她心裡突然一陣酸楚。

糖水的溫度降低了一些，多了幾分涼意。不知道是不是受心情影響，和幾分鐘之前吃的時候相比，這時豆花吃起來似乎沒那麼甜了。

不過，其實也沒什麼好落寞的，不是本來就應該這樣嗎？普通朋友和男女朋友之間本來就會有所區別。

她放下湯匙，看向屋外的雨景，想起了這三年多來和他們的那些曾經。

說老實話，她早就已經習慣這種情形了，從高中開始，他們一直都是這樣。不管是面對李佑鈞的時候也好，還是和林韻瑄在一起的時候也好，徐語安總是被留下的那一個。就好比數學當中經常用到的算式一樣，三除以二餘一，現在想想，其實三人行的青春也是如此，只要和他們兩個在一起，她通常都會是多餘的那一個。

第二章　他來自雨季

碰！

毫無預警的，房門忽然被打開，門被撞開的巨響，讓坐在床上滑手機看臉書的徐語安頓時嚇了一大跳。

「姊姊！」

徐語安轉過頭，隨後映入眼底的是突然闖進房間的妹妹徐語涵。她放下手機，沒好氣的說：「不是已經跟妳說過很多次，進來之前要敲門嗎？妳這樣突然闖進來是要嚇死誰啊？」

「唉唷，有什麼關係嘛。我們自家人幹麼在意這種小細節？」徐語涵不以為意的聳聳肩，顯然沒有把她的話放在心上，只是笑著說：「姊姊，我要跟妳借裙子。」

徐語涵不明白她在意的並不是這個，不過她知道就算說了也是白說，無奈的白了徐語涵一眼，然後問：「借裙子幹麼？妳又要出去玩了喔？」

「對啊，我明天要跟朋友出去，我想跟妳借妳上星期買的那件牛仔長裙。」徐語涵說，也不等她回答，直接走到衣櫃前，逕自打開衣櫃門，翻找著她的衣服。

對於徐語涵這種自動自發的行為，她早已習慣，見怪不怪了。

「妳明天要去哪裡？」她好奇的問。

「當然是一中街啊，除了一中街，我還能去哪？」

「又要去一中街？」她真的很佩服徐語涵可以每個星期都逛同一個商圈，而且從來不會膩，「話說回來，妳不是快要段考了嗎？妳跑出去媽不會唸妳嗎？」

徐語涵一聽，立刻改口，「拜託，去圖書館有什麼好唸的？我是要去念書耶。」

徐語安馬上聽出她話中的意思，這傢伙又把去圖書館讀書當作偷跑出去玩的藉口了。

「妳又說謊了。」徐語安無奈的看著她。

徐語涵沒有否認，而是笑嘻嘻的說：「所以，就要麻煩姊幫我保密囉！」

「真的很受不了妳耶。再這樣繼續下去，遲早會被媽抓包。」她提醒徐語涵。

「安啦安啦，只要妳不說、我不說，媽就不會知道了。」徐語涵依然故我，和往常一樣，還是沒把她的提醒放在心上。

無奈之際，她忍不住又白了徐語涵一眼。

徐語涵依舊無視她的白眼，笑著拿起她的牛仔長裙在自己的腿上比畫著，隨後卻皺起了眉，收起臉上的笑容，一臉失望的說：「唉，我就知道，果然太長了。姊，我真的好羨慕妳的腿這麼長喔，我不知道還能不能再長高。」

「還是有機會啦，我也是上高中之後才開始長高的。」

「真的嗎？」徐語涵撇撇嘴，一臉失望的把長裙放回衣櫃裡，輕嘆一口氣，「真的是這樣就好了，至少讓我長到一六〇吧。」

徐語安看著身高只有一百五十三公分的她，不禁輕輕地笑了，開玩笑的說：「妳真的那麼羨慕的話，那乾脆拿妳的聲音來跟我換好了。」

「聲音？」徐語涵聽了，頓時哈哈大笑起來，「怎麼可能換啊？妳當我是人魚公主喔？」

她沒有回答，只是笑了笑。

「不過，就算可以，我也不要。如果我的聲音跟姊一樣，我一定都不敢開口說話。」徐語涵笑嘻嘻的說，明明是笑著說的話，卻狠狠刺進了徐語安心底最在意的地方。

她微微一怔，胸口感覺像被什麼東西用力撞擊了一下，隨即又笑了，「我想也是。」

她知道徐語涵沒有惡意，她這個妹妹說話一向很直，想到什麼就說什麼，不過有時候說出來的話難免讓人覺得有些刺耳。

徐語涵關上衣櫃，不經意瞥見了徐語安貼在牆上的照片，指著照片上的人說：「啊對了，我今天放學的時候，在路上看到妳這兩個朋友耶。」

她順著徐語涵的視線看去，才發現徐語涵說的是林韻瑄和李佑鈞，好奇的問：「是喔，在哪裡啊？」

「我們學校附近的麥當勞，我本來還以為妳也會跟他們在一起耶。」

「我沒事幹麼去當電燈泡啊？」她沒好氣的說，想起林韻瑄家就在徐語涵就讀的高中附近。

「對喔，這麼說也是。」徐語涵哈哈笑道，視線再次回到那張照片上，一臉嫌棄，「不過，妳也換張照片吧，放自己當電燈泡的照片感覺很心酸耶。」

「妳幹麼連我放什麼照片都要管？」她白了徐語涵一眼，「好啦好啦，沒事的話就快出去啦，我要休息了。」

徐語涵沒再多說什麼，應了一聲就離開她的房間。

當房門再次關上，徐語安起身離開床鋪，走到書桌前，看向方才徐語涵所說的那張照片，那是高中畢業典禮那天，她和林韻瑄還有李佑鈞的合照。她和林韻瑄分別站在李佑鈞的左右兩側，照片上三人都笑著，左胸前別著示意畢業生身分的紅花，手裡拿著剛領到不久的畢業證書。

只不過，這張畢業照看似和樂，卻在典禮結束之後，她才注意到當時李佑鈞和林韻瑄的手緊緊牽著，這讓站在他們一旁的她看起來很多餘。

伸出手，她用手輕輕覆蓋住了照片中的自己，她不見之後，只剩下兩人的照片看起來似乎也比較和諧了。或許，少了她的畫面就已經夠完整了吧？

即使如此，她仍把這張照片洗出來，甚至貼在房間的牆面上，放在最顯眼的地方，因為這是她和他在畢業典禮上的唯一一張合照。

她收回手，十八歲的她再次映入眼底，那時候的她完全不知道身邊發生了什麼事，臉上還掛著開心的笑容。

這是她告別高中生活前最珍貴的回憶，卻是之後回想起來最心酸的紀念。

一連好幾日的陰天，今天依舊烏雲密布，沒有溫暖的陽光，天空灰濛濛的一片，感覺好像快要下雨似的。

但願晚點回家的時候不要下雨才好。徐語安獨自坐在咖啡廳，望著落地窗外的天空，暗自在心裡祈禱著。

咖啡香氣瀰漫在空氣中，她的視線始終看向天空沒有移開，直到一道敲擊玻璃的聲音傳來。

叩叩。回過神，她的視線移動，順著敲擊聲看去，林韻瑄的笑臉隨即映入她的眼底。

林韻瑄頭上還戴著安全帽，身後站著正在停機車的李佑鈞。一和林韻瑄的視線有所交會，林韻瑄立刻笑著朝她揮了揮手，她聽不見林韻瑄的聲音，半張臉也被口罩遮住，只看見林韻瑄因為笑意而微微瞇起的雙眼。

望著眼前好久不見的這雙眼睛，她不禁也揚起了嘴角。

李佑鈞停好機車，走到林韻瑄身旁，替她將安全帽解開，然後從頭上取下，同時也順手將林韻瑄被弄亂的頭髮撥好。林韻瑄仰頭看向他，兩人相視一笑。

隔著一面玻璃，兩人的互動清楚映入徐語安的視線當中，明明是尋常的情侶互動，徐語安卻覺得眼前的畫面莫名刺眼，感覺自己臉上的笑容似乎僵掉了。

他們的身影自視線當中消失沒多久，店面開啟的聲響傳來。

「語安，好久不見。」林韻瑄的語調微微上揚，臉上掛著笑，踩著輕快的步伐，開心的走上前來。

自從他們升上大二，到台北念書的林韻瑄就很少回台中，上次見到她，好像已經是九月分的事了。

「好久不見了。」她再次揚起笑，不想讓他們察覺到自己方才的不自然。

林韻瑄拉開椅子，在她身邊的空位坐下。

「不好意思，讓妳久等了。」李佑鈞莞爾，在林韻瑄對面的空位坐下，然後一臉無奈的看著林韻瑄，笑著說：「都是這傢伙動作太慢了，說要化妝，結果化了半天我也看不出有什麼差別。」

「喂，你很煩耶。」林韻瑄扁起嘴，不悅的瞪了李佑鈞一眼。

看著正在鬥嘴的兩人，徐語安連忙說：「沒關係啦，我也剛到沒多久。」

「對嘛，你看，還是語安對我最好了。」林韻瑄勾住她的手。

「語安就是什麼事都沒關係，才會讓妳養成遲到的壞習慣。」李佑鈞沒好氣的笑道。

儘管李佑鈞嘴上這樣說，感覺他對林韻瑄很無奈的樣子，實際上，徐語安比誰都還要清楚知道李佑鈞才是真正對林韻瑄好的人。不像她什麼事都說沒關係，他是把林韻瑄的所有事情都放在第一位。

「真是的，難得回台中一趟，本來以為台中天氣會很好，沒想到跟台北差不多。」林韻瑄手托著下巴，望著窗外的陰天，悶悶的說。

「上星期天氣一直都很好啊，是因為妳回來才變陰天的。」李佑鈞笑著說。

「什麼話啊？說成這樣好像都是我害的一樣。」林韻瑄撇撇嘴，不以為然的說。

李佑鈞哈哈大笑了起來，而徐語安不禁也跟著笑了。

感覺像回到了從前，和他們兩人這樣在一起已經是好久以前的事了。

自從他們開始交往，她都盡可能婉拒林韻瑄的邀約，不再像之前高中時那樣頻繁的三個人聚在一起。雖然說好聽一點是不想當電燈泡打擾他們，實際上，她是不想身處在他們兩人之間，很多時候，他們的一些互動，甚至只是不經意的小舉動，都會讓她感到苦澀。

還有，嫉妒。

聊了一會兒，徐語安提起了前天晚上徐語涵和她說到的事情，「對了，語涵說她前天在她學校附近的麥當勞看到你們。」

林韻瑄頓時恍然大悟，「難怪我就感覺好像有看到語涵，我還以為是我看錯了。」

她笑了笑，看向李佑鈞，「你也真是的，女朋友難得回來，你帶她去吃什麼麥當勞，應該去更浪漫的地方才對吧。」

「沒辦法，她就喜歡吃那種東西啊。」李佑鈞指著林韻瑄，笑得很無奈。

「你自己還不是吃得很開心？」林韻瑄反駁。

「我是因為要配合妳。」李佑鈞一副拿她沒辦法的樣子。

「最好是這樣啦。」林韻瑄一臉不相信，李佑鈞不禁笑得更是無奈。

徐語安沒有說話，只是笑著。

就像現在這樣，坐在李佑鈞斜對面，她能清楚看見他臉上的所有表情，給林韻瑄的每一個表情。雖然他嘴上總是說著一些揶揄林韻瑄的話，但藏在他神情中的溫柔都被她捕捉進眼底，只有林韻瑄在的時候，他才會笑得這樣燦爛，這樣溫柔，這些都是和她在一起時無法看見的模樣。

離開咖啡廳前，灰濛的天空下起了雨，雨勢不算小，隨著風吹進了騎樓，站在騎樓也沾染了雨水的痕跡。

看著這場大雨，林韻瑄完全沒要馬上離開的意願，她拉了拉正在打開機車置物櫃的李佑鈞的衣袖，問：「佑鈞，我們等雨小一點再走，好不好？」

「不行，要是現在再不走，妳會趕不上車的。」李佑鈞搖頭，將安全帽遞給林韻瑄，同時也找出了雨衣。

剛才聊得太過開心，忘了要留意，等到他們察覺到時，竟然距離林韻瑄事先訂好的回台北車班已經沒剩下多少時間了，弄得李佑鈞現在很緊張，不管雨勢多大都一定要馬上出發。

「真麻煩。」林韻瑄咕噥著，心不甘情不願的將雨衣套上，然後戴上安全帽。

李佑鈞套上雨衣的同時，回頭問：「語安，妳有帶雨衣嗎？」

「有。」望著坐上機車的李佑鈞，徐語安點點頭，「現在雨很大，你們騎車小心。」

「妳騎車回家也要小心喔。」林韻瑄叮嚀。

「嗯，路上小心。」

林韻瑄坐上李佑鈞的機車後座，兩手自然的環抱住他的腰。

這樣自然的親暱動作讓徐語安微微一愣，下意識撇過頭，打開摩托車的置物箱假裝在翻找東西，自然的避開了對她而言稍嫌刺眼的畫面。

她果然還是無法做到真正坦然面對。

現在算一算，林韻瑄他們在一起的日子也快三年了，可是她始終無法打從心底恭喜他們。那些曾經說過的祝福話，看似真心卻都隱藏著她的酸楚和嫉妒。

不曾坦然說出自己的真心話，只因為想繼續待在他身邊，自在的笑著，假裝一切都是那樣自然。只不過，身為朋友卻懷著這種心態的她很糟糕吧？

「語安，那我們走了喔。」

抬起頭，她朝他們笑了笑，「嗯，拜拜。」

說完，李佑鈞便往大雨中騎去，沒多久，兩人的身影就消失在矇矓雨景當中。望著這場滂沱大雨半晌，徐語安又關上了置物箱，回到咖啡廳門口。

反正她也沒事，還是等雨小一點再走吧。

她向來不喜歡雨天，尤其是在大雨中騎車，穿著雨衣的濕黏感覺總讓她很不舒服。

時間一分一秒流逝，雨勢仍然沒有減緩的跡象，依舊滂沱。她開始有點無聊，也開始猶豫要不要回家了，這場雨看起來應該不會在短時間內停止。就在她猶豫不決時，忽然有一道著急的聲音闖入了這片只剩下雨聲的寂靜當中。

「花生！你不要亂跑啦！現在在下大雨耶！」

花生？是什麼花生這麼神奇，竟然還會亂跑？

她納悶的轉頭一看，看見一名個子很高的男生一臉慌張的牽著一隻黃棕色柴犬在雨中奔跑，呃，不對，看起來比較像是他是被那隻柴犬拖著跑才對。

奇怪，是她的錯覺嗎？她怎麼覺得那個男生有點眼熟，感覺好像在哪裡見過似的？

那隻柴犬拖著他來到騎樓下，牠的目標似乎是玻璃展示櫃中的蛋糕，當牠來到咖啡廳的窗台前之後就乖乖不動了，只是一直盯著那些蛋糕看。

喜歡吃蛋糕嗎？真是一隻奇怪的狗。她不禁這麼心想，同時和跟在牠後頭的主人不偏不倚對上了視線。原本還在大喘著氣的他，在看見她的瞬間就像突然停止呼吸了一樣，整個人僵住。

看見他一臉驚恐的模樣，記憶中的某段片段和眼前的畫面重疊，她猛然回想起來他就是前天在圖書館還書時遇到的那個男生，他此刻和那時候一樣都露出這樣的表情。

「你幹麼每次看到我都要露出這種表情？我有這麼可怕嗎？」她忍不住問。她明明都還沒有開口說話，幹麼一看到她就露出這種像是害怕一樣的吃驚表情？

男生回過神，連忙用力搖頭，「不是，我、我只是……」

他急忙想要解釋，然而他的話還來不及說完，一旁的柴犬突然用力抖起了身子，大概是想把身上的雨水甩掉，可是也同時把雨水和泥濘甩到了她的褲子上。

「啊！不可以！」

她來不及閃躲，身旁的他嚇得立刻蹲下身，一把抱住柴犬，阻止牠把水甩到她身上。然而不但沒什麼效果，甚至還弄得自己一身泥濘，他原本就已經被淋濕的樣子變得更加狼狽。

「真的很對不起，牠不是故意的，我會賠妳一條新的褲子。」他抱著柴犬，慌張的說。

看著模樣比她還狼狽的他，她突然覺得自己的褲子被弄髒根本不算什麼。她搖搖頭，「沒關係，我回家洗一洗就好了。」

「可是……」

她從包包中拿出一包面紙，遞給蹲在地上的他，「倒是你，先擦擦臉吧，臉都髒了。」

男生微微一愣，隨後鬆開抱住柴犬的手，朝她緩緩伸過去。就在快觸碰到面紙時，他突然停下動作，手僵在半空中，遲疑了一下，才接過她手中的面紙。

他緊握著面紙，低下頭，看著地面，小聲的說：「謝謝。」

「不會。」

他緩緩站起身，隨著他起立的動作，她的視線跟著向上移。雖然剛才遠遠看就感覺得出來他的個子很高，但他們一靠近，更讓她意識到和他之間明顯的身高差距。

以女生來說，一百六十五公分的徐語安算高了，只不過站在他的身邊，她就有一種自己個頭突然變小的感覺。以目測來看，他至少有一百八十五公分吧。

他依舊低著頭，被雨水淋濕的劉海遮去了他的大半張臉，只看得見他的長睫毛以及高挺的鼻梁。他微微抿著唇，看起來好像有點緊張，抽了張面紙，小心翼翼擦拭自己臉上的髒污。

她的視線沒有在他身上停留太久，她很快就轉過頭，看向騎樓之外的雨景。他們誰都沒有再開口說話，兩人間安靜得只剩下雨聲，停留在耳邊的聲音太過規律，感覺好像連時間都停滯了。

「妳沒帶雨傘嗎？」直到他怯怯的聲音傳來，時間彷彿才開始流動了起來。

她轉過頭，他臉上原先的髒污都已消失，但或許是他擦得太用力了，小麥色的臉頰上泛著淺淺紅暈。

「我有雨衣，只是不想在雨天騎車，想等雨小一點再回去。」她解釋，視線隨後落到了一旁的柴犬身上，牠的目光依舊停留在展示櫃中的蛋糕上，彷彿只要看著就能吃到一樣。她不禁想起方才牠拖著主人狂奔的畫面，光是想到就覺得好笑，她的嘴角微微上揚，忍不住問：「那你呢？會冒著大雨跑來這裡，該不會是因為牠想吃蛋糕吧？」

「是啊，牠很喜歡這間店的蛋糕，每次經過都會在這裡看很久。」他一臉無奈的看了看仍緊盯著蛋糕不放的花生，「我們剛剛本來在前面那個紅綠燈那邊躲雨，牠不知道是聞到味道還是突然想到，就拖著我來這裡了。」

「牠好聰明。」

「是貪吃吧。」他沒好氣的說。

她笑了笑，「你不買給牠吃嗎？」

「不行，吃那種東西對身體不好。」他解釋，抬起頭，映入眼底的是她嘴角噙著笑意的側臉。她看著花生，然後朝牠伸出手，似乎是想引起牠的注意，而他看著她，突然有些失神，想起了記憶中的某段時光。

蛋糕果然比她還有吸引力。對於柴犬的無視，她不禁失笑，隨後轉過頭，正巧和他的視線不偏不倚有了交會，但他並沒有動靜，就像是愣住了一樣，她不禁感到納悶，伸出手在他的眼前揮了兩下，問：「你怎麼了？」

他的身子頓時一顫，恍然回過神，慌張的移開視線，轉過身，面向騎樓外的大雨，「沒、沒什麼。」

滂沱大雨再次覆蓋住周遭的所有聲音，以及他原本想說的話。

真是一個奇怪的人。她不自覺的這麼想。前天在圖書館見到他時，她就有這種感覺，她也不知道自己是哪裡可怕了，真不曉得他為什麼看到她都會露出驚慌的神情，好像她很可怕一樣。

思緒至此，她伸手摸了摸自己的臉頰。

雖然她還稱不上是多漂亮，但長相應該沒有到會讓人覺得可怕的程度吧？

「哈啾！」

他突然打了一個噴嚏，她嚇了一跳，轉過頭，他們的視線再次交會。

「不好意思，嚇到妳了。」他笑著捏了捏鼻子，然後搓了搓右手臂，靦腆的笑容中多了幾分傻氣。

「你很冷嗎？」她問，問完的同時突然覺得自己根本問了一個蠢問題，剛才他淋著大雨奔來，淋過雨之後肯定更容易感受到冬日的寒意。

「嗯，是有一點，所以我想我差不多該回家了。」他覺得越來越冷，蹲下身，拍了拍柴犬，「花生，我們回家吧。」

花生吠了一聲，視線總算從蛋糕移開。

「啊，等一下。」

正當他們準備離開，她忽然叫住他，接著只見她走到一台機車旁，打開置物箱，從裡面拿出了一包還沒拆封的輕便雨衣，然後遞到他面前，「這給你，回家的時候別再淋雨了。」

「可是，雨衣給我，妳等等要怎麼回家？」他遲疑的看著雨衣，沒有伸手接下。

「沒關係，我有兩件。」她說。有時候她會載徐語涵出門，所以她向來習慣在機車放兩頂安全帽和兩件雨衣。

「謝謝。」他點點頭，小心翼翼接過雨衣，但忽然想起了什麼，他猛然停下動作，「那我之後要怎麼還妳？」

「不用了啦，就只是一件雨衣而已。再說，這種雨衣本來穿過幾次就會丟了。」

「我會再買一件新的還妳。」他很堅持有借有還。

她搖頭，「沒關係啦，真的不用這麼客氣，而且我們之後也不一定遇得到。」

他遲疑了一下，才點點頭，低下頭說：「那……就謝謝妳了。」

「不會。」她莞爾。

他拿著雨衣，手指的力道不禁加重了一些，在包裝壓出皺褶，吶吶的問：「妳對陌生人都這麼親切嗎？」

「啊？」她微微一愣，抓了抓頭，「這算是親切嗎？應該只是舉手之勞而已吧。」

不過，說老實話，這的確不太像她平常會做的事，至少她不會這樣主動和陌生人或是不熟的人搭話。或許是因為他過於狼狽的模樣，才讓她忍不住想幫他。

「是嗎？」他低應了一聲，「那個我……」

他模樣看起來欲言又止，好像有什麼話想說。

「怎麼了？」

他沒有回答，只是紅著臉看她。空氣凝結了片刻，突然間，他什麼話都沒說，毫無預警轉身就跑，感覺像是逃跑，連雨衣都還沒穿上，就直接拖著柴犬往大雨中奔去。她被他過於突然的奇怪舉動弄得傻在原地，反應過來時，他們已經跑過一個轉角，消失在大雨中，她無法理解他拿著雨衣在雨中奔跑的用意何在？

他到底在幹麼？而且，這樣不就失去借他雨衣的意義了嗎？她心想。

真是一個奇怪的人。

他在她的心中依然只留下了一個這樣的印象。

那天的雨，連著下了一個多星期，今天一掃前些日子的陰雨綿綿，天空總算是放晴了。蔚藍的天空裡飄著朵朵白雲，難得露臉的陽光更是替這冬日帶來了些許溫暖。

下課時間，校園裡特別熱鬧，耳邊充斥著各種聲音。徐語安走在這陣喧鬧當中，距離她的下一堂課還有一個小時，她和往常一樣打算去圖書館打發空堂。走著走著，當圖書館映入眼底時，她同時也在圖書館不遠處發現了李佑鈞的身影。

她頓時一驚，心裡一陣竊喜。

李佑鈞從另一邊走來，身上背著黑色後背包，穿著一件深藍色長袖 T-shirt 和卡其色長褲。他低著頭，邊走邊看手機，沒有看見她。從他行走的方向來看，似乎也是要去圖書館。

她趕緊加快腳步，朝他走去。他看手機看得很認真，即使她走近他，和他之間只剩下幾步的距離，他也沒有發現她的存在。

「佑鈞。」直到她開口喊了他一聲，他的視線才從手機上移開，臉上隨即綻開笑容。

「嗨，語安。」他笑著和她打了一聲招呼，不只是揚起的嘴角，就連雙眼中都蘊藏著笑意。

「你在看什麼啊？看得好認真喔。」她看向他手中的手機，好奇的問。

「沒什麼啦，只是在朋友聊天而已。」他關掉手機螢幕，收進褲子的口袋中，問她，「妳怎麼在這裡？又要去圖書館了嗎？」

「對啊，有一小時空堂。」她笑著點頭，「你呢？」

「我也一樣。」他指向一旁的圖書館，「我今天是要來找一本書，期末考要用的。」

「這麼認真？期末考不是還很久嗎？」她很訝異，因為李佑鈞向來是臨時抱佛腳的類型。

「妳幹麼這麼驚訝？我也是有認真的時候，好嗎？」李佑鈞沒好氣的笑著說：「要是再不認真，我就要被當掉了。」

她不禁笑了起來，「原來後面這句話才是重點。」

他沒有反駁，莞爾看著她。

「對了，韻瑄那天有趕上車吧？」她問起了林韻瑄回台北的事。

「幸好有，不過真的差一點就要錯過了。雨下那麼大，我實在不敢騎太快，」他說，隨後皺起了眉，向她抱怨，「因為下大雨，韻瑄一路在我耳邊碎碎唸，我被她唸到差點抓狂把她扔下車。拜託，會下大雨又不是我的問題。」

「沒關係啦，你們難得見面嘛。而且，你也知道韻瑄本來就很討厭雨天，是碰到雨天她才會這樣。」她替林韻瑄說話。

儘管他嘴上這麼說，但她知道他也只是隨口說說。他有時候會向她抱怨一些關於林韻瑄的事，但說完之後，他依然是那個凡事替林韻瑄著想的李佑鈞，不然上星期他就不會那麼急著要去車站載她，也不會堅持冒著大雨送她去車站。

這些年來，她一直都看在眼裡，因為喜歡他，所以一直注意著他，她比任何人都還要清楚知道他對林韻瑄的體貼。

「我當然知道她討厭雨天，但就是因為我們難得見面，才希望她不要老是抱怨啊。」他笑著說，卻笑得很無奈，「唉，算了算了，不說這個了，去圖書館吧。」

他笑著將這個話題匆匆帶過。大概是想和她並肩同行，邁開腳步的同時，他隨手攬住她的肩，她和他之間的距離頓時拉近，肩膀甚至還小小的碰撞了。他碰到她的那麼一瞬間，她覺得自己好像忘了該怎麼呼吸，腳步霎時止住。

由於這預料之外的身體接觸，緊張的情緒在她的胸口爆發開來，她能清楚聽見來自左胸口的震耳心跳聲，就連自己的臉都微微發燙了起來。

「妳怎麼了？怎麼突然不走了？是身體不舒服嗎？」

「沒、沒什麼。」她慌張搖頭，趕緊向前走，佯裝自己沒有絲毫不對勁。

她真的很怕被他察覺自己的情緒波動，所幸臂膀上的力量沒有停留太久，他很快就鬆開手，恢復到原本的距離，而她急促的心跳聲卻遲遲無法平復下來。

進到圖書館之後，徐語安就和李佑鈞分開行動，他去找他需要用的書，她則和往常一樣在書架之間兜轉著。

因為和李佑鈞一起容易感到緊張，現在的獨處是她冷靜下來的好時機。然而，只要想起李佑鈞方才不經意的舉動，她就覺得自己的臉又熱了起來，她知道自己剛才的臉一定紅得不像話。

徐語安，冷靜一點！

她在心裡這麼告訴自己，然後甩了甩頭，輕吁了一口氣，抬起頭，視線轉而落到書架上。她讀著每個書背上的書名，想轉移注意力。可是，周遭實在太過安靜，她的思緒遲遲無法專注在其他事物上，心跳聲也依舊清晰地停留在耳畔，即便頻率早已漸漸緩和下來。

直到一道像是輪子在地面滾動的聲響忽然闖了這片寧靜當中，聽起來像是某種推車在移動，輪子感覺有點老舊，還能聽見生鏽金屬摩擦的喀啦聲。她隨後聯想到這應該是圖書館內用來搬運書籍的推車。

這道聲音離她越來越近，她不禁好奇的轉頭往走道外側看去，載滿書本的推車緩緩地進入視線當中，推車緩慢向前推移，後頭伴隨著一個高大身影。

一看見出現在眼前的人，她頓時一驚。

「啊！」她忍不住驚訝出聲，小小的驚呼聲引起了梁宥程的注意，他倏的停下腳步，臉上再次轉為驚訝的表情。

她原以為自己不會再見到他了，沒有想過竟然還會在這裡巧遇。不過，當她看見他穿在身上的工作背心，想起他在圖書館工作的事，在這裡遇見其實也沒什麼好奇怪的。

「妳等我一下！」驚恐神情沒有在他臉上停留太久，不知道他想到了什麼，突然沒頭沒腦的這麼說。

「什麼？」她愣住，完全摸不著頭緒。

也不管她的茫然疑惑，說完之後，他就轉身匆匆跑開。走了幾步，大概是怕她離開，回過頭再次叮嚀。不過他似乎忘了自己正身處在圖書館裡，完全沒有降低音量，清楚說著，「我馬上就回來，妳在這邊等我一下，不要走！」

「這裡是圖書館，你小聲一點。」雖然仍對他的話感到納悶，不過她還是好意提醒他。

被她這麼一說，他才意識到自己太大聲，嚇得摀住自己的嘴，雙眼瞪得大大的，驚訝的四處張望，最後視線回到她身上。他看著她，一副很吃驚的樣子。

看著出現這樣反應的他，徐語安覺得很好笑，笑著朝他揮揮手，要他快去快回。

他用力點頭，轉身就跑，倉促的腳步聲在安靜的館內迴盪，只留下了一台堆滿書本的老舊推車。不知道他要做什麼，但她還是留在原地等他回來。

「語安。」李佑鈞的聲音自身後傳來。

她轉過頭，他在她身邊停下了腳步。

「妳在跟誰講話？」他張望著四周，好奇的問：「我剛剛聽到妳好像在跟一個男生講話。」

「就……」她想了想，遲疑的說：「一個認識的人。」

說他們是朋友似乎太牽強，他們充其量只能說是知道彼此存在的關係吧？

她隱約聽見了倉促的腳步聲，然後越來越清晰，「啊，他回來了。」

說完沒多久，那個男生模樣慌張的出現在走道前方，剛才似乎跑得很急，他仍微喘著氣。看見李佑鈞時，他頓時愣了一下，但還是朝李佑鈞點點頭，然後走到徐語安面前。

他臉頰上微微泛紅，把手上的一包輕便雨衣遞給她，「這給妳，上次真的很謝謝妳。」

「你一直都帶在身上？」她很驚訝，那件雨衣的事她其實已經沒有放在心上了。

「嗯，因為不知道什麼時候會再遇見妳，就一直收在背包裡。我剛剛是回休息室拿的。」他指著他方才跑開的方向，「這是新買的，我沒有打開過。妳之前借我的那一件雖然我也沒用，但回家之後就被花生咬破了。」

「所以，你那天最後還是沒有穿上雨衣？」她問，想起了他拖著柴犬在大雨中奔跑的身影。

「嗯，我就那樣跑回家了。」他點頭，笑得很不好意思。

「這樣不就失去我借你雨衣的意義了嗎？」她沒好氣的說，接過了他手中的雨衣，「總之，謝謝你了。」

「是我要說謝謝才對。」他吶吶的說，瞥了她身旁的李佑鈞一眼，視線很快又移開，朝她點點頭，「那我就不打擾妳了，我先走了。」

他推著推車離開，腳步似乎比剛來的時候更快了一些。老舊輪子發出的摩擦聲更加震耳，即使他的身影已經自視線當中消失，但他的聲音仍迴盪在館內，清晰的停留在耳邊。

「語安，他是誰？」站在一旁的李佑鈞忍不住好奇的問，他完全聽不懂他們的對話，什麼雨衣？什麼花生？他都是有聽沒有懂。

「一個偶然認識的人，不過我到現在還不知道他叫什麼名字就是了。」徐語安訕訕笑道。

李佑鈞低應了一聲，視線停留在那個男生離去的方向。

「對了，你找到你要的書了嗎？」她問。

「嗯，已經找到了。」他看向她，晃了晃拿在手上的書本，然後問：「妳待會要不要跟我出去吃個東西或是去哪裡逛逛？不然，一直待在圖書館裡也滿無聊的。」

她想了想，如果是平常，她一定會馬上答應，但現在距離下一堂課其實也沒剩下多少時間了，要是現在還離開校園，恐怕沒多久她又要趕著回來了，她嫌這樣很麻煩，於是難得拒絕了李佑鈞的邀約，「沒關係，我還是待在這裡好了。」

李佑鈞停頓了一秒鐘，才點頭莞爾，「好吧，那我就先走了。」

第三章　忘了告訴他

冷冽的寒風迎面吹來，即使有安全帽的擋風面罩和口罩擋著，但隨著行駛的速度，臉部依然能感受到冷風的刺人。

徐語安忍不住放慢了車速。每年到了冬天，騎車最痛苦了，不只臉被冷風刺得麻麻的，就連手都快要凍到失去知覺，只有等紅綠燈時才能暫時鬆一口氣。

晚上九點半，好不容易終於結束了分組報告的討論，她總算能夠離開學校。可是一想到回家還要統整，她就覺得一陣疲憊。不過，換個角度想，總好過上台報告。

經過二十多分鐘的車程，她逐漸駛離熱鬧明亮的大馬路，周遭的喧鬧聲漸漸沉澱下來。她家所在的區域稱不上是偏僻，不過店家並不多，附近大多是住家，再加上路燈位置又很分散，因此到了晚上，路上光線就變得不是很好。

當視線變暗，她又稍微放慢了車速，深怕會有路人或是狗突然從巷口衝出來。快到家時，她看見前面巷口站著兩個人，她不禁瞇起眼，更加仔細的看過去，在昏黃的燈光下，是一對身上背著書包的情侶站在那裡接吻，男生還摟住了女生的腰，完全沉浸在兩人世界中。

老天，現在小孩未免也太大膽早熟了吧？才幾歲，竟然這樣在路上接吻。就算現在路上沒什麼人，也不需要這樣吧？

她不可置信的看著穿著不同高中制服的兩人，本來想裝作沒看見，就這樣直接騎過去，然而當她看清楚那個女生是誰之後，嚇得緊急煞車，在他們的身邊停下了車。

伴隨著刺耳的緊急煞車聲響，她驚呼，「徐語涵？」

那兩個人明顯被她嚇到，尤其是徐語涵，一聽見她的聲音，立刻嚇得推開身旁的男生，驚恐的看著她。

「姊，妳怎麼會在這裡？」徐語涵慌張的問，下意識往前一步站到了那個男生的前方，似乎是想擋住他。

「我、我要回家啊。」她說。不知道為什麼，她莫名覺得很緊張。

那個男生皺起眉，一臉不悅的直盯著她看。她能強烈感受到他眼神中的不友善，讓她開始後悔剛才為什麼要那麼衝動停下車叫徐語涵，她沒事打擾他們幹麼？而且，就現在這個氣氛來看，她也沒辦法若無其事的離開，但繼續待在這裡又很尷尬，弄得她想走也不行，不想走也不是。

「學長，送我到這裡就好了，你快回家啦。」

幸好，徐語涵率先開口，她拉了拉身旁的男孩子，催促他趕緊離開。

那個男生只是低應了一聲，沒有多說什麼，瞥了徐語安一眼之後就走掉了。

男孩一走，徐語涵立刻低下頭，雙手合十，緊張的說：「姊，剛才的事拜託妳不要跟媽說。」

她原本以為徐語涵會責怪她打擾他們，但沒想到徐語涵更擔心的事是被媽媽發現。方才的尷尬頓時消失，她終於鬆了一口氣，同時也覺得徐語涵的反應很好笑，忍著笑意點頭，「放心啦，我不會跟媽講的。」

「那就好。」徐語涵放下手，同樣鬆了一口氣。

她輕輕莞爾，「我載妳回家？」

「好啊。」徐語涵開心點頭。

她將機車熄火，下車打開置物箱，把裡頭的安全帽交給徐語涵，同時好奇地問：「他應該不是妳學校的同學吧？是補習班同學嗎？」

「嗯。」徐語涵紅著臉，點點頭，「他是別校的學長，陪我搭公車回來。」

「這麼好。」

「對啊，他真的對我很好。而且，妳不覺得他很帥嗎？」

「……我沒看清楚。」

徐語涵呿了一聲，載上安全帽，坐上了她的機車後座。

「你們在一起多久了？」

「快一個月了。」

她發動機車，往家的方向繼續騎去，想起方才他們接吻的畫面，忍不住碎唸了起來，「妳可不要被愛情沖昏頭，然後做一些蠢事，聽到了沒有？」

「談戀愛也叫蠢事？妳怎麼變得跟媽一樣那麼愛管啊？」徐語涵撇撇嘴，低聲咕噥著。

「我沒有要管妳談戀愛，妳要怎樣都可以，但就是要保護自己，不要隨便被人家拐上床，知不知道？」她提醒，擔心她這個沉浸在愛情中的妹妹會忘了保護自己。

「唉唷，姊，妳很老古板耶，男女朋友上床這種事情很正常啊，又沒什麼大不了的。」她從後視鏡裡看見徐語涵翻了個白眼，這些話，徐語安聽了更是沒好氣的翻了一個大白眼。

「我有很多朋友早就已經有經驗了。」徐語涵又說。

「妳朋友才幾歲啊？這樣沒犯法嗎？」她驚訝地問，無法理解徐語涵的價值觀。

「什麼犯法？妳也太誇張了吧？」徐語涵不以為然的說：「反正大家都是這樣，所以沒關係啦，妳就別管那麼多了。」

「我是擔心妳不懂得保護自己，人家叫妳幹麼就傻傻的做什麼，到時候被壞男人騙了都不知道。」她在家門前停下了機車，沒好氣的回頭看徐語涵說。

「什麼壞男人啊？妳又不認識學長，憑什麼這樣說他？」徐語涵不開心的扁起嘴。她覺得很不高興，明明只是想和姊姊分享戀愛的心情而已，學長卻被姊姊說得好像是個壞人。

「我只是擔心妳。」徐語安無奈的說，雖然知道自己的話說得不太中聽，但她也是好意。

「最好啦，妳沒事把學長說成那樣，根本就只是想趁機教訓我而已。」徐語涵沒有領情，氣呼呼下了機車之後，就頭也不回的走進家門。

徐語安呆愣地在原地，好一會兒才回過神，方才她說的話似乎是有點過頭了。徐語涵難得和她分享戀愛的心情，她卻這樣潑妹妹冷水，甚至還將徐語涵喜歡的人塑造成一個不好的形象，即使是因為擔心才這麼說，也不太恰當。

思緒至此，她突然想起了李佑鈞。換作是她，倘若今天有人說李佑鈞的壞話，她大概也會對那個人生氣吧。

雖然她不知道實際情況如何，至少從沒有聽過別人說李佑鈞的壞話，倒是聽過不少人說她的壞話，因為她的聲音。

在所有人都是童音的小學時期，她的娃娃音還沒有太過突兀，但隨著年齡增長，身旁同學的聲音都漸漸轉變，她的聲音依舊停留在孩童時期。細細的稚嫩聲線，總在一群人當中顯得突出，特別引人注意，也特別容易成為被嘲弄的對象。

故意模仿她說話的聲音、嘲笑她的聲音，甚至是質疑她的聲音，這些事情在她國中的時候早就習以為常，也因此，她變得很不喜歡講話。對於外界的耳語她都只能裝作沒聽見，不去反駁，她覺得只要少說話就能減少被嘲弄的機會，然而她的隱忍反而讓事情變本加厲。

這一切慢慢開始有了轉變，是她上了高中，遇見李佑鈞之後。當班上某些男同學用誇張的音調模仿她的聲音時，李佑鈞總會出面替她說話。

「語安的聲音天生就是這個樣子，你們幹麼欺負她？」

即使那些男同學瞎鬧起鬨，揶揄他說他喜歡她，甚至拿他喜歡娃娃音來當嘲笑他的話柄，他也沒有把那些話放在心上，依然一次又一次的替她解圍。

然而，她實在覺得對他很不好意思，於是告訴他，自己早已習慣那些嘲笑，他沒必要因為替自己說話而惹來那些困擾。

「我不會困擾，他們要說就隨便他們去說，反正只要不理他們，說久了之後他們就懶得說了。」李佑鈞笑著告訴她。

「可是……」即使他這麼說，她仍感到愧疚。

他笑了笑，「不過，其實他們也沒說錯。」

他看著她，嘴角和眼底都帶著笑意，溫柔地說：「就像他們說的，我是真的喜歡妳的聲音，我覺得很可愛，我想一定也有其他人跟我想法接近。所以，妳就不要太在意那些笑妳的人了。」

她想，她永遠都不會忘記他的這些話，還有說話時的表情。

其實，李佑鈞改變的從來都不是周遭的聲音，而是她心裡的聲音。在那個時候，只有在他面前，她才敢毫無顧慮的說話。

後來，她常在想，或許自己會喜歡他，是從他第一次出聲幫她的那一刻就開始的吧？

吃晚餐時，一向話多的徐語涵一句話都不肯跟她說，甚至連視線都不願和她有接觸，始終低著頭吃飯。父母親也察覺到了徐語涵的怪異，不過當他們問起，她們都只用「沒事」二字帶過。

明明知道只要過幾天之後，徐語涵就會恢復如往常一樣和她說話，畢竟徐語涵的個性和她很不一樣，徐語涵的脾氣一向來得快去得快，不像她一點小事都會惦記好久。可是，徐語安覺得這次自己理虧在先，雖然她是好意，但她把徐語涵喜歡的人用來做不好的例子也是事實，她覺得自己還是要先道歉才行。

洗完澡，她來到徐語涵的房間。徐語涵剛吹完頭髮，頭髮還有一點濕漉漉的痕跡，正躺在床上滑手機。

「語涵。」徐語安站在門邊，試探性的開口喊了一聲。

徐語涵沒有轉頭看她，只是抬眸看她一眼，然後撇撇嘴，翻過身面對牆壁，不願意看她。

這樣的反應完全在她的預料之中，她關上門，又向前了一步，「語涵，今天對不起，我不該那樣說妳學長的。」

徐語涵依舊背對她，沉默了一會兒，聲音才悶悶的傳來，「如果要我原諒妳，那從明天開始，一個星期，妳每天都要載我去學校。」

「咦？一星期？」她愣住，想起徐語涵每天早上必須出門的時間，不禁有些遲疑，「可是，妳都那麼早出門，我一定爬不起來。」

而且，現在又是冬天，寒冷的早晨更讓人捨不得離開溫暖的被窩。徐語安光是用想的，就覺得很不想起床了。

「那就算了。」徐語涵悶悶的說。

她看著仍在生悶氣的徐語涵，想了想，只好妥協，「好啦，我答應妳就是了。」

反正，一個星期也只要上課五天而已，忍一忍，很快就過去了。

一聽見她答應了，徐語涵立刻坐起身，開心的轉身面向她，臉上還帶著大大的笑容，「這是妳說的喔。」

徐語涵的情緒轉變太快，她頓時微微一怔，隨後不禁感到無奈又好笑，她都搞不清楚徐語涵剛才到底是真的在生氣還是假裝的。

「太好了，明天開始我終於不用去擠公車了！」

「只有一個星期喔。」她沒好氣的提醒。

「知道啦！」

看徐語涵這麼開心，她只覺得更加無奈，早知道妹妹這麼容易消氣，她就不主動來道歉了，還沒事給自己找事情做。以徐語涵的個性，說不定放著她不管，冷靜個幾天就會恢復正常了。

「對了對了，姊，我跟妳說喔。」

徐語涵心情一好，馬上又開始和她分享學長的事，說起了他們認識的經過，方才生氣的模樣完全消失得無影無蹤。

「那時候我真的快緊張死了，我本來以為會被拒絕。」徐語涵開心的說著她當時鼓起勇氣告白的心情，拍了拍自己胸口，「不過，我真的很慶幸當初提起勇氣告白，不然我一定會後悔。」

雖然為了徐語涵的交換條件感到無奈，但無奈歸無奈，看到妹妹說得這麼開心，心裡還是替她高興。

徐語涵絮絮叨叨說個不停，表情變化很豐富，臉上神情始終很開心。

如果自己將來有一天告白成功了，大概也會像徐語涵現在這樣吧。可是，以她目前的狀況來看，現階段是沒有成功的可能了。

說到告白，她不禁又想起了李佑鈞，也想起了三年前的事。

其實，徐語安不是沒想過要向李佑鈞告白。

不是光想而已，她甚至還在高二時差點告白了。然而就是差那麼一步，在她要說出口的前一刻卻步了，抑或是說被李佑鈞阻擋了她想了好久，決定向前的腳步。

十月十二日，星期五，那天的日期她仍記得很清楚。天氣有點冷，明明時序還是秋天，卻已經有冬天的感覺了。

她不太記得自己為什麼挑在那天，大概因為是星期五，假如被拒絕了，也有兩天的時間可以沉澱，至少不用隔天上課就需要見面，多少不會那麼尷尬。

她當時應該是這麼想的吧？

那天中午，她問李佑鈞放學後能不能留一點時間給她，她有話想跟他說。李佑鈞沒有問她為什麼不現在在教室裡講就好，立刻就答應她，還說他也有一件很重要的事要告訴她。

鼓起勇氣去約李佑鈞時很緊張，但更讓她緊張的是約定之後。下午的課她根本沒辦法專心，耳邊聽見的都是自己震耳的心跳聲，就連只是看見李佑鈞專心聽課的背影，都能夠讓她心跳加速。她不只一次想著乾脆和李佑鈞取消約定算了，可是她又希望能讓他知道自己的心意，讓他知道她喜歡他好久了。

懷著忐忑不安的心情，終於到了放學時間。

「語安。」

正在收拾書包，她聽見李佑鈞叫她。回過頭，他已經背起書包，微笑望著她。

「待會一起走吧。」他莞爾，「我們邊走邊說。」

「嗯。」

兩人閒聊了一會兒，直到走出校門，身邊的人沒有那麼多了，她才率先問起他那件重要的事。她想讓他先說，順便給自己一些緩衝的時間。

「我本來昨天晚上就想打電話跟妳說，但怕打擾到妳，所以就拖到今天了。」他笑了笑，雙頰微微泛紅起來，「不過，光是用想的就覺得很害羞，還是有點不好意思說出來。」

他緊張的模樣讓她莫名的更加緊張，喉嚨間甚至有些乾澀。

「就是……」

她不自覺屏住呼吸，仔細側耳傾聽了起來。接著，只見他抓了抓頭，微微紅著臉，低低笑了幾聲，然後說：「就是，我跟韻瑄在一起了。」

咦？她頓時愣住，腳步倏然停下，突然不知道該怎麼接話。

見她一臉驚訝，他更是笑開了，「妳現在的表情跟我昨天晚上告白的時候一模一樣。」

她猛然回過神，吶吶的問：「什、什麼意思？」

「一樣很驚訝啊。」他笑著說：「其實，我喜歡韻瑄好久了。昨天晚上跟她一起回家時，我好不容易鼓起勇氣告白。本來以為會被拒絕，沒想到她答應了，還說她也喜歡我很久了。我當下聽到真的超驚訝、超開心的！」

李佑鈞的尾音語調微微上揚，藏不住喜悅的情緒。

林韻瑄是他們隔壁班的同學，也和李佑鈞在同一間補習班上課，徐語安之所以會認識林韻瑄是因為李佑鈞的關係。林韻瑄很活潑開朗，她身上有很多徐語安所羨慕的特質，她總是能輕易的和大家打成一片，但不會讓人感到負擔，而是輕鬆自在，徐語安和林韻瑄相處時就是這種感覺。

在和他們相處的這些日子中，她看得出來他們兩個人很要好，也隱約能感覺到林韻瑄對李佑鈞有好感，只是她怎樣也沒想到李佑鈞同樣喜歡著林韻瑄。

原來，他喜歡的人是林韻瑄。看著李佑鈞開心的側臉，她只覺得一陣酸楚。

這一年多以來，李佑鈞總是會幫助她，在那些嘲笑聲中替她解圍，她不只一次想過李佑鈞是不是對自己多少有一點好感，所以才會那樣一次又一次幫助她，因此讓她燃起告白的勇氣。不過，這麼看來，那些可能都只是自己自作多情而已。

徐語安努力收起驚愕的神情，露出了笑容，笑著說：「太好了，恭喜你。」

「謝謝。」李佑鈞笑得很開心，「妳是我朋友中第一個知道的。韻瑄本來不想這麼快讓別人知道的，妳也知道同學會起鬨。不過，如果是妳的話，我想就沒關係了。」

「是啊。」

聽見朋友這兩個字，她覺得很失落，胸口悶悶的，但她還是故作驚訝的問：「真的嗎？」

其實，她早該知道的，對李佑鈞而言，那些幫忙都是出自對朋友的關心罷了，她卻因為他所給予的溫柔，而開始有了不切實際的期待。

「因為我知道妳一定會笑著恭喜我。」

可是，看著他笑得很幸福的樣子，她怎樣也開心不起來，沒辦法衷心祝福。但是，她還是努力撐著臉上的笑，無論心裡有多難過、有多失落，她也努力忍著那陣酸楚。

「對了，我都只顧著說自己的事，妳不是也有事情想跟我說嗎？」

「我……」她微微一怔，隨後笑了起來，裝傻笑道：「我忘了耶。」

原本好不容易鼓起的勇氣早已蕩然無存，面對現在這樣的情況，徐語安怎樣也不敢將自己的心意說出口了，也慶幸剛才是讓李佑鈞先說，不然他們現在面對的肯定會是更尷尬的場景。

連老天爺都這樣安排，明顯就是不願意讓她告白的發展，她怎麼可能還說得出口？

「啊？」他同樣先是一愣，然後無奈失笑，「怎麼這麼快就忘了？」

她只是傻笑，沒有說話。不過，換個角度想，這應該可以說是不幸中的大幸吧？她安慰自己，想讓自己好受一些。

「好吧，那就等妳想起來再說了。」

「嗯。」她點頭，不過她想她永遠都不會有想起來的時候了。

關於她喜歡他這件事，不是她不說，而是忘了說。

只是，假裝忘了告訴他。

「姊姊！動作快點啦！」徐語涵站在玄關門口催促著。

「幹麼這麼早啊？妳今天又不用趕公車。」徐語安打了個哈欠，仍有一點睡意。她實在搞不懂，為什麼明明都讓她載了，徐語涵還要比平常搭公車上學更早出門？不就是為了要多睡一點，徐語涵才會要求讓她載嗎？

「因為我要去買早餐啊。」

「買早餐？妳是要去哪裡買啊？順路嗎？」徐語安問，同時把家門鎖上。

「妳放心，當然順路，不過那間店生意很好，排隊都要排很久，我怕不早點出門會遲到。」

「是喔。」徐語安走到了她停在門口的機車旁，打開機車的置物箱，把其中一頂安全帽遞給徐語涵，好奇的問：「可是妳幹麼一定要吃那間啊？有特別好吃嗎？」

「那間店生意很好，我想應該是不會太難吃啦。」徐語涵笑著扣好安全帽，「不過，重點是那間店有帥哥。」

「妳不是有男朋友了嗎？」她沒好氣的問，想起了徐語涵的學長。

「有男朋友也是可以看帥哥啊。」徐語涵理所當然的說，笑著坐到後座，「姊，我們快出發啦，不然要遲到了。」

「好好好。」她發動機車，確定後方沒有來車，就往馬路上騎去。

冬天的早晨更加寒冷，迎面吹來的寒風讓她有點吃不消，凍到嘴巴都僵了。她完全不想說話，不過後方的徐語涵似乎沒有受到影響，精神很好，還嘰嘰喳喳說個不停，雖然傳進耳裡的聲音有些吵雜，但也為這個早晨增加了一些溫度。

「姊，就是前面那間！妳停在路邊就好。」騎了約莫十五分鐘的車程，徐語涵突然指著前方的路口說。

徐語安慢慢往路邊騎去，在一間生意很好的早餐店門口停下，讓徐語涵下車買早餐。

「姊，妳要吃什麼？」徐語涵興奮的下車。

「妳買妳的就好，我回家路上自己再去買。」

「好。」

她看著位在路口的早餐店，店面並不寬敞，再加上門外幾乎停滿了機車，也站了許多人，想要一眼看清楚店內的裝潢根本就是不可能，這讓她不禁感到佩服，「妳的眼力未免也太好了吧？就只是搭車經過而已，妳也有辦法看到。」

徐語涵說她每天搭公車上學時都會經過這間早餐店，她站在公車裡，每天都看到有一個長得很帥的男生在櫃台前忙碌。

「看帥哥的時候，我的視力可是二點零！」

「真是的。」徐語安無奈的笑了笑，還不忘提醒，「妳可別看到帥哥就興奮過頭了，忘了還要趕上課時間。」

「知道了！」

徐語涵踩著輕快的步伐走進早餐店，在排隊隊伍最末端停下腳步。她往櫃台內張望，可是沒看見她平時看見的那個男生，只有一對中年夫婦正忙碌著。

難道他不在嗎？

她點完餐，她忍不住好奇的問：「老闆娘，請問你們這裡不是有一個年輕的男店員嗎？」

「男店員？是那隻嗎？」老闆娘把零錢找給她，隨後指向一個正忙著做飲料的男生。他背對著她們，徐語涵看不見他的長相，不能確定他是不是就是先前看見的那位。接著，只聽老闆娘大聲喊了，「弟弟啊！」

老闆娘的大嗓門讓正專注在飲料上的男生著實嚇了一大跳，他的身子因為受到驚嚇而頓時一顫，杯中的飲料甚至還灑了一些出來。他趕緊擦乾淨，放下手中的飲料杯，然後回頭問老闆娘要做什麼。

「這個妹妹在找你啦。」老闆娘指著站在櫃台前徐語涵，男生看見有個女生一臉納悶的看著他，只不過，他也同樣感到很困惑。

這個女生是誰？

思緒還尚未釐清，他不經意看見店外一個身影坐在機車上低頭滑手機，不知為何表情頓時一驚，嚇得急急忙忙轉過頭。

徐語涵看著，雖然他和印象中的人長得有點像，不過她可以確定她看見的那個帥哥店員並不是眼前的男生，而且髮型和髮色也都不太一樣。

「請問那個頭髮咖啡色的男生呢？」徐語涵又問。

「咖啡色頭髮喔？喔，妳說的是我們家哥哥啦！」老闆娘笑了笑，「他這星期有事上台北，所以都不會在店裡，弟弟來幫他代班。」

「咦？真的假的？」徐語涵很失望。

「對啊。」老闆娘笑著說，看見又有客人來排隊，連忙招呼了起來，「早安！帥哥，今天也是一樣嗎？」

徐語涵失望的走到一旁站好，免得擋到店裡的排隊動線。她再度看向老闆娘口中的「弟弟」，發現他在裝飲料的同時會不時回頭往門邊張望，不過視線都沒有停留太久，看了幾秒鐘，就回頭繼續手邊的工作，但過了一會兒之後，他又會回頭看，一直不斷重複這樣的動作。

徐語涵覺得很奇怪，循著他的視線好奇的往門口看，站在店門口的客人來來去去，只有一個人始終都在那裡。

他一直在注意的人該不會是……

徐語涵又瞥了他一眼，嘴角邊不禁泛起笑意，然後朝門邊大喊，「姊！姊姊！」

一聽見徐語涵的聲音，徐語安的視線從手機螢幕上移開，抬起頭，納悶的看向徐語涵。只見她朝自己招手，不知道要做什麼。

雖然覺得奇怪，但她還是起身，往徐語涵走去。這時，男生忍不住又回頭看去，不偏不倚地和正迎面走來的徐語安視線有了交會，他頓時驚訝地睜大了雙眼。

「啊，是你。」她看見先前那個在圖書館打工的男生在店裡，吃驚的說，隨後皺起了眉，撇撇嘴，小聲的咕噥：「你幹麼又是這樣的表情啊？」

一聽見她這麼說，他嚇得想趕緊收起驚愕的表情。然而看在她眼裡，他的表情除了驚嚇之外，還是只有驚嚇。

「姊，你們認識喔？」徐語涵好奇的問，他們的反應讓她更加肯定了自己剛才的猜測，這個男生剛剛一直在注意的人果然是姊姊。

「嗯。」徐語安點點頭，看著低下頭的男生，問他，「你在這裡打工嗎？」

他搖頭，然後緩緩抬眸看她，「這是我家開的早餐店。」

「你家？」徐語涵驚喜大喊：「那你一定認識那個咖啡色頭髮的男店員囉？」

「咖啡色頭髮嗎？」他愣了一下，然後恍然大悟的點點頭，「妳說的是我哥。」

「難怪我就覺得你跟他有點像。」

「弟弟啊，妹妹的中冰奶是好了沒啊？」

這時，老闆娘的詢問聲大聲傳來，嚇得男生趕緊把手中的飲料放到飲料封口機裡面，緊張的應了一聲，「好了好了！」

「好了就順便幫我把這些裝一裝，這是那位先生的鮪魚蛋餅，還有妹妹的火腿蛋吐司。」老闆娘把剛做好的早餐放到吧台上，又交代了一大串事情。她的語速很快，音量也很大，交代的事情又多，而且還是這樣吵雜的早餐店裡。徐語安只是在一旁用聽的就覺得頭昏腦脹，也發現在執行動作的男生變得更是慌張，他整個人看起來很手忙腳亂的樣子，她真的很擔心他拿在手中的飲料會被打翻。

「妳的好了。」他拿著裝好的早餐越過櫃台，遞到徐語涵面前，表情像是鬆了一口氣。

明明只是簡單的火腿蛋吐司和中冰奶而已，他卻滿頭大汗，被他弄得感覺好像是在做什麼大工程一樣。

「謝啦。」徐語涵接過早餐，轉過身的同時又問：「姊，妳真的不吃嗎？」

「我回來的時候再買就好。」她跟著轉身，離開之前忍不住回過頭，和那男生不偏不倚的對上了視線。她停頓了一秒鐘，和他說了聲再見。

他愣了愣，隨後對她笑了，笑得很靦腆，還朝她揮揮手。

「姊，我覺得他還滿可愛的耶。」徐語涵在她耳邊低聲笑著說。

她回過頭，白了徐語涵一眼，「妳又來了，不要看到誰都好帥、好可愛，好不好？」

徐語涵哈哈大笑。

兩人走出店外，戴上安全帽的同時，徐語涵問：「不過，他也真奇怪，幹麼一看到妳就一副看到妖怪的樣子？」

「誰知道？他每次看到我都是那樣的表情。」徐語安發動機車，「我原本以為是因為我的聲音奇怪，但後來我都還沒開口，他就露出那種奇怪表情。」

「我想他一定是被妳的美貌震懾住了。」徐語涵低笑了起來，隨後又補上一句，「不過，他的標準未免也太低了吧？」

徐語安沒有反駁，只是白了徐語涵一眼。就算沒有徐語涵提醒，她也知道那是不可能的事。而且，他的表情明顯就是被她嚇到。

她拉下口罩，從後視鏡中看著自己。

可是，她還是覺得他太誇張了。雖然她還沒有到漂亮的程度，也不至於是會讓人受到驚嚇的長相吧？

「姊，妳在看什麼啊？妳的臉怎麼了嗎？」後方的徐語涵問。

「沒事。」她趕緊拉上口罩，接著便往馬路上騎去。

在這天之後，因為徐語涵的要求，答應載她去上學的幾天，她們早上都會到那間早餐店買早餐。雖然一直沒有看到徐語涵口中的那位帥哥店員，不過徐語安總覺得徐語涵的目標似乎是轉移到這位「弟弟」身上了，她現在看起來對他很感興趣。

徐語涵每天總會利用等早餐做好的這段空檔問他好多的問題，像是年紀或是讀哪裡之類的等等。雖然男生幾乎都是一副快招架不住的慌張表情，不過托徐語涵的福，她總算是對這位一直給她奇怪印象的男生有了初步的認識。不然，明明都見了那麼多次面，她卻還不知道他的名字，只知道他是在學校圖書館工作的同校男生。

他說他叫梁宥程，是她大一屆的三年級學長，和李佑鈞一樣是資工系的。

「那你認識李佑鈞嗎？」一聽見資工系，她馬上就想到李佑鈞，幾乎是下意識的問出口。

「不認識。」梁宥程一臉茫然看著她，「李佑鈞是……」

「是她高中同學啦，也是資工系的。」徐語涵搶著替她回答，瞥了她一眼之後，刻意壓低聲音，小聲的說：「而且，疑似是她喜歡的人喔。」

她頓時一驚，嚇得連忙否認，「喂！妳不要亂講話！」

「我哪有亂講話？我又沒說一定是，只是說疑似，疑似啊！」徐語涵笑嘻嘻的說。

「妳！」她一心急，音調又變得更高，即使在吵雜的店裡也顯得很突兀。她意識到店裡有一些人在看她，或許不是因為她的聲音而注意她，但仍讓她止住了原本想說的話。她閉上嘴，抿了抿唇，不再和徐語涵繼續爭論下去。

徐語涵並沒有察覺到徐語安的異樣反應，只是單純覺得自己說贏了，不禁得意的笑了起來。

雖然只是短短幾秒鐘的表情變化，還是被一旁的梁宥程捕捉在眼底，他若有所思的看著突然不說話的徐語安，他總覺得自己該說些什麼，卻不知道自己該如何開口才好。

思緒彷彿陷入停滯，他甚至開始有點混亂，不知道自己現在在想什麼。

「弟弟啊，豆漿是好了沒？」

直到母親的催促聲傳來，他才收回視線，轉頭應了母親一聲。當他再次回過頭，他看見徐語涵又開始和徐語安說話，沒有他能插嘴的空間，只好默默的轉身去做事。

第四章　側耳傾聽

「語安，妳最近好像都吃同一間店的早餐耶。」王翊婷看著徐語安拿在手上的飲料杯，這陣子徐語安幾乎每天早上都拿著同樣的杯子，這讓她忍不住好奇的問：「這間很好吃嗎？」

「我覺得滿好吃的。」徐語安放開吸管，看了看手中的飲料杯，「我特別喜歡他們的蛋餅還有紅茶，妳要不要吃吃看？」

雖然和徐語涵約定的一個星期已經結束了，她也不用繼續載徐語涵上學，但只要是早上有課的日子，她還是會去梁宥程家的早餐店買早餐，即使需要多繞一點路。不過，這幾天都沒有見到梁宥程，反而看見徐語涵口中的染著咖啡色頭髮的男生，就和徐語涵講的一樣，他和梁宥程確實長得有點像。

王翊婷點頭，「好啊，學校附近的早餐店我都吃膩了，一直很想換換口味。」

「那我明天去的時候帶一份菜單來給妳。如果妳想吃，前一天晚上傳訊息給我，我再順便幫妳買。」

「謝謝妳。」

「不會。」她笑著說。

「不會。」

話才剛說完，她就聽見一道怪腔怪調的聲音和她說了一模一樣的話，聲音很奇怪，聽起來就是男生刻意拉高音調，明顯是在模仿她。她回過頭，看到班上的兩位男同學坐在她後方，笑著交頭接耳，看著她的目光裡盡是嘲笑的神情。

「不會就不會，不能好好講話嗎？以為自己是幼幼台的大姊姊喔？」她聽見其中一個男生竊笑著，說得很大聲，像是故意說給她聽似的。

雖然是同班同學，但徐語安平時和他們沒什麼交集，幾乎不會說到話，她也不知道自己是哪裡惹到他們了。她剛才說話的語調明明很正常，哪有像他們學的那麼刻意？

「語安……」王翊婷聽見了，不禁擔心的看著徐語安，卻也不知道該說什麼才好。

「怎麼了？」她回頭看向王翊婷，笑著反問，假裝什麼事都沒有，就算心裡很在意，她也會佯裝無所謂的樣子，反正只要不要理會他們，他們自然就會覺得無聊了。

而且，這和國中時期的情況比起來，根本就不算什麼。

「啊！蟑螂！」

看見書本上的深褐色物體，徐語安嚇得驚聲尖叫，立刻站起身，把課本甩到地上。然而，蟑螂並沒有馬上逃走，而是一動也不動的掉落在課本旁邊。她定睛一看，才發現那是假的蟑螂。

「徐語安，叫那麼大聲幹麼？耳朵很痛耶，那一看就知道是假的吧？」坐在一旁的女同學揉了揉耳朵，不悅的睨著她看。

「對、對不起……」她抱歉的說。

雖然和真的蟑螂有明顯的差別，但在拿出課本的那一瞬間，她根本沒辦法一眼就判斷出是真是假。而且，那又是她最怕的昆蟲。

然而，女同學卻一點都不領情，繼續冷言冷語的說：「真噁心，裝什麼可愛啊？」

她頓時愣住。她才不是在裝可愛，她是真的因為嚇到了才會尖叫的。可是，這些話卡在喉嚨間，怎樣也說不出口。

「啊！」

「啊！有蟑螂——」

「蟑螂——」

這時，身邊響起了此起彼落的尖叫聲。她錯愕的轉頭一看，班上的男同學正用著怪腔怪調的尖細嗓音學著她剛才說的話，而其他人則哈哈大笑著，嘲笑他們的模仿，更嘲笑她剛才的反應。沒有人顧慮她的感受，彷彿這樣的惡作劇是理所當然的事，是她本來就應該承受的事。

徐語安突然感覺自己的臉和眼眶微微發熱了起來，她很想大聲質問他們為什麼要做這種無聊事，可是就像剛才一樣，想說的話全都說不出口，只能愣愣看著他們。

比起被捉弄的生氣和被惡作劇受到的驚嚇，此時的她更感到害怕。她覺得好可怕，沒人能夠幫她，她只能一個人獨自承受著一群人的嘲弄。

耳邊盡是對她聲音的模仿以及嘲笑，而她的心跳也越來越震耳，漸漸覆蓋過來自外界的聲音。到了後來，她再也聽不見那些笑聲，停留在耳邊的，只剩下自己的心跳聲，然而他們嘲笑捉弄她的嘴臉卻依然在眼前揮之不去。

如果她的聲音也能像這樣消失就好了。她記得，那時候的她是這麼深切盼望著。

直到現在，依然如此。

陽光自窗外灑落進來，穿梭在書架間，在地上照映出一道又一道傾斜的長長影子。梁宥程推著堆滿書本的推車，緩步走在書架和桌椅區之間的走道上，他正依循著書本的編號找著對應的書架，突然間，徐語安的背影映入他眼中，他倏然停下腳步。

又見到她了。

梁宥程站在書架旁邊，她沒有發覺他的存在，正背對著他仰頭看書架，應該是在找書。

她都在這個時間來嗎？自從期中考結束，他改成午班，就常常在圖書館看到她。他正想走向前和她打聲招呼，突然想起了她說過的話。

「你幹麼又是這樣的表情啊？」

他想著她之前的抱怨，伸手拍了拍臉頰，想讓自己的臉部表情放鬆一點。

等一下一定要用很正常的表情和她搭話才行。想到這，他又輕輕拉了拉兩側臉頰。

不知道是不是聽到他的聲音，還是感覺有人在看她，視線原本停留在書架上的她忽然轉過頭，視線毫無預警和他對上。

他嚇了一大跳，別說是正常的表情了，他就連自然的表情都做不到，手甚至還忘記要放下。

看他拉著自己臉頰兩側，而且明顯又是受到驚嚇的模樣，徐語安不禁皺起眉，沒好氣的問：

「你沒事在我背後扮鬼臉幹麼？」

「沒、沒有，我只是……」他嚇得放開手，支支吾吾了一會兒，手又回到臉頰上拉了拉，傻笑道：「我只是想讓臉稍微放鬆一點而已。」

看他傻愣愣拉著自己的臉的傻樣，徐語安突然覺得自己好像看到一隻哈姆太郎。她忍不住笑了，「你這樣臉不痛嗎？」

「有、有一點。」他笑著鬆開手，臉上微微泛紅著。

她無奈一笑，也不知道為什麼，只要看到他傻笑的樣子，她就覺得想笑，就連方才的壞心情似乎都稍微沉澱了一些。

「你在整理書嗎？」她的視線落到了他前方的推車上。

「嗯，要把這些全都歸位。」

推車上放了很多書，只靠他一個人的話，恐怕要花上很多時間，於是她走上前，對他說：「那我來幫你。」

「咦？」他愣住，隨後連忙回應，「這是我的工作，我自已來就行了，不用麻煩了。」

「沒關係，反正我也沒事。」

「可是，妳剛剛不是在找書嗎？」

「沒有，我只是無聊在打發時間。」她走到推車旁邊，低下頭看那些書本，「只要按照編號把它們歸位就行了，對不對？」

「嗯。」看著她的側臉，他搔了搔頭髮，然後說：「那就麻煩妳了，謝謝。」

「不會。」她抬起頭笑著說。下一秒，想起自己方才在教室因為這樣說話而被嘲笑的事，笑容不自覺有些僵住。

察覺到她的表情變化，他不禁問：「妳怎麼了？」

她回過神，笑著搖搖頭，「沒什麼。」

雖然覺得有點奇怪，方才短短幾秒的變化他應該沒有看錯才對，不過梁宥程也沒有繼續追問，只是低應了一聲，然後推著推車往前走去。

剛開始，他們誰也沒開口說話，只是安靜的整理著編號雜亂的書籍，把它們按照編號分類好。直到她突然想起這幾天都沒有在早餐店看到他的事，才打破了沉默，「對了，你最近好像都沒有在店裡？這幾天去都沒看到你。」

「因為我哥回來了，所以我暫時就不用去店裡幫忙。」

「所以，店裡的事都是你哥在幫忙嗎？」

「算是吧，我只有假日需要幫忙，我媽說她平日只要一個幫手就夠了，要我專心上課就好。上星期是因為我哥有事上台北，所以妳們才會遇到我。」

「你哥不用上課嗎？」她好奇的問。

「嗯，他今年剛畢業。」他抱起書，按照順序，一本一本放回架上，隨後突然笑了起來，笑得有些無奈，「不過，他下個月就要去當兵了，等他當完兵回來會去找一份正職，我想大概也不會繼續留在店裡工作，所以下個月開始，他的工作可能就會變成我的了。」

「你們家不用上班上課的還有花生啊。」她想起了他的柴犬，笑著提醒他。

「花生只要乖乖坐在店門口不要作亂，我媽就很感謝了。」他低笑道，一說到花生，他臉上的笑容就加深了許多，也多了幾分溫柔。

他們的細語聲伴隨著陽光藏在兩側的書架之間，說話的聲音只有彼此聽得見。

「這本是在……」她低頭看了貼在書背上的編號，接著抬起頭找出相對應的書架，發現要收在書架中偏上方的位置。

不知道她能不能放得到？

她踮起腳尖，舉起拿著書的右手，試著靠近書架上的空位，可是無論她怎麼伸長身體，書和空位之間還是有點距離。

「這我來就好了。」他突然從後方接過了她手上的書，她往後一看，他舉起右手，輕易就把那本書歸位了。

「謝謝。」她說。

「是我要說謝謝才對，這本來就是我的工作。」他低下頭，望著她笑。

「你好高喔，應該有一八五吧？」

「差不多，上次量的時候是一八六。」他說，一邊接過她手中的書，然後把上層的書一一放回去。

「是喔，那你應該從小排隊的時候一直都是班頭了吧？」

「其實沒有耶。」他笑著搖頭，「我國三畢業時應該只比語涵高一點點而已。」

「真的假的？語涵現在只有一五三而已耶！」她忍不住驚呼，隨後意識到自己的聲音太大，嚇得摀住嘴，四處張望，所幸這層樓除了他們之外似乎沒有其他人。

他笑了笑，把手中最後一本書放好，「我是上高中之後才整個抽高，那時候我哥嫌我太矮，每天都帶我去打籃球，大概就這樣長高了。」

「能長這麼多，你一定打得很拚命吧？」

「是啊，我哥是真的很拚命在逼我打球。」他的笑容中帶了幾分傻氣，雙頰微微泛紅，不知道是因為陽光照射的關係還是因為不好意思，他笑著說：「不過，主要還是托了青春期的福。如果過了生長期，我恐怕也沒辦法長這麼高。」

青春期嗎？聽著他的話，心裡總有那麼一點羨慕。

只要努力，他總是會有機會可以長高，可是不管她怎麼努力，她的聲音卻始終都不會有任何改變的機會。

「今天真的很謝謝妳，多虧有妳幫忙，我才能這麼快完成整理的工作。下次妳來店裡，我請妳吃早餐。」站在圖書館門口，梁宥程笑著對徐語安道謝。

「不用了啦，反正我剛好也沒事。」她笑著搖頭，低頭看了手錶一眼，「那我就先去上課了喔。」

剛才一直專注在幫他整理書本的工作上，一時忘了要注意時間，現在距離上課只剩下五分鐘左右，比她原先預計離開圖書館的時間還晚了一些。所幸教室離圖書館不遠，就算現在慢慢走過去應該也還來得及。

眼看她就要轉身離開，他連忙喊住她，「那、那個……」

「怎麼了？」停下腳步，她納悶地問。

她一臉困惑的看著自己，讓他更是緊張，臉頰都微微發熱了起來。他下意識握緊雙拳，緊張的問：「我……我可以加妳的LINE帳號嗎？」

「LINE嗎？」她有些驚訝，不過沒有猶豫太久，很快就點頭答應，「嗯，好啊。」

「真的嗎？」他一驚，然後笑意更深了，雙眼微微瞇起，像一對彎月似的，「謝謝妳。」

互相將對方加入好友名單之後，徐語安的清單中跳出了一張瞇著眼看鏡頭的柴犬照片，ID名稱寫著「梁宥程」。

「這是花生嗎？」她問。

「嗯。」

「你真的很喜歡花生耶，連頭貼都用牠的照片。」

「是啊。」他笑著點頭，不知道是不是因為冷風吹來，臉頰有些泛紅。

她發現他好像很容易臉紅，不管是在室內還是室外，都經常看見他雙頰微紅的模樣。

這時，上課鐘聲響起。

「啊！上課了，我動作得快點才行了。」她說，手機隨手往口袋一塞。

「不好意思，一直耽誤到妳的時間。」他緊張地說。

她側過身，朝他揮揮手，「沒關係啦，我走了喔。」

「嗯。」他點頭應聲，而她隨後便快步向前走去，走進了人來人往的步道上。但是在不遠處，她突然停下了腳步。

咦？她在幹麼？

納悶的同時，手中忽然傳來了一道震動，梁宥程拿起手機一看，徐語安的名字出現在手機螢幕上。他驚訝的抬頭一看，看見她的手裡同樣也拿著手機，他趕緊點開訊息，她傳來了一張和他說再見的貼圖。

「剛剛忘了跟你說。」下一則訊息跳了出來。

他再次抬起頭，這次和她的視線不偏不倚有了交會。他見狀，原本想揮手回應，突然想起了手中的訊息，於是放下手，和她一樣用貼圖回應她。

他們之間相隔了一小段距離，是很曖昧的距離，不遠也不近。他們聽不見對方的聲音，卻能清楚看見彼此的表情，從驚訝到莞爾，她臉上的每一個表情變化都映入他的眼裡。

「拜拜。」

在她轉身離開之前，他看見她用嘴型這麼對他說，臉上帶著笑意。

「你在做什麼？」

伴隨著開門聲，梁宥程聽見一道聲音自身後傳來，他嚇得立刻把手中的信紙塞進書本底下。回過頭，是哥哥梁嘉辰站在半開的門邊看他，頂著濕漉漉的頭髮，肩上披了一條白色毛巾。

「你幹麼突然進來？嚇死我了。」他沒好氣的說。

「什麼話啊？這也是我的房間，我為什麼不能進來？」梁嘉辰關上房門，想起了剛才弟弟的慌忙舉動，忍不住打趣的問：「幹麼遮遮掩掩的？談戀愛了喔？」

「沒、沒有！」梁宥程立刻否認。

「臉都紅了，還說沒有？」梁嘉辰笑著坐到了他的床鋪上，他比誰都還清楚梁宥程一說謊就會臉紅結巴的毛病。

梁宥程只是撇撇嘴，沒有反駁，深怕自己會越描越黑。此時，梁嘉辰拿起手機滑著，完全不在意自己仍濕著的頭髮，他忍不住問：「你不吹頭髮嗎？」

梁嘉辰抬眸，看著他笑，「幹麼一直趕我出去？是在做什麼見不得人的事嗎？」

「沒有，我只是問問而已。」他說，停頓了一下，又補上一句，「我怕你感冒。」

「是喔。」梁嘉辰睨著梁宥程，他一看就知道梁宥程肯定在掩飾什麼，不過他也沒戳破，笑著站起身，「好啦好啦，我知道了，我去吹頭髮就是了。」

梁嘉辰離開房間，梁宥程才鬆了一口氣，悄悄拿出被他壓在書本下的信紙。

得快點藏好才行，要是被哥哥看見就糟糕了，他絕對會追問。

他看著桌面上的信紙和信封，這麼心想。

原本已經被他遺忘在抽屜的最深處，直到前一陣子在圖書館裡再次遇見徐語安，他才想起了這封信。那天之後，他總會不時拿出來看，細細讀著當年的所有心情。

因為存放多年，信紙和信封的邊緣都微微泛黃，當年因為緊握而留下的褶皺痕跡都還留在上面。歲月不停流逝，但這封信彷彿還停留在當年，情書上的青澀筆跡中還保存著十五歲那年在心底駐足的心動痕跡。

這是他給初戀的第一封情書，也是唯一的一封情書。

其實，自從第一次在圖書館見到徐語安，他就常常在想，上天給了他再次遇見她的機會，是不是就是要他把這封情書交到收信人手上？

他永遠記得十五歲那年，他第一次鼓起勇氣在學校的走廊上叫住她的場景。

「那個……同、同學！」

「怎麼了？」

記憶中的她模樣仍青澀，但她的聲音和現在一模一樣，他最忘不了的就是她細細的娃娃音。記得，那時候當他一和她四目交會，腦中就陷入一片空白，原先想做的事、想說的話全都忘得一乾二淨，最後只在目送她的背影離開之前留下了一句結結巴巴的「沒事」。

儘管事隔多年，但每次看到她，他還是會莫名慌張，他想，現在的自己和十五歲的自己相比應該沒什麼長進吧？而且，過了這麼多年，突然把這封信交給她感覺也很奇怪，她對他沒有任何印象，而自己當年心動的情愫似乎也沉澱了一些。

還是算了吧。

每當他糾結許久，得出來的答案始終如一。然後，就和往常一樣，他小心翼翼將信紙放入信封中，然後把這封情書放進抽屜裡收好。

至今，他都不曾忘記那年的怦然心動，可是卻遺忘了送出情書時的勇氣。

「媽，我帶花生出去散步喔。」

「外面很冷，記得穿外套啊！」梁媽媽的聲音自後方傳來。

「好。」梁宥程回應，換上球鞋，便去找趴在門邊睡覺的花生。大概是聽見了他的腳步聲，他還沒開口，花生就突然站起身，朝他吠了一聲。

他笑了笑，蹲下來替牠繫上狗鏈，「我們去散步吧。」

像是回應似的，牠又吠了一聲。

下午三點多，沒有營業的早餐店就像是被時間遺忘了一樣，店內沒有一點聲音，直到他開啟鐵捲門，聲音才自店外流瀉而入。他牽著花生往外走，然後重新關上鐵捲門，將所有喧囂再次隔絕於外頭。

室外比他原本想像的還冷，早上他幾乎都待在冒著熱氣的煎台旁邊，再加上他又一直忙碌的走來走去，那時候他還不覺得冷，直到此時他才真正感受到寒意。他們走在向來習慣的散步路線上，走過了陽光灑下的街道、寒風吹過的巷口，以及瀰漫著咖啡香氣和蛋糕甜味的咖啡廳。

經過咖啡廳時，花生的腳步停了下來，和平常一樣猛盯著展示櫃裡的蛋糕，而他的視線也因此跟著多停留了一會兒，他隨後不禁想起了前陣子在這裡遇見徐語安的事，那時候他蹲在地上，接過她彎下腰遞過來的面紙。

從她現在對自己的態度來看，他知道她肯定什麼都不記得了。可是在他的記憶中，卻深刻記錄著相似的場景，在那段始終下著雨的時光裡。

對他而言，國中時期就像是一場下個不停的大雨，他的天空總是灰濛濛的一片，看不見絲毫光亮。

「喂！矮冬瓜，你給我過來！」

在國中的校園裡藏了太多回憶，當年被同儕欺負的不安和恐懼一一浮上心頭。那些事情光是想起，他就感到一陣惡寒，就連記憶都不願意多停留。

那時候的每一天都讓他難受，直到在他最難堪的那個雨天裡遇見了她，唯有那天是多麼不同，他感受到的不再是無助和悲傷，而是一陣深刻的溫暖。

記憶中，十四歲的她替他撐傘，彎著腰，把面紙遞到他眼前。

「快回家吧。」她說。

她細細的嗓音溫柔的停留在他的心上，像是溫暖和煦的陽光。對他來說，初次遇見她的那天，就像出現在他那段時光裡的第一場太陽雨。

第五章　寂寞心事

冷藏櫃裡的飲料玲瑯滿目，梁宥程盯著眼前排列整齊的飲料思考了很久，遲遲無法決定。有時候選項太豐富、商品太齊全也很麻煩，弄得他不知道該喝什麼才好。

「你是因為家裡的飲料喝多了，不想喝這裡的飲料嗎？」徐語安語帶笑意的聲音忽然傳來。

他聽了，頓時一驚，連忙轉頭看去，徐語安正站在一旁微笑看著他。

「沒、沒有，我只是……」一看見她，他就緊張了起來，連說話也不自覺結巴，開始說不出話。他緊張的看著她，瞥見她拿在手中的鋁箔包飲料，他立刻轉過頭，也拿了一罐跟她一模一樣的飲料，然後看向她，傻笑，「我、我看我也喝這個好了。」

不知道是因為緊張還是他本來就是這樣，她常常覺得他笑起來時總流露著一份傻氣。他傻傻笑著，幾乎是笑瞇了眼，她馬上聯想到他 LINE 大頭貼使用的花生照片。

「妳不覺得他笑起來呆呆的，跟花生瞇眼看人的時候很像嗎？」徐語涵之前這麼說過。現在仔細看看，眼前的他和那張照片還真的有幾分神似，思緒至此，她不禁笑了出聲。

「妳在笑什麼？」他納悶地收起笑容，傻愣愣的問，不明白她在笑什麼。

「沒什麼。」她搖搖頭，轉身去結帳。

難怪徐語涵會說他笑起來跟花生很像，當然不是說他們長得很像，而是笑起來的神韻和給人的感覺，都有一種傻傻呆呆的模樣。

梁宥程覺得奇怪，摸了摸自己的臉，又看了看手中的飲料，停頓幾秒鐘，還是思考不出個所以然，只好趕緊跟上她的腳步去排隊結帳。

兩人一前一後排在結帳隊伍最末端，等待結帳時，梁宥程問：「妳是要去上課嗎？」

「嗯，對啊，等等還有兩堂通識要上。」徐語安回過頭，微微抬眸看著比她高上許多的他，「你呢？是要去圖書館嗎？」

「不是，我待會也要上課。」他說，然後舉起手中的飲料，像是在提醒她，一臉認真的說：「而且，圖書館也不能帶這個進去。」

「對喔，我忘了圖書館不能喝飲料。」她笑著說，看見前面已經結帳完畢，她連忙走上前，補上了櫃台前的空位，放上飲料的同時，她轉頭問：「要一起結帳嗎？」

他站在原地沒有前進，「沒關係，我等一下。」

「好吧。」她回過頭，拿出錢包，低頭數著零錢。這時她放在包包中的手機忽然震動起來，一邊把零錢交給店員，她拿出手機一看，是林韻瑄來電。

她感到很訝異，林韻瑄向來很少打電話給她，除非有急事。不然，她們通常都是透過 LINE 保持聯繫的。

「謝謝。」她接過店員遞來的發票，拿起桌上的飲料和吸管，然後接起林韻瑄的電話，「喂？韻瑄。」

「哈囉！語安，妳現在方便講電話嗎？」林韻瑄的聲音從電話另一端傳來。

「嗯，我現在沒事，怎麼了嗎？」她說，然後移動腳步，走到便利商店門口，她轉過身，看見梁宥程補上了她離開的空位，視線和她交會。

即使學校便利商店的室內空間還算寬敞，但在充滿學生的下課時間裡，店內就會變得很擁擠狹窄，尤其是站在門邊等待，這樣的感覺又更明顯。

她覺得店內有點吵，站在門口又會擋到別人的路，於是她朝他比了手勢，示意自己要到外頭講電話。見他點點頭之後，她才轉身走出店外。不同於店內的舒適暖氣，隨後迎面撲上的冷風讓她忍不住微微皺起了眉。

「我想問妳今天晚上有空嗎？」

「今天晚上嗎？」她想了想，然後說：「有啊，怎麼了？啊，對了，妳已經回台中了嗎？」

「嗯，我現在在路上，應該再過四十分鐘左右就會到了吧。」林韻瑄停頓了一下，然後問：「我今天可以去妳家找妳嗎？」

「當然可以啊，我四點以後就沒課了，妳幾點要來？要不要順便在我們家吃飯？」

林韻瑄已經很久沒去她家了，之前高中時，林韻瑄常到她家讀書，有時候李佑鈞也會跟著一起來。只不過，不知道林韻瑄今天又是為了什麼而來的，是讀書嗎？應該不可能吧。

「沒關係，這麼突然去找妳已經很不好意思，不要再給阿姨添麻煩了，我大概八點左右去妳家好不好？」林韻瑄問。

「好啊。」

「那我們晚上見。」林韻瑄說，突然想到了什麼「啊」了一聲，「對了，語安，妳不要跟佑鈞說我要去找妳好不好？」

為什麼不要跟李佑鈞說？

雖然覺得奇怪，但她沒有多問，只是應了一聲，答應林韻瑄的要求。

上次見到林韻瑄，已經是前一陣子和李佑鈞一起去咖啡廳那天的事了。林韻瑄難得來找她，表情卻不如以往的明亮，反而特別凝重。

「發生什麼事了？」

「語安，我想問妳。」林韻瑄坐在她的床邊，拿起手機遞給她，「妳認識這個女生嗎？」

「誰？」徐語安接過手機，定睛一看，手機螢幕上的畫面讓她頓時怔住，「這是？」

從他們身上的籃球衣來看，這應該是李佑鈞和系籃成員的合照。幾個穿著藍色球衣的大男生笑容燦爛，而照片中唯一的女生則親密的勾著李佑鈞的右手，頭輕靠在他的臂膀上。然而從照片上看不出來李佑均有任何拒絕或是不悅的意思，不管誰看了都會覺得他們的動作很自然，彷彿這是很理所當然的舉動。

「這是佑鈞在臉書被標記的照片，好像是他們系籃練習完拍的。」林韻瑄的聲音明顯沉了下來，「我前幾天滑臉書時看到的。」

前幾天？

聽林韻瑄這麼一說，她才想起不久之前看過李佑鈞被標記在這一系列的照片裡，只是上傳的照片太多，而且又是她不認識的人發的動態，因此她沒有特別點開照片來看。

「妳認識這個女生嗎？」林韻瑄又重複了剛才的問題。

徐語安搖搖頭，滑著其他照片，其他人的合照紛紛映入眼底，「她應該是他們系上的吧？感覺像是球經之類的。」

林韻瑄沒有說話，只是悶悶的低下頭。

她見狀，連忙說：「不過，她也不是只勾佑鈞的手，妳看其他照片她也勾著別人啊。」

徐語安滑著手機螢幕上的照片，雖然這個女生親密的勾著李佑鈞的模樣讓她覺得很刺眼，但她現在不想搧風點火，讓林韻瑄的情緒更加波動，而是試圖讓氣氛緩和一些。

「那也不代表她就可以這樣隨便對佑鈞啊，妳不要因為不是妳的事，就把話說得這麼輕鬆好不好？」林韻瑄的音調忽然變高，透漏著些微不悅。

她嚇了一跳，沒想到林韻瑄會因為她的話感到不開心，連忙解釋，「我、我不是那個意思，我只是希望妳不要想太多。」

「看到這種照片，妳要我怎麼不想太多？」林韻瑄的音調降下來，低下頭，小聲的說。

看著林韻瑄像是洩了氣的皮球的落寞模樣，她突然有種話說不出口的感覺。

這麼說也是，換作是她，她肯定也會很在意。現在她還處於單方面暗戀的階段，光是看到他和女朋友的互動，她就會嫉妒了，如果今天她是以林韻瑄的身分來看，她絕對會很在意，甚至是不高興。

換個立場想，就像林韻瑄說的一樣，她剛才是真的有點說得太事不關己了。於是，她提出了最有建設性的建議，「既然這樣，那就去問佑鈞，要他解釋清楚。」

然而，林韻瑄馬上反駁，「可是，萬一佑鈞覺得我在限制他的交友圈，不高興怎麼辦？」

「會嗎？」她不明白林韻瑄的顧慮，「妳只是問一下而已，又不是不讓他們當朋友。」

林韻瑄撇撇嘴，不以為然的說：「唉唷，妳又沒有談過戀愛，妳不懂啦，事情沒有妳想的那麼單純。」

被她這麼一說，徐語安微微愣住，沒有反駁她的話，只是抓了抓頭。

如果是這樣的話，那她真的是不懂，也無法體會。

可是，看林韻瑄一臉很苦惱的樣子，徐語安實在是不能不管，她知道林韻瑄心裡很想弄清楚他們的關係，也很在意，又不敢問李佑鈞。徐語安想了想，有些遲疑的說：「不然……我去幫妳問佑鈞看看？」

「真的嗎？」林韻瑄的表情明亮了起來，拉起她的手，開心的說：「語安，謝謝妳。」

不知道為什麼，看著林韻瑄突然變得燦爛的笑容，她有種自己中計的錯覺，甚至還有點後悔提出了那樣的建議。

「嗯。」然而，既然話都說出口了，她也不好反悔。反正自己也很好奇那個女生和他是什麼關係，而且又是什麼樣的情況之下會那樣互動。

只不過，希望李佑鈞不要嫌自己問太多才好。

思緒至此，她忽然想起了幾分鐘前林韻瑄的顧慮，她不禁感到無奈，果然還是以自己的立場出發，才能完整感受到有些事情會帶來的可能。

不過，在直接問李佑鈞前，她覺得還是先問問周邊的人會比較好。

說到資工系，除了李佑鈞，她下一個想起的就是那張傻呼呼的笑臉。

周遭一片靜悄悄的，燈光也有些昏暗，讓眼前被手機螢幕照亮的臉顯得更加明亮。

「你認識這個女生嗎？」徐語安拿著手機，認真的問，螢幕上頭顯示的照片正是林韻瑄給她看的那張。為了想讓自己的表現嚴肅一點，她刻意壓低了聲音，儘管娃娃音的本質還是很明顯。她突然覺得自己好像警察在詢問嫌疑犯，只不過眼前這位嫌疑犯卻露出了比誰都還無害的呆愣表情。

梁宥程聽了睜大雙眼，很認真盯著螢幕上的照片看，很快就點頭，「認識。」

「你認識？」徐語安驚呼，她本來只是抱著試試看的心態來問，沒想到他竟然真的認識。

他點點頭，「嗯，她是我大一的直屬學妹。」

「直屬學妹？」他們意想不到的關係讓她更是驚訝。伴隨著她的驚呼聲，頭頂上的所有燈光倏的亮了起來。

突如其來的明亮光線讓他們兩個同時嚇了一大跳，愣愣的轉過頭，梁媽媽站在電源開關處，手扶在牆面上，沒好氣的看著他們。

「你們兩個坐在這裡幹麼？燈要開不開的，是在講鬼故事喔？」梁媽媽邊說，邊把室內的所有電燈打開，照亮了店內的擺設，平時熱鬧不已的早餐店在此刻是一片寧靜。

「沒有啦，只是想說這樣比較省電。」徐語安傻笑，她絕對不會和梁媽媽承認是她堅持要維持剛才的明亮度，因為她覺得那樣比較有質詢的氣氛。

「可是，妳剛才不是說這樣比較有氣氛嗎？」梁宥程很老實，不解的問。

徐語安頓時一驚，下意識地瞪了梁宥程一眼，示意他不要說太多，然而梁宥程只覺得自己被瞪得很莫名其妙，完全無法理解她眼神中想傳遞的訊息。

應該沒有說錯話吧？他抓了抓頭，納悶地想。

「什麼氣氛啊？大白天的就別窩在這裡講鬼故事啦。」梁媽媽沒好氣的失笑，「弟弟，你現在沒事的話，就帶花生出去散步。」

「可是，牠不是中午才剛散步過嗎？」

「去過又沒關係，再出去走一圈有益身體健康啊。不然，他整天不是在吃就是在睡覺，你沒看到牠已經越來越胖了嗎？牠現在都可以改名叫馬鈴薯了。」梁媽媽瞥了正在門口睡覺的花生，嫌棄的說。

徐語安不禁點頭附和。第一次見到花生，她就覺得比起一般柴犬的體型，牠確實是更圓一點，而且最近還有越來越圓潤的趨勢。

「會嗎？我覺得牠胖胖的很可愛啊。」梁宥程立刻替花生辯解。

徐語安一聽，立刻明白花生是誰養胖的。

「太胖身體毛病會很多，你要是愛牠就快點帶牠去多運動。」梁媽媽語帶威脅的說。

梁宥程聽了，這才點頭，「好啦，我知道了，我去拿繩子。」

「快去快去。」梁媽媽滿意的笑了，然後轉頭看向徐語安，笑瞇瞇的說：「對了，語安如果有空的話，就陪我們弟弟一起去吧。」

「好。」她點頭。

梁媽媽的笑容燦爛得讓她難以拒絕，但也不是說她很不情願，就算梁媽媽不開口，她大概也會主動問他能不能同行。

因為，她還有事情想問他。

即便太陽露臉，但冬日的午後仍很冷，迎面吹來的微風都帶著明顯寒意。

看著走在最前頭的花生，徐語安問：「你們家都是你負責帶花生散步嗎？」

「嗯，基本上都是我，因為和爸媽比起來，我最閒。」梁宥程傻傻的笑了起來。

「不過，那也是因為和花生散步很開心，所以你才會這麼勤勞，不然一般人都一定會找藉口偷懶。」

「是啊，是真的很開心。」他笑著點頭，接著想起了剛才在店裡被母親打斷的話題，問：「對了，妳剛剛怎麼會突然問到學妹的事？」

雖然是自己提起的話題，但被他這麼一問，她還是莫名慌張了起來，隨口扯了一個理由，訕訕的笑著說：「沒什麼，我有個朋友想認識她，可是我們只知道她是資工系的，所以就想問問看你認不認識。」

說完，她還乾笑了幾聲，自己都覺得尷尬，總不能老實把林韻瑄的事告訴他吧？

幸好他沒有懷疑，只是點點頭，「這樣喔。」

「對啊。」

他微微偏過頭，開始說起了關於學妹的事，「學妹她叫陳依婷，是一年級A班的，好像是台北人，咦？還是桃園？」

看他說得不是很確定的樣子，她忍不住笑著問：「你們感覺好像不是很熟的樣子，你不是她的直屬嗎？」

他沒有否認，點點頭，說：「雖然是直屬關係，但我和她是真的很不熟，而且我也不太敢跟她說話，所以恐怕沒辦法幫妳朋友介紹。」

「為什麼不敢跟她說話？」

他皺起眉，一臉驚恐，「因為我覺得她很可怕。」

「可怕？怎麼說？」

難不成是那種會搶別人男朋友的女生？還是是那種會到處說別人壞話的女生？

等待著梁宥程的答案時，她在心裡想了許多種可能。

「可能是她的習慣吧？每次只要和她說話，她就會動手動腳的。」

動手動腳？

「你是說她有暴力傾向？」她睜大雙眼驚呼，怎樣也沒有想到會是這個答案。

那她是不是應該要提醒李佑鈞小心一點？

「不是啦，她沒有暴力傾向，只是她講話的時候都會靠得很近，還會有肢體接觸，像是勾手或是靠在我的手上之類的。」他抓了抓頭，吶吶的說：「雖然我看她對每個人都是這樣，但是我不太喜歡跟人有肢體接觸，也不太習慣跟不熟的人靠太近。所以，我之後看到她就會自動閃遠一點，久而久之，我們就漸漸沒有聯絡了。」

靠太近？

徐語安忽然意識到和他之間似乎是靠得太近了，只相距著不到半步，她立刻往右邊跨一步，拉開彼此之間的距離。

梁宥程頓時一驚，連忙說：「妳、妳的話就沒關係。」

「我沒關係？」

他的臉沒由來熱了起來，他支支吾吾解釋，「我是說剛才、剛才我們的距離沒關係。」

見她一臉莫名其妙的看著自己，他便自動向她靠近，想恢復到原本的距離，然而卻因為太過慌張，動作太大，兩人的手臂有了微微的碰撞。

他更是感到驚慌，就像是被電到一樣，整個人瞬間彈開，「對不起！」

看著不知道一個人在那邊緊張什麼的他，徐語安只覺得好笑，「你幹麼這麼緊張？我又不會打你。」

望著她的笑臉，他不知道該說些什麼，只是摸了摸鼻子，然後才小心翼翼恢復到原本的距離。他過於謹慎的緊張模樣讓她忍不住笑出聲，覺得他奇怪的同時，又覺得他有點可愛。

輕輕笑聲停留在耳畔，他沒有說話，只是盯著地面，雙頰微微泛紅著。

從梁宥程的話聽起來，那位叫陳依婷的學妹對每個人都是這樣，應該不是針對李佑鈞。

想到這裡，她不禁稍微鬆一口氣。然而，她又突然想起林韻瑄昨天晚上說的話。

「那也不代表她就可以這樣隨便對佑鈞啊。」

是啊，就算是這樣，還是應該保持一點距離才行，不能做出那種會讓人誤會的舉動。

她低下頭，看著顯示在手機螢幕上的通訊錄名稱，李佑鈞。

唉，雖然已經答應林韻瑄要去問李佑鈞了，但是她究竟該怎麼開口才好？她真的很擔心李佑鈞會覺得她多管閒事，會嫌她明明只是朋友，卻在質詢他的交友。

畢竟她只是朋友，不是女朋友，她總覺得自己沒有什麼立場說那些話。

她關掉手機螢幕，把手機隨手扔到床鋪上，苦惱的抱著頭。

而且……而且，除了那些顧慮之外，她最受不了自己的是，在她的內心深處，竟然還有那麼一點羨慕那個學妹。雖然學妹的舉動讓她感到刺眼，她心裡卻是羨慕著，羨慕學妹明明只是朋友關係，仍可以那樣自然的靠近李佑鈞。

即使喜歡李佑鈞很多年，但礙於自己的身分，以及和林韻瑄之間的朋友關係，她一直都讓自己和李佑鈞保持著朋友之間該有的距離，她不會和他靠太近，也不敢跟他有肢體上的接觸，就深怕林韻瑄誤會或是生氣，更擔心自己的心意會被他們察覺到。

只不過，她有時候還是會想，如果自己能像林韻瑄那樣牽著他的手就好了，又或者是能像學妹一樣以朋友的身分自然靠近他就好了。

咦？等等！

思緒至此，她頓時一驚，嚇得連忙用力甩甩頭，阻止自己胡思亂想。真是的，她是在亂想什麼東西？朋友就是朋友，想那麼多幹麼？

她伸手拿起手機，然後解鎖，李佑鈞的名字隨著螢幕亮起再次映入眼底。

對，他們就只是朋友，所以她只要以朋友的身分，假裝只是因為好奇所以才問的就可以了。

以朋友的身分。

然後，她按下了李佑鈞名字旁的通話按鈕。

下午兩點多，學餐裡沒什麼人，大部分的店家都已經在做收拾的工作。

徐語安獨自坐在一張空桌旁，無聊的滑著手機，瀏覽著臉書的動態。

現在不是吃飯時間，學餐裡還算安靜，只不過耳邊一直都有說話聲斷斷續續自周遭傳來，但那些聲音太過分散，以至於她始終沒有聽清楚，直到李佑鈞的聲音響起。

「語安。」

她立刻抬起頭，李佑鈞帶著臉上的笑容以及身後的和煦陽光朝她走來，他的輪廓、他的笑容在背光之下勾勒出更深的痕跡，也輕易在她心上勾出了淺淺的心動痕跡。

她微微一笑，和他打了一聲招呼。

「等很久了嗎？」

「沒有，我才剛到而已。」

李佑鈞笑著在她身邊的空位坐下，把兩杯手搖飲料放到桌上，「這是我剛剛在路上買的。」

她見狀，連忙低下頭翻找背包中的錢包，想把飲料錢給他。下一秒，他的大手按住了她的手，阻止了她的動作。

「不用了，這又沒多少。」他失笑搖頭，從塑膠袋裡拿出其中一杯。他看了看杯上的標籤，然後把飲料和吸管一起遞給她，「這是妳的，百香綠，微糖去冰，對吧？」

百香綠，微糖去冰，是她去手搖飲料店最常點的飲料，沒想到他竟然注意到了，就連甜度冰塊這樣的小細節都有記住。雖然看起來只是微不足道的小事，但對她而言，已是足以泛起心裡漣漪的程度。

「謝謝你。」壓抑著微微躁動起來的心跳，她向他道謝，「不好意思，約你出來還讓你破費。」

「破費什麼啊？妳太誇張了，講話幹麼這麼客氣？」他笑了笑，指了指她面前的飲料，示意她快喝，「不過，真搞不懂妳們女生為什麼有辦法喝那麼酸的東西？韻瑄每次喝飲料也都要微糖或是無糖。」

她笑著說：「這樣才能減少罪惡感。」

他莞爾，拆開吸管的塑膠包裝，將吸管插入飲料中，塑膠膜被刺破的聲音清晰響起，他喝了一口飲料，問她，「對了，妳找我有什麼事？認識妳這麼久，這好像是妳第一次主動約我。」

他已經忘了，其實這並不是第一次，她第一次約他是打算向他告白的那天。

「呃……其實，也不是什麼特別的事啦。我只是……只是……」她支支吾吾的，不知道該怎麼提起才好，她發現這件事比她想像中還要難問出口。

看見她一臉緊張的樣子，他不禁笑了起來，開玩笑的說：「幹麼這麼緊張？難不成是要跟我告白嗎？」

「啊？」她錯愕的看著他。

她錯愕的模樣讓他也跟著愣住，他的表情同樣驚訝，「不會吧？」

她愣了好幾秒，才恍然反應過來，立刻用力搖頭否認，「不是不是！絕對不是！」

就算她曾經想過向他告白，但也絕對不會是這個時候。

他愣了一下，隨後表情明顯鬆了一口氣，他微微勾起嘴角，輕輕笑著說：「我想也是。」

他鬆了一口氣的模樣，讓她的胸口突然一陣緊縮，就像是有什麼東西緊緊盤踞在心中。明明是自己先否認的，她的心卻還是隱隱作痛了起來。

「我想也是。」

他所說的這句話依然迴盪在耳畔，看著他莞爾的表情，她只覺得自己的臉好僵，怎樣笑都不自然。

她不知道他是以什麼樣的情緒說出這句話的，但聽在她的耳裡，她感覺是有一種慶幸的意味。原來，就算不是直接拒絕，他笑著淺淺帶過的話聽起也是讓人難受。

思緒至此，她只覺得更加苦澀，就連方才的緊張情緒也全都被這樣的難受感覺取代，她突然覺得自己似乎已經沒什麼好顧慮的了。

「其實，我是想問你照片的事情。」

「照片？」他一愣，「什麼照片？」

「前幾天，你不是被標記在系籃的照片裡嗎？我看到……」然而，說到這裡，她還是下意識移開視線，看向旁邊，不太敢直視他的雙眼，吶吶的說：「我看到有一個女生勾著你的手，看起來好親密的樣子。」

明明事先不斷告訴自己要像個朋友一樣好奇地問，可是她真的覺得現在的自己一點也不自然，扭捏的模樣反而像在埋怨他。

她在腦海中假想著李佑鈞各種不開心的可能，短短幾秒鐘的停頓空白讓她覺得過了好久。

「喔。」李佑鈞並沒有露出不悅或是不耐的神情，而是意外的平靜，他拍了一下手，恍然大悟的說：「妳是說那張喔？」

「咦？」她愣愣看著他，接著只見他拿出手機，然後按著螢幕像是在找什麼，一會兒過後，他將手機螢幕轉向她，映入眼底的照片就是林韻瑄給她看的那張照片。

「妳是說這張，對吧？」

她朝他點頭。

「我就知道。」他低嘆了一聲，「語安，學妹她真的只是朋友而已，而且學妹她對每個人都是這樣，不管是男生還是女生，她都喜歡勾著別人的手拍照。那天拍完照之後，我也跟她說以後別這樣了。」

他邊說，邊向她示意學妹和其他人的合照，就如他所說，不管是男生還是女生，學妹都是親暱的勾著合照的人的手。

關於這點，她早就已經從其他照片看出些許端倪，而且她也從梁宥程那邊聽到了一些訊息，只是……只是，她真的很在意。

身為普通朋友，她當然知道自己不應該管那麼多，卻還是忍不住，「但是，我還是覺得你和她保持一點距離比較好，畢竟你都有女朋友了，不認識學妹的人還是會誤會的。」

而這些話究竟是替林韻瑄說的，還是她自己的心裡話？

一時之間，她沒有答案。

他微微一怔，但笑容很快就回到他的臉上。

「什麼樣的距離？」他微微挑眉，笑著反問：「妳是指像我和妳之間的距離嗎？」

他微微一笑，突然向她傾近，他的臉龐倏的在她的眼前放大，近得她能清楚看見照映在他深褐色眼眸中的光亮。

「還是說，像這樣？」他輕輕笑著問。

而且，也近得能感受到他輕笑之間的氣息。

她的臉迅速襲上一片燥熱，她嚇得退開，緊張的抹了抹臉，「你在說什麼啊？」

她知道自己的臉現在肯定紅得不像話，她越努力遮掩，慌張的模樣卻反而更輕易被他察覺。

她的驚慌失措他全看在眼裡，忍不住笑了起來，「妳的反應也太可愛了吧？」

看著哈哈大笑的他，她頓時一陣惱羞，扁起嘴，不悅的說：「我是在跟你講認真的，你還在跟我開玩笑？」

而且，怎麼偏偏拿這種事情開玩笑？她剛才真的一度以為自己的心跳要停了。

「抱歉抱歉，因為難得看到妳一臉嚴肅的樣子，所以忍不住想跟妳開玩笑。」即使他嘴上這麼說，表情中卻沒有任何歉意，只有止不住的笑意。

她撇撇嘴，不滿的看著他。

「好啦，別生氣了。」他笑著把她的飲料往她又推近了一些，「喝飲料吧。」

她悶悶的拿起飲料，一陣沁涼在掌心蔓延開來。她低頭喝了一口，酸甜的冰涼滋味流過了喉嚨間，帶走了乾澀。

「語安，這件事是韻瑄叫妳來跟我說的吧？」

她險些被飲料嗆到，連忙搖頭否認，「不、不是！是我自己因為好奇才問的。」

「妳真的是很不會說謊。」他一臉不相信，低頭看向手機螢幕，輕輕笑著說：「我自己是覺得這照片沒什麼啦，所以那時候就沒有特別跟韻瑄解釋了。我本來以為韻瑄應該也是這麼想，她這幾天都沒提到這件事，沒想到她果然還是很在意，竟然請妳來問。」

她突然不知道該說什麼。其實，也不能說李佑鈞不對，只能說這件事他們在認知上有差別而已，他覺得沒什麼的事，對她們而言卻事一件很令人在意的事情。

他抬眸看她，「妳不說話就是默認了喔。」

「沒……」

他笑了笑，「韻瑄那邊我會跟她解釋清楚，妳以後不用再幫韻瑄來試探我，也不要再做這種事了。」

「韻瑄那邊我去跟她說就好。」她擔心自己不小心洩漏的事會讓林韻瑄不開心。

「放心，我只是解釋我該解釋的，不會害到妳。」他笑著說，低頭看了手錶一眼，「我待會有報告要討論，要先走了。」

「不好意思，你在忙還約你出來。」

「就跟妳說不用這麼客氣。」他沒好氣的笑著說，伸手輕拍了她的頭，「我走了喔。」

覆蓋在頭上的輕柔觸碰讓她心裡一驚，心跳彷彿瞬間漏了一拍，她突然覺得自己好像當機了一樣，不知道該做什麼反應，只是愣愣的點頭，「好，拜拜……」

直到李佑鈞的身影完全消失在視線當中，她才完全回過神，輕吁了一口氣。她拿出手機，想看一下現在的時間，螢幕亮起的瞬間，她看見有一則訊息靜靜停留在上頭。

是梁宥程傳來的，傳來的時間差不多是在李佑鈞剛來的時候。

「這是學妹的臉書，我已經跟學妹先說一聲了，希望可以幫上妳的忙。」他說。

梁宥程的過分認真讓她覺得很抱歉。

她說了謊，而且還說了兩次謊，不但對梁宥程說謊，也對李佑鈞說了謊。

她跟梁宥程說她有朋友想認識學妹，然而只是她想試探學妹是什麼樣子的人。然後，她又用默認的方式，讓李佑鈞知道她今天約他是為了幫林韻瑄問照片的事。但事實上，那是她自己想問的，在她內心深處，林韻瑄其實只是一個藉口。

一直以來，她總認為自己和李佑鈞保持著朋友關係，維持著朋友應該有的距離。此刻她才突然意識到自己只是利用朋友的身分，不斷遊走在曖昧的模糊地帶上而已。

想起了剛才毫無預警的拉近距離，她的心跳再次不安分的躁動了起來。

第六章　曖昧地帶

晚上，徐語安接到了林韻瑄打來的電話。

「語安，謝謝妳。」林韻瑄的聲音頭帶著明顯笑意，尾音微微上揚，即使只有短短一句話，但字裡行間已經明顯透漏出她的好心情。

林韻瑄說李佑鈞不久前打電話向她解釋那張照片的事情，也為了這件事向她道歉。

「雖然那個學妹看了還是很礙眼，不過他已經跟我保證以後不會再這樣了。」

「那就好。」她說，不知道為什麼，她覺得自己好像言不由衷。

站在朋友的立場，她應該替林韻瑄開心才對，然而，此時此刻她卻發現自己是以暗戀李佑鈞的心情在面對林韻瑄。她不知道該說些什麼，覺得自己真的是一個很矛盾的人。

林韻瑄開心的笑了笑，然後問：「話又說回來，我還滿好奇妳是怎麼跟佑鈞說的耶。」

她思緒在腦海中飛快流轉，稍微修飾了今天和李佑鈞的談話，「沒什麼啦，我只是跟他說我覺得他還是和學妹保持一點距離比較好，畢竟他那張照片真的很容易讓人誤會，連我看了都覺得怪怪的，更何況是妳？」

「妳真的這樣跟講？」林韻瑄很驚訝。

被林韻瑄這麼一問，徐語安沒由來的心虛了起來，「是、是啊，差不多就是這樣。」

難不成李佑鈞把她洩漏林韻瑄找她去試探的事也講了出來？

「佑鈞沒有生氣嗎？」林韻瑄依舊很驚訝，繼續問。

「生氣嗎？」徐語安回想著李佑鈞當時的種種表情，雖然偶爾會愣住，但大部分時間都是笑著，可是她還是不太確定，遲疑的說：「應該是……沒有吧？」

「真的假的？難道他都沒有擺臭臉之類的嗎？」林韻瑄又問，讓徐語安開始感到怪異，難道李佑鈞有什麼地雷嗎？

即使心裡有疑問，她還是搖頭，回答：「這倒是沒有。」

「怎麼可能？」林韻瑄的音量忽然提高，聽起來就是不相信她所說的話。

「什麼意思？」她感到更是困惑，林韻瑄這句話怎麼聽起來像是李佑鈞應該要生氣的樣子？

「就是……」林韻瑄忽然遲疑了一下，隨後乾笑了幾聲，「語安，對不起啦，其實我之前就跟佑鈞提過幾次類似這樣的問題了。妳也知道佑鈞他就是那種跟誰都好的個性，而且別人說什麼他也不太會拒絕，但我希望他和別的女生能保持一點距離，可是我每次提他都會不高興，說大家都只是朋友，為什麼要想那麼多？還說我在限制他的交友圈。」

徐語安突然想起林韻瑄昨晚的顧慮，原來她的擔心並不是只是假設而已，而是真的曾經發生過，而且還發生了好幾次。

「所以，妳的意思是佑鈞只要說到這個就會不高興？」她問。

「嗯，對啊。」林韻瑄坦然地說。

她突然有點不開心，感覺自己好像被騙了。明知道李佑鈞會因為這樣生氣，幹麼還一直要她去？這不是要讓她難做人嗎？徐語安忍不住翻了一個白眼，在心裡頭埋怨著。

「那妳為什麼都不跟我說？」她悶悶地問。

就算她已經事先做好李佑鈞會不高興的心理準備，可是林韻瑄這樣還是讓她不太開心，不管怎樣，林韻瑄應該事先讓她知道這樣的情形才對吧。

「我怕跟妳說，妳就不願意幫我了。」

她頓時沉默了下來。

「語安，妳生氣了嗎？」林韻瑄問，聽她依舊沒有回答，隨後撒嬌了起來，「唉唷，語安，妳不要生氣啦！我也不是故意要騙妳的，因為能幫我的人就只有妳而已啊。」

林韻瑄撒嬌的可愛嗓音在她耳邊迴盪著，她不知道該說什麼，只是低應了一聲。

而這聲回應所指的是，「我知道了，我不會生氣。」還是只是單純的表示她知道了，說真的，連她自己都沒有答案。

「語安，謝謝妳。」林韻瑄自行把她的話解讀成前者，開心的說：「那就先這樣了，我們下次見面，我再請妳吃飯。」

說完，這通電話便匆匆結束了，林韻瑄大概也不想再和她解釋什麼了，很多時候，說越多，只會越容易洩漏自己的真心。

看著逐漸暗下來的手機螢幕，她想起了自己這幾天歷經的種種心情，有擔心、有緊張、甚至是心動。然而在此刻，她覺得這些情緒好像都和剛才的不開心糾纏在一起了，緊緊纏繞在自己的胸口，她現在覺得很悶，悶得很難受。

她不禁深深嘆一口氣，卻似乎更悶了。

雖然她生氣林韻瑄對她說謊，可是她自己不也是一直都在說謊嗎？除了那些說出口的話，他們心裡都有太多說不出口的事情，只能用說謊或是假裝來掩飾自己的真心，就像她喜歡李佑鈞這件事，一直被包覆在她對他只是朋友而已的謊言當中。

這些年來，她都在說謊，也一直在假裝。她藉著所謂的友情不斷在他們之間遊走，卻始終走不進他們的愛情裡，在這一段看似是三人行的青春，其實是她獨自一人在曖昧地帶徘徊而已。

謊言說久了也不會成真，她始終都站在他們的愛情之外。

雖然這樣想不太好，但她想林韻瑄所說的「下次見面」大概只是隨口敷衍她的吧？

一看見臉書動態上的他們的照片，徐語安就覺得心情又悶了起來，總是被她深藏在心底的嫉妒心再次悄悄作祟著。

林韻瑄這個星期又回到台中了，而且一如往常和李佑鈞見了面，兩個人還很開心的拍照在臉書上打卡。

要不是看到臉書的動態，她根本不知道林韻瑄回台中。她當然也不是真的要林韻瑄請吃飯或表示什麼，只是既然回台中了怎麼都不跟她聯絡？就算像之前一樣，跟她說稍微一聲也好。

照片上兩個人都笑得很開心，他們看起來是真的已經說開了，感覺彼此之間沒有留下什麼疙瘩，只剩下她一個人還把那些事情惦記在心上，獨自悶悶不樂著。

早知道就不要幫林韻瑄問了……

「語安……語安，語安！」

思緒至此，王翊婷的聲音由小變大聲的傳來。她猛然抬起頭，王翊婷正背著背包，站在她斜前方。

「妳怎麼啦？都已經下課了，妳幹麼還坐在這裡不走？」王翊婷問。

「啊？沒什麼啦，我只是在看臉書而已。」她乾笑。

「是嗎？可是，我看妳的手機螢幕都已經黑很久了耶。」王翊婷一臉不相信，指著她不知道何時已經暗下來的手機螢幕。

「咦？」她低頭看了一眼，尷尬笑著，「真的耶。」

「根本就是在發呆嘛。」王翊婷無奈一笑，這時傳來了其他同學喊王翊婷的聲音，王翊婷回頭應了一聲，又轉頭看她，「語安，那我就先走了喔。」

「嗯，拜拜。」

看著王翊婷離開教室，她又低下頭看手機，她按開螢幕，畫面重新回到臉書。可是林韻瑄的動態，因為重新整理，被其他動態推到下方去了。她沒有再去查看那則動態，只是關掉手機螢幕，開始整理桌面上的書本和文具用品。

很多時候，她真的很討厭自己，討厭自己這麼小心眼，討厭自己為什麼都不好好表達自己的想法，弄得明明就不是什麼大不了的事，卻還是輕易影響到她的心情好久。

當她離開教室時，下一節課的上課鐘聲已經響起。

和往常一樣，空堂時間徐語安還是來到了圖書館打發。

圖書館一如既往的寧靜，窗外的天空灰濛濛的一片，即使開了燈，但少了陽光，室內的光線感覺就變得不那麼明亮。她走在書架之間，無聊的看著書架上每一本書的書名，書名一個接著一個進入她的視線當中，卻遲遲進不去她的思緒裡。

這時，耳邊忽然傳來一陣推車移動的聲音，一聽見這個聲音，她馬上聯想到梁宥程。

這幾天，梁宥程不知道是怎麼了，每當她循著聲音看去，看見的都不是梁宥程，而且她也沒有在圖書館裡看見他的蹤影，好像都沒有來上班。

曾幾何時開始，在圖書館裡見到他已經變成了一件理所當然的事情，甚至是一種習慣，彷彿沒有見到他，圖書館就不像是圖書館了。

她走出書架間的走道，熟悉的人映入眼底。梁宥程正推著推車，看向他的左手邊，視線停留在那些書架上。

他沒有察覺到她在，於是她開口，輕輕喊了一聲，「梁宥程。」

語落，他一臉困惑轉頭看來。當他們四目交會，笑容頓時在他臉上綻開，好像見到她是很開心的事。接著，只見他緊抓著推車的手把，加快腳步，直直地朝她這邊奔過來。

生鏽的摩擦聲響變得更加震耳，她連忙提醒他：「你不要跑，這樣很危險。」

他突然跑得那麼快，她真的很擔心老舊的推車會散掉。

然而，他的腳步依舊沒有放慢的跡象，直到接近她的面前時他才停下，腳步因此一陣踉蹌。

他拉不住沉重的推車，她嚇得趕緊伸出手扶住他對面推車的另一邊。他險些站不穩的腳步才重新站好。

看著鬆了一口氣的他，她沒好氣的說：「小心一點。」

「不好意思，謝謝妳。」他揚起笑，笑得好燦爛，彷彿雲層後方出現的太陽，替昏暗的圖書館增添了幾分明亮。他笑著說：「好久不見了。」

她無奈一笑，「好像有一段時間沒看到你了。」

「嗯。」他搔了搔頭髮，「因為感冒了，所以向圖書館請假了幾天。」

難怪這個星期都沒有看見他。「感冒好一點了嗎？」她問。

「嗯，好多了。」他點頭，「所以，我現在要把之前欠的時數補回來了。」

看著推車上的那些書本，似乎比之前的分量更多，她不禁說：「辛苦你了。」

「不會啦，這本來就是我該做的。」他笑了笑，然後問：「對了，上個星期妳不是跟我提到學妹的事嗎？就是依婷學妹的事。」

她的心跳頓時漏了一拍，不自覺緊張了起來。

「嗯，怎麼了？」她故作鎮定的問。

這幾天，她的心都放在李佑鈞和林韻瑄身上，完全忘了還有人把她的謊言當真，甚至還很認真在幫她的忙。

「我只是想問，我給妳的連結是不是有什麼問題？學妹昨天晚上跟我說沒有人加她好友。」

「我、我已經把連結給我朋友了。」說了一次謊，不得不用其他謊言去圓她原本的謊。她撇過視線，不敢直視他過於明亮的雙眼，看著地面，心虛的說：「之後的事……我就沒問他了。」

「這樣喔。」他理解的點點頭，「好吧，那我再跟學妹說一聲好了。」

然而，當謊言越來越大，她就越愧疚，尤其是看見他認真的模樣，更讓她良心不安。心虛和愧疚感在胸口不斷膨脹，就像一顆不停地灌著氣的氣球，無視於瀕臨爆炸的臨界點，那些情緒持續地注入胸口。

她明明知道被隱瞞的難受心情，自己卻做了一樣的事，而且還把他蒙在鼓裡。這樣的她，豈不是更惡劣？

「如果之後還有需要幫忙的，都可以跟我說。」他笑著說，明亮的笑容中多了靦腆。

望著這樣的笑容，她所有的情緒都在這一刻爆炸了，她再也無法隱瞞下去。

「那沒事的話，我就先走了，我今天要整理的書特別多。」他的雙手抓住推車手把，準備轉身離開。

就在他轉過身的瞬間，她伸手拉住他的衣角。他納悶地停下動作，「怎麼了？」

她緩緩放開手，低下頭，抱歉的說：「對不起，其實……我騙了你。」

「騙我？騙了我什麼？」梁宥程一時之間還反應不過來，不明白的問。

徐語安鬆開手，依舊低著頭。劉海遮去了她臉上的表情，他看不清楚她的情緒。

「其實，是關於學妹的事。」她吶吶的說。

「學妹？」他納悶的皺起眉。學妹怎麼了嗎？

「其實，我……」她停頓了一下，抬起頭，迎上了他困惑的眼神，然後把林韻瑄拜託她的事老實告訴梁宥程。雖然她全程沒有提起林韻瑄和李佑鈞的名字，全部用「朋友」和「朋友的男朋友」帶過，但她還是完整說出事情經過。

看著他不解神情的每一刻，她都感到愧疚。

她不知道梁宥程會不會不高興或生氣，但倘若她不把事情老實告訴他，繼續把他蒙在鼓裡，良心的不安肯定會讓她日後沒辦法好好面對他。

「對不起，因為我的關係，還害你白忙一場。」她抱歉的說。

聽著她的話，梁宥程覺得自己的思緒像是突然打結了，一時片刻反應不過來，愣了半晌才總算釐清了思緒。但在他心裡，其實也沒有很在意，很快就揚起了笑，笑著說：「沒關係啦。我再去跟學妹說一聲就好了。」

雖然覺得有點莫名其妙，但徐語安老實說明，反而讓他鬆了一口氣，至少他和陳依婷的接觸能暫時畫下句點。不得不說，他實在是很怕那位學妹，也很怕和她說話。

「對不起……」

他見狀，連忙說：「別一直對不起啦，只是小事而已，沒什麼大不了的。更何況，碰到這種事正常人都會這樣說。至於學妹那邊，我只要跟她說是我不小心搞錯，就沒事了。」

梁宥程是真的這麼想，他不明白徐語安為什麼要露出這麼愧疚的表情，好像她不只騙了他，甚至還傷害了他。可是，這明明是沒什麼的小事，不是嗎？

然而，他不明白的是，對徐語安而言，他表現得越是坦然，越加深她的愧疚，尤其是在她自己經歷了被隱瞞的難受感覺之後。

見她仍是一臉抱歉，他想了想，視線不經意看見了推車上那些書，想起了今天的工作，說：「不、不然，妳幫我整理這些書。」

她一愣，「咦？」

「我幫妳，然後妳也幫我，這樣我們就扯平了，不是嗎？」他傻傻笑著解釋自己的用意，把這件事情說得像是一件很公平的交易。

其實，她在意的不是誰幫誰的問題，而是騙了他的事情。

見她沒有太大反應，他逕自把推車向她推近了一些，「來，給妳。」

看見他毫不猶豫把推車直接推到她前方，她不禁有些愣住，指著堆了滿車的書本，愣愣的問：「全部嗎？我一個人嗎？」

「對啊。」

雖然幫他整理她是覺得無所謂，但她原本以為他是說像之前一樣兩個人一起整理就好，沒想到他指的竟然是她自己一個人處理。她不像他那麼熟悉書本編號的位置，要是真的得把這些全部都整理好，而且她接下來還有課，不知道能不能在上課之間完成。

她想了想，腦海中沒有任何答案。於是她放棄思考，還是趕快整理比較實際。她伸手拿起推車上的一本書，下一秒，她的手就被他按住。

「怎、怎麼了？」手背傳來的溫度讓她嚇了一跳，拿著書的右手不自覺鬆開。書本隨之從她手中滑落掉回推車上時，他語帶笑意的輕輕嗓音響起。

「我騙妳的啦。」

他望著她，眼底都是笑意，然後問：「這樣我們就扯平了，對吧？」

她聽了，隨後才會意過來，頓時明白他是為了不讓她掛心才故意這麼說的。

「所以，妳就別把這件事看得那麼嚴重了，放輕鬆一點。」他揮手笑道，隨後便把推車推到兩道書架之間的走道前，「我自己來整理就可以了，謝謝妳。」

見他要轉身離開，她趕緊跟了上去，「我要幫你，反正我現在也沒事。」

他微微一怔，隨後輕輕笑了，「謝謝妳。」

他怎麼又說謝謝了？她明明什麼事都沒做。可是，不知為什麼，懸在心上的情緒好像踏實了一點。

沉默在書架之間流轉，他們安靜的整理著散亂的書本，要不是持續動作，否則徐語安真的有一種時間暫停的感覺。

她瞥了身旁的梁宥程一眼，再低下頭看著手中依序排列的書籍，她打破了沉默，忍不住問：「宥程，你真的沒有生氣嗎？」

正在整理上方書櫃的他忽然停下了動作，「這個嘛……」

她抬起頭，視線停留在他的側臉。他沉吟一會兒，停滯的手才開始有了動作。

「生氣是真的沒有啦，不過剛聽妳說完，我的確有一點點傻眼，就只有一點點而已。但是，後來我就覺得這沒什麼，反正我們誰都沒有損失，不是嗎？」他把書本放入上層的書架，然後低頭看她，輕輕笑著說：「不過我想，應該也是因為妳，我才能這麼快接受吧？換作是我哥，我一定會跟他沒完沒了。」

即使帶著笑意，但他的表情卻無比認真。她忍不住笑出聲，「不過，我並不覺得你像是會跟別人沒完沒了的人耶。」

雖然認識他的時間不算長，但在和他相處的這一段日子裡，他都是個性溫和的形象，就像春風和煦宜人。

「那是因為妳還不夠認識我。」他笑著說，不知道是說認真的還是在開玩笑，他說得好像她現在看到的都是表面而已。

「所以，你的意思是，以後要是我騙你，你就會跟我沒完沒了嗎？」

他的唇邊泛起了更深的笑意，笑瞇了眼，「可能喔。」

「那要騙你，就只能趁現在了。」她忍不住和他開玩笑。耳邊傳來他的輕笑聲，心情似乎也稍微釋懷了一些。

她常覺得自己是容易鑽牛角尖的人，常常為了一件事糾結很久，就像今天這樣。可是，不知道為什麼，和梁宥程說話就會逐漸平靜，真的就像是春風吹拂而過，再混亂的情緒都能漸漸沉澱下來。

這是不同於面對李佑鈞時的感覺。每當她接觸和李佑鈞有關的事，無論是多麼細微的情緒，都能輕易讓她內心波濤洶湧，甚至很容易讓所有事情亂了套。

第七章　兩顆心的距離

隨著時序越接近年底，氣溫就越驟降，尤其是到了跨年前幾天，氣溫更讓人凍得受不了。

「天哪，今天怎麼會這麼冷啊？」徐語涵坐在徐語安的機車後座，縮著脖子，打著冷顫說。停留在耳邊的抱怨，讓徐語安有些不滿。透過後視鏡，她睨著整個人縮在她身後的徐語涵，沒好氣的說：「我騎前面的人都不嫌冷了，妳這個躲後面的是在喊什麼啊？」

「天氣冷是不分前面後面的！」徐語涵大聲反駁。徐語安頓時一驚，瞬間覺得右耳傳來一陣耳鳴。

趁著紅燈停車，她轉頭瞪了徐語涵一眼，但徐語涵完全沒發現，依舊縮在她身後喊好冷。

徐語安無奈地回過頭，綠燈隨後亮起，她再次迎著風往梁宥程家的早餐店騎去。

今天本來是難得可以休息的星期天，特別是在這樣寒冷的冬天，更會讓人想多睡一點。然而徐語涵一直纏著她載自己去補習班，明明搭公車就比較溫暖，但徐語涵就非得搭她的車。她說不過徐語涵，只好答應了妹妹的要求。

不過，她現在真的很後悔。

歷經了十五分鐘左右的寒冷車程，她們來到了早餐店。機車一停好，徐語涵立刻興奮的跳下車，脫下的安全帽隨手往徐語安的手中一塞，轉身往早餐店快步走去。

真受不了她……徐語安無奈的輕輕搖頭，把安全帽掛在掛鉤上，再脫下了自己的安全帽。

「姊姊！」

她抬起頭，向前方看去。徐語涵站在門口，笑咪咪朝她招手，「妳快過來看，花生也穿衣服了。」

穿衣服？

她好奇走了過去，看見花生正一如往常趴在門口睡覺，在刺人的寒風中也睡得很安穩。和平常不一樣的，是牠現在身上多了一件天藍色的衣服，像一件斗篷將花生的身體包覆住。

「哇，好可愛喔。」徐語涵笑著說，伸手想摸花生。

徐語安見狀，連忙阻止她，「妳就不要吵牠睡覺了，我們快進去吧。妳不是還要上課嗎？」

「啊，對喔，差點就忘了要上課。」徐語涵起身，趕緊跟上徐語安的腳步，走進早餐店。

今天是假日，時間還算早，早餐店並沒有像平日那麼多人。但一如往常的溫暖，早餐店內的熱氣和店外的寒冷彷彿中和了，感覺像走進初春的時節。

「早安，今天還是一樣嗎？」梁媽媽笑咪咪的問。

「對。」徐語涵應聲。

「好。」梁媽媽看向徐語安，笑著問：「姊姊呢？也是一樣嗎？」

「對……啊，幫我換成溫紅茶好了。」

「不喝冰紅茶了嗎？」

「對，今天太冷了。」她點頭，而且等一下還要騎車送妹妹去補習班，要是現在喝冰的，待會騎車肯定會凍壞。

「這麼冷的天氣喝溫的也好，而且女孩子不要太常喝冰的。」

「對啊，她就是愛喝冰的，搞得每次那個來都痛得要死。」徐語涵在一旁幫腔。

徐語安忍不住轉頭瞪了徐語涵一眼。然而，徐語涵完全沒有受到威嚇，甚至笑嘻嘻朝她扮了一個鬼臉。她忍不住翻了一個白眼，梁媽媽看了，不禁笑出聲。

「今天要外帶還是內用？」梁媽媽笑著問。

「外……」

「內用！」徐語涵打斷了徐語安的話，搶先給了完整的答案。

「咦？妳這樣上課來得及嗎？」

「安啦安啦，待會騎快一點不就好了嗎？」徐語涵擺擺手，彷彿騎車的人是她一樣。

「妳要是遲到，我可不管。」徐語安沒好氣的應聲。

「安啦安啦。」徐語涵依舊是那句話，隨後發現正在做飲料的人並不是梁宥程，而是戴著黑色鴨舌帽的梁嘉辰，她忍不住好奇的問：「阿姨，弟弟不在嗎？」

「弟弟」是梁媽媽對梁宥程的稱呼，雖然梁宥程年紀比她大，但她還是在不知不覺中受到梁媽媽的影響，跟著叫他「弟弟」，叫到梁宥程都懶得糾正她了。

「弟弟喔？他昨天去同學家討論報告，弄到很晚才回來，我想說難得假日讓他多睡一點，就沒有叫他起來幫忙了。」

「那他……」

「好了啦，妳就別再打擾阿姨了，我們去旁邊等。」徐語安看見後面有其他客人在排隊，連忙拉著徐語涵到一旁的空位坐下，她怕徐語涵話匣子一開，就會跟梁媽媽聊得沒完沒了。

她們剛坐定沒多久，店內通往後方住家的門忽然「碰」的一聲打開了。

梁宥程慌慌張張跑出來，緊張大喊，「媽，對不起，我睡過頭了！」

這瞬間，店內的所有視線全都集中到他身上。他穿著一件灰色長袖上衣和黑色運動褲，衣服上有一隻柴犬的圖案，頭髮也沒有整理過，而且他的表情還有些睡眼惺忪，一看就是剛睡醒，匆匆跑出來的模樣。

或是說，被自己驚醒之類的。

「沒關係啦。」梁媽媽無奈看著他，「不過，我說你啊，至少也梳個頭髮再出來吧。」

梁宥程怔住，腳步倏然停下，視線不偏不倚的和徐語安有了交會。他茫然看著她，「語、語安？」

「早安。」相較於他的呆愣反應，徐語安從容的和他打了聲招呼。只不過，看著他像是鳥窩般的一頭亂髮，她就忍不住想笑，說：「你的髮型真可愛。」

「咦？」梁宥程微微一愣，摸了摸自己的頭髮，頓時睜大了眼，迅速轉身跑開，留下了一聲巨大的關門聲，和剛才慌張出現一樣的慌張逃離。

店內陷入一陣沉默，彷彿連空氣都凝結了，直到徐語涵的大笑聲響起，聲音才再次流動。

「他在幹麼啊？他真的好可愛喔。」徐語涵哈哈大笑。

而語安也是，想著他剛才傻傻的樣子，忍不住就笑了起來。

「你不用去幫忙嗎？」徐語安看著正低頭與她們同桌的梁宥程，好奇的問。

此時梁宥程已經恢復平常的模樣，不過不知道是因為天氣太冷，還是剛才的尷尬尚未消失，他臉上的紅暈還沒有完全褪去。

「我媽叫我先吃早餐，她說要是我暈倒很麻煩，她抬不動我。」

徐語安恍然大悟點點頭，難怪梁宥程剛才走進吧台後方會被梁媽媽趕出來。

「那你幹麼坐我們這桌？」徐語涵接著又問。

他的頭又更低了，小聲說：「因為我只認識妳們……」

「這樣喔。」

他低應了一聲，隨後像是突然想到了什麼，猛然抬起頭，轉頭看向徐語安。

徐語安被他的舉動嚇了一大跳，「怎、怎麼了？」

他直直盯著她的雙眸，表情很認真，「我平常都會梳頭髮，今天是太緊張才忘了。」

「啊？」她愣住。

「我說的都是真的。」他說得很認真，還刻意加重了最後兩個字強調。

愣了半秒鐘，她才會意過來。而他過於認真的模樣讓她忍不住想笑，但她還是很認真回應，「我知道啊，因為這是我第一次看到你沒梳頭髮的樣子。」

梁宥程平時都是整整齊齊的形象，難得看見他一頭亂髮，加上現在又是冬天，他的頭髮毛躁得看起來就像炸開了一樣。雖然她覺得很好笑，但搭配他剛睡醒的模樣實在很可愛。

「所以我才叫你跟我剪一樣的頭髮，那就不會有這種情況發生了。」這時，梁嘉辰走了過來，端了一份蛋餅到梁宥程面前，笑著說。

「我才不要剃平頭！」梁宥程立刻反駁。

「反正遲早都要剃啊。」他揉了揉梁宥程蓬鬆的頭髮，好不容易梳整齊的髮型又亂了，梁宥程嚇得趕緊舉起雙手整理。

「那也是兩年後的事。」

梁嘉辰笑了笑，輕輕拍了拍梁宥程的頭，隨後就轉身離開，回到工作的位置。

「說到平頭，我覺得你不要剃平頭比較好。」徐語涵右手托著下巴，很認真看著梁宥程說。

「為什麼？」

「你現在看起來已經呆呆的了，剃完平頭一定更呆。」徐語涵說得很認真。

「啊？」他吃驚地睜大雙眼，不可置信看著她。

徐語安聽了差點沒昏倒，她這個白目的妹妹又在胡說八道什麼？

「姊，很痛耶！妳踩我的腳幹麼？」徐語涵吃痛的大聲抗議。

就算是事實，也不可以這樣隨隨便便說出來啊。

梁宥程見狀，連忙說：「沒關係啦，我不在意。」

「對嘛，人家都說不在意了，妳是在氣什麼啦？」徐語涵馬上附和。

「妳真的很白目耶。」她沒好氣的說，完全不知道該怎麼說她這個妹妹才好。

徐語涵說梁宥程看起來呆呆的，但徐語安覺得最呆的人是徐語涵才對。

看著徐語涵笑呵呵的傻樣，她不禁這麼心想。

早餐吃到一半，徐語涵忽然問起了下星期跨年的事，很好奇梁宥程有沒有什麼計畫。

梁宥程搖搖頭，「沒有，我那天圖書館的工作是排晚班，所以要在那裡待到閉館。語涵，妳呢？」

「我除了補習班，還能去哪裡？」徐語涵大嘆了一口氣。

「跨年那天也要補習？」

「是啊，你忘了高中生有多可憐嗎？」

「現在小孩真辛苦。」

徐語涵笑了出聲，「什麼小孩啊？你自己不也是小孩嗎？」

「我已經成年了。」

「是嗎？你不說我還看不出來。」

他笑了笑，隨後看向徐語安，「語安，那妳呢？有計畫去哪裡玩嗎？」

「沒有，待在家裡吧。」她說，喝了一口紅茶，溫和的甜味帶著暖意在嘴裡擴散開來。

去年還是小大一時，她和王翊婷，以及系上幾位女同學一起去倒數活動現場跨年。但她那次被震耳的音樂聲和擁擠的人群嚇到，之後就再也沒有去跨年活動的念頭，也拒絕了王翊婷今年的邀約，寧可待在家裡看電視就好。

「是喔，那如果……」說到一半，他突然停頓了一下，抓了抓頭，隨後笑著說：「算了，沒什麼。」

「幹麼幹麼？你是不是要約我姊姊？」徐語涵興奮了起來，她音量很大，整間店都是她的聲音，就連在忙碌的梁媽媽和梁嘉辰，都不禁好奇地看了過來。

梁宥程一驚，猛然站起身，「我吃飽了。」

說完，他就端著還剩下半塊蛋餅的盤子，迅速往櫃台跑去。

「妳很無聊耶，老是在說那些有的沒的。」徐語安又白了徐語涵一眼。

「因為每次看到他緊張的樣子都覺得他好可愛、好有趣喔。」徐語涵呵呵笑著。

「真的是很受不了妳耶。」徐語安沒好氣的說。

「妳的課上到幾點？到時候我再過來接妳。」停在補習班大樓前方，徐語安接過徐語涵遞過來的安全帽問著。

「不用了啦，回家時我跟學長一起搭公車就好了。」

「妳男朋友？」

「對啊。」徐語涵笑著點頭，一說起學長，她的笑容又變得更燦爛。

「是嗎？那就好，有他在，我就省事多了。」徐語安重新發動機車。

「不過，如果姊姊真的很想載我，我也是可以犧牲一下啊。」

「不用不用，妳就跟妳學長一起搭公車回家吧，我可不想再壞了你們的好事。」她連忙拒絕，想起之前在路上打擾到他們約會的事，光是想到那個學長不友善的眼神，她就尷尬。

徐語涵笑了笑，朝她揮揮手，「那我走了，姊，妳回家騎車小心。」

直到看見徐語涵走進大樓裡，徐語安才騎車離開。

一回到家，徐語安馬上換上了舒適的居家服。本來打算載徐語涵去補習班之後再回來睡覺，但是吃完早餐她就完全沒有睡意，只是躺在床鋪上用手機看臉書動態。

陽光透過窗戶從外頭灑了進來，時間在悠閒的氣氛中似乎放慢了一些。一直盯著手機看，睡意也慢慢湧起。突然間，手機震動了起來，螢幕上一則來電顯示取代了臉書動態，她瞬間被驚醒。

一看見手機螢幕上的名字，她更是嚇得立刻坐起身。她端正坐好，輕吁了一口氣，然後小心翼翼按下接聽鍵。

「語安，現在方便講話嗎？」李佑鈞的聲音自電話另一端傳來。

「嗯，可以。」她應聲，努力不讓自己的聲音出現任何不自然的感覺。每次和李佑鈞通電話，她都會很緊張，雖然是透過電話，但李佑鈞的聲音卻離她特別近，感覺像停留在她的耳邊一樣，「怎麼了嗎？」

李佑鈞輕輕笑了起來，「怎麼?沒事也不能打電話給妳嗎？」

「咦？」她一怔，連忙回應，「不、不是啦，我只是想，你應該是有事才會打電話給我。」

說起來，李佑鈞平時確實很少打電話給她，他們大部分都是透過 LINE 在連繫，只在有重要的事或是急事時才會接到他的電話。

他輕嘆了一聲，語氣有些落寞，「這樣說，好像我平常都不關心妳，只在有事的時候才會找妳一樣。」

「啊……我不是這個意思啦，就是……呃，該怎麼說？就是、就是……」思緒就像是打結了，她一緊張就開始語無倫次起來。

「好啦，不鬧妳了，我是跟妳開玩笑的。」他輕輕笑了，「我是想問妳下星期跨年那個晚上妳有空嗎？」

「跨年？」李佑鈞的詢問讓她又驚又喜，難不成他是要邀她一起去跨年嗎？

她的心裡不禁湧起了期待，期待著他的下一句話。

「嗯，我們系籃這次跨年要去烤肉，所以想問，妳如果沒事要不要跟我一起去？」他問。

系籃嗎？雖然她很想答應李佑鈞難得的邀約，心裡卻很猶豫，「可是，那不是你們隊上的活動嗎？我去的話會很奇怪吧。」

「不會啦，其他人也都會帶女朋友或朋友一起去，他們很多也都不是隊上的人啊。而且，隊長也說多一點人比較熱鬧。」

「這樣喔。」她應了一聲，想起了林韻瑄，問：「那韻瑄呢？韻瑄也會去嗎？」

「韻瑄喔？」李佑鈞乾笑了幾聲，「她最近都在忙期末報告，到學期結束之前應該都不會回台中，所以恐怕是沒辦法參加了。」

果然是這樣……聽完他的話，她不禁感到失落，斂下眼，手拉著深藍色的床單，平整的床鋪上出現了微微的皺褶。她悶悶的問：「所以，你是因為韻瑄沒辦法去才找我的嗎？」

她永遠都是第二順位，就算女朋友本來就是理所當然的優先順序，但她依舊會因此而失落，甚至是嫉妒。

「啊……也不是這樣說啦，我本來就打算約妳們兩個一起去，只是剛好韻瑄沒辦法而已。」他連忙解釋，停頓了一下，說：「不過，韻瑄倒是說過，如果我要找朋友，只能找妳，她說，只有妳去才會比較放心。」

「她這是要我替她監視你的意思嗎？」她笑著問，心卻感到一陣酸楚。

「嗯，大概吧。」他坦然的說。

她常想，如果林韻瑄知道她對李佑鈞的心意會有怎樣的反應？還會像這樣放心讓她和李佑鈞單獨相處嗎？

肯定不會吧。而且，說不定李佑鈞也會因為不自在而避開她。

思緒至此，她不禁苦笑了一下。

所以，喜歡李佑鈞這件事只能是個祕密，一個誰也不能說，也不能被察覺的祕密。

後來，徐語安答應了李佑鈞的邀約，雖然她已經有了去現場會很尷尬的心理準備，但她還是想把握每一次和李佑鈞相處的時間。

跨年那天她沒有課，於是李佑鈞直接到她家去載她。

「不好意思，還讓你專程來接我。」她接過他遞過來的安全帽，向他道謝：「謝謝你。」

「不會啦，反正我們兩個人一起，騎一台車就好了。而且，妳也不知道約在哪裡，我載妳去我也比較放心。」他說，看見她剛戴上的安全帽有點鬆，伸手拉住了安全帽的釦環。

他突然的觸碰讓她怔住，下巴感受到了來自他指尖的溫暖，在這樣寒冷的冬夜裡更顯得清晰。

這一刻，就連心跳聲都跟著清晰了起來。

「我幫妳吧，太鬆了會危險。」他微微一笑。

她下意識倒退半步，躲開了他的手。見他微微愣住的模樣，她連忙隨口扯了一個理由，緊張的說：「我自己來就行了，剛才你夾到我下巴的肉了。」

她又說謊了。每當面對自己的驚慌失措，她總是用謊言掩飾，掩飾自己真正的情緒。

「不好意思。」他莞爾，抱歉的說。

「沒關係啦。」她乾笑了幾聲，伸手調整安全帽釦帶的長度。碰到他剛才觸碰的地方，彷彿還能感覺到殘留在上頭的溫度。

不但殘留著他的溫暖，也殘留著她心動的痕跡。

「好了嗎？」他轉頭問著身後的她，見她坐定，才看向前方，「那我們就出發了。」

引擎聲在寧靜中的空氣中響起，隨著他的向前行駛，冷冽的夜風自耳邊呼嘯而過。可是，這是第一次她不再感到寒冷，騎在前頭的他替她減少了不少寒風的侵襲。

這些年來，她總是小心翼翼跟在他的後頭，悄悄看著他的背影，以及他和林韻瑄兩人並肩而行的背影。這還是第一次她和他的背影這麼靠近，而且林韻瑄不在。

看著他騎車的背影，她心裡突然有一股衝動。她很貪心，明明已經很靠近了，卻還是想跟他更靠近一點。思緒至此，她的視線隨即落在他的黑色外套上。

如果只是輕輕拉住衣角，他應該不會發現吧？

她吞了一口口水，抬眸看了他的背影一眼，然後小心翼翼朝他伸出手。她努力壓抑住心裡頭不斷湧起的緊張，手卻還是不受控制的微微顫抖了起來。就在剛觸碰到他的瞬間，他的聲音突然自前方傳來，「我會騎太快嗎？」

她嚇得連忙收回手，「不、不會。」

「那就好，如果太快要講，我很容易越騎越快。」他笑著說。

「嗯。」她應了一聲，同時也鬆了一口氣。

還是別做多餘的事了吧。

烤肉活動的現場比徐語安想像的熱鬧許多，就像李佑鈞說的一樣，不只有籃球隊的人參加，讓外系的她不至於尷尬。只是面對一群不認識的人，再加上她本身又不是太活潑的個性，還是讓她覺得自己相當格格不入。

如果林韻瑄也有來的話就好了……

如果今天換作是活潑開朗的林韻瑄，她一定能很快就融入這樣熱鬧的氣氛當中。不像自己，只會尷尬的坐在李佑鈞身邊。

不過，比起那些尷尬，更讓徐語安覺得頭痛的是，李佑鈞不知道是不是因為太開心，忘了自已是騎車來的，竟然喝了酒。

「語安，不好意思，還讓妳載我回家。」李佑鈞的話語沉沉的從身後傳來，聲音因為喝了酒的關係而變得更低沉。

「沒關係，你這樣我也不敢讓你騎車。」

晚上九點五十分左右，他們提早離開烤肉店。因為李佑鈞喝了酒，回程換徐語安騎車。

今天是跨年夜，街道上還很熱鬧，完全沒有即將步入深夜的感覺。不過，隨著夜色加深，迎面吹來的夜風越來越冷冽，在機車行駛時，寒意更加刺人。

「其實我剛剛也沒有喝很多，騎車應該不是什麼問題。」

「拜託，你敢騎，我還不敢讓你載。喝酒的人就乖乖坐後面。」她沒好氣的說：「酒後不開車，沒聽過嗎？」

雖然李佑鈞還沒有醉到不省人事的程度，意識還算清醒，感覺是有些昏昏欲睡的樣子，應該是微醺的程度而已。即便如此，她也不會讓他騎車，更不會拿他們兩個人的生命開玩笑。

「所以，我騎車啊。」

「那還不是一樣。」她無奈的說。

看來他並沒有很醉，腦袋還算清晰，竟然還能跟她耍嘴皮子。

前方紅燈亮起，徐語安逐漸放慢了車速，最後停下。才剛停下沒多久，她突然感覺到有股重量頂上了她的背。這瞬間，她就像被電到一樣，整個人立刻挺直背脊。

他在幹麼？

「怎、怎麼了？」她故作鎮定問，但心裡的緊張就快要滿溢出來。她回頭匆匆一看，發現他正低著頭，輕靠在她的背上。她不禁問：「是想睡覺了嗎？我待會會騎快一點。」

「沒關係，妳慢慢騎就好。」他悶悶的說，近似氣音的呢喃著，「我想像現在這樣繼續跟妳待在一起……」

她怔住，覺得自己的心跳彷彿漏了一拍。

他知道自己現在是在說什麼嗎？

她遲遲沒有反應過來，直到她看見身旁的機車紛紛有了動作，才發現燈號已經變成綠燈了。她連忙轉動油門，向前騎去，速度卻比方才停下之前，下意識的放慢了一些。

在她的心裡，也很希望時間能一直停留在這裡，停留在只有他們兩個人的時候，停留在他說那句話的這一刻。

風聲填滿了她耳邊的空白，半晌，身後傳來一聲輕嘆，他的聲音隨後喃喃傳來。

「還是妳好，什麼事都會替別人想。不像韻瑄，每次見面她都要找我吵架。」

吵架？

「你跟韻瑄吵架了嗎？」她納悶的問，可是她明明記得上星期李佑鈞還上台北找林韻瑄，兩個人也在臉書上傳合照，看起來相當甜蜜，不像吵架的樣子。

他沉默了一會兒，才緩緩開口，「語安，對不起，其實我騙了妳……」

她很疑惑，但她沒有說話，只是抿了抿唇，靜靜地等待著他的下一句話。

「這次跨年我沒有約韻瑄，就連這次的活動，還有我約妳的事也沒跟她提過。」他說。

「是因為和韻瑄吵架了嗎？」她問，語氣比她想像中的還要平靜許多。

良久，身後才傳來他的低應聲，給了她一個肯定的答案。

「要是韻瑄看到我們的合照，她一定會不開心。」她說。

剛才在烤肉店，他找她合照，說是要把今天的活動照片上傳打卡。當下她並沒有想太多，只覺得是單純的拍照留念，然而當她聽完他說的那些話之後，才會意到原來他的那些舉動根本就別有意圖。

他說他沒事先知會林韻瑄，可是還刻意拍照在臉書上打卡，分明就是故意要讓林韻瑄知道這件事。

雖然不知道他們吵架的原因，也不知道他是不是真的想氣林韻瑄，她還是有一種被利用的感覺。要不是林韻瑄，也許李佑鈞根本不會來找她。

然後，他嘆了一口氣，「我知道。」

這瞬間，胸口就像是突然被緊緊抓住似的，她下意識咬住下唇，忍受著不斷湧上心頭的苦悶感覺。

不只是林韻瑄，連他都這樣，為什麼連喜歡的他也要這麼做？

看見前方的紅燈，她停下了機車，深深吐了一口氣，難受的感覺卻無法排解。

他們究竟把總是滿心期待的她當作了什麼？溝通的橋樑？還是吵架時的避風港？

如果她今天只是一個普通朋友，對於他只抱持著最純粹的友情，說不定現在她還能一笑置之，笑著說沒關係，笑著告訴他下次別這樣了。可是，不一樣啊，她對他從來就不是只有單純的友誼而已，還有更多的是說不出口的喜歡。

她越想越覺得胸口很悶，好像有什麼東西緊緊盤踞在上面，那種鬱悶感始終揮之不去。

他沒有察覺到她的情緒波動，接著又說：「我上星期去台北找韻瑄，本來還好好的，可是後來不知道為什麼韻瑄又開始抱怨我們很少見面的事，還說我平常不夠關心她。我被她唸到很煩，就忍不住提了分手。」

心裡頭閃過一陣驚愕，直視著前方的車水馬龍，她還是淡然的說：「就算是氣頭上，你也不應該那樣說，韻瑄聽了會很難過。」

就和往常一樣，她依舊當和事佬，彷彿已經成了她的習慣一樣。

「我知道，所以後來我也沒再說什麼了，我們從那天就一直冷戰到現在。」他喃喃的說：「可是，我有時候真的會覺得她很煩，又不是只有她一個人在忍受遠距離的寂寞。」

她突然不知道該說些什麼才好。

「語安，對不起……」他的呢喃聲再次從身後傳來，在呼嘯而過的寒風中顯得有些破碎。

她抿了抿唇，「你應該去跟韻瑄說才對。」

她不知道自己為什麼要說這種話，又為什麼要替林韻瑄說話？她的心情明明就很糟糕了，不是嗎？

「我知道，可是我現在只想跟妳說。」

她的喉嚨間突然一陣乾澀，即使說了再多，也無法說出自己真正的想法和心意。

無論他們現在靠得有多近，他也不會知道她的心聲，在他和她的心之間始終隔著一個人的距離，看似很近，事實上卻很遙遠，彼此始終無法靠近。

因為林韻瑄。

每當她看著他，她就會想起林韻瑄，然後提醒自己應該要保持的距離。

「沒關係。」

良久，她才緩緩吐出這句話，然而在說完的瞬間，她卻感覺到了眼淚的溫度。

今年的最後一天可以說是徐語安一整年最累的一天。

酒精的作用似乎已經完全發揮，李佑鈞的醉意越來越明顯，講話也開始含糊不清。在抵達他的租屋處之後，他下了機車即使還有辦法自己走路，但有些搖搖晃晃的腳步仍讓緊跟在後面的徐語安看了膽戰心驚，一下怕他跌倒，一下又擔心他會撞到東西。

「語安，妳先回家，我自己一個人沒問題……」話才說完，李佑鈞的腳步頓時一陣踉蹌，徐語安嚇得趕緊伸手扶住他，才穩住了他的腳步。

她鬆了一口氣，依舊沒有放開手，抬起頭，看著近在眼前的他，沒好氣的說：「什麼沒問題？你連站都站不穩了。」

而且，他剛才進電梯時甚至還差點一頭撞上了電梯門。

她實在不放心讓他一個人回房間，依照他現在這種情況，他恐怕會跌倒，直接在回房間的路上睡著吧?

「語安,對不起,我……」他含糊的說,字句之間的氣息都帶著微微酒氣,然而在他道歉之後的話,她一個字也聽不清楚。

「不用說對不起,你好好走路比較重要。」她說,她和他之間只距離了幾公分。

難得和他這麼靠近,要是平常,她肯定早就緊張到快休克了,可是李佑鈞現在的模樣讓她只專注在要怎麼陪他快點回房間,連緊張的力氣都沒有。

「叮」。

當電梯的樓層出現了三,電梯門便開了。昏黃的燈光照著廊道,現在走廊上除了他們之外沒有其他人,一片寧靜。

「小心一點。」她扶著李佑鈞慢慢地走出電梯,小心翼翼踩著步伐,往他的房間走去。

「你住哪一間?」

李佑鈞沉吟了一聲,「最後一間……」

為什麼不是住第一間啊?徐語安看著長長的廊道,崩潰的心想。

她嘆一口氣,然後認命的扶著他向前走。

「語安,對不起……」大概是聽見她嘆氣,他再次道歉。

「沒關係。」而她依舊是這句話,藏著眼淚的三個字。

李佑鈞不穩的步伐拖慢了她的腳步,費了好大的力氣,好不容易才終於抵達他房間門口。直到房門打開,她才總算鬆一口氣,有一種任務完成的感覺。

「快進去休息吧。」

正當她想要扶他走進房間，他低沉的嗓音突然於耳邊輕輕響起，他輕喊著她的名字，使她停下了腳步。

「語安，我……」

她回過頭看向李佑鈞，酒意的侵襲使他的雙眼看來不如往常明亮，而是深不見底的深沉。她不知道此時他在想什麼，喝醉的模樣更讓她看不出他的情緒。

「怎麼了？不舒服嗎？」她問。

然而，他沒有說話，只是看著她。

不知道為什麼，這一刻她突然分不清楚現在的他究竟是醉的還是清醒的。表情明明還存留著醉意，他的眼神卻讓她覺得莫名認真。

只不過，這樣的疑問沒有在她的腦海中停留太久，現在最重要的是讓他快點回房休息。

於是，她又開口說：「沒事的話就早點……」

話還沒說完，他忽然側過身，彎下腰，向她的臉靠近。她還沒反應過來，一個輕輕的吻就毫無預警落在她的唇上，帶著微微溫度，也帶著微微酒氣。

她頓時驚愣的睜大了眼，眼前的輪廓變得模糊不清。

時間就像暫停了一樣，停留在耳邊的所有聲音都消失了，來不及說出口的那些話全停留在這瞬間，隨著瀰漫著淡淡酒精氣息的吻飄散而去。

愣了幾秒，她才恍然回過神，嚇得用力推開他。他一個重心不穩，整個人跌進了房門已經敞開的房間裡。她嚇了更大一跳，但慌張的情緒讓她陷入了混亂，她完全不知道該怎麼面對他才好。顧不了跌倒在地上的他，她用力關上房門，倉皇逃離了現場。

鏡子裡的她滿臉通紅，安靜的電梯內她只聽得到自己的心跳聲，現在的思緒仍一片混亂。

李佑鈞在幹麼？是已經醉到分不清楚她和林韻瑄了嗎？

疑問才剛在腦海中形成，她想起了停下腳步之前的輕喚。那時候，他明明就叫了她的名字，不是嗎？

思緒至此，她忍不住抱住了頭，感受到來自臉頰上的燥熱，在掌心蔓延開來。

她越想越覺得混亂，對於他的舉動，她沒有答案，心臟也抑止不了的狂跳著，就好像快爆炸了一樣，躁動聲依舊震耳，沒有緩和的跡象。望著鏡中的自己，她伸手撫上了剛才輕吻停留的地方，親吻的餘溫和柔軟的觸感彷彿都還停留在上頭。

她的腦袋昏沉沉的，思緒依然亂得無法思考。明明沒喝酒，但她怎麼覺得自己好像也醉了？

第八章　心動的痕跡

那是徐語安的初吻，而李佑鈞是她的初戀。

明明初吻給了最喜歡的人，為什麼她卻一點也沒有怦然心動的感覺？存留在心中的只有慌張和不知所措。

她想起了李佑鈞喝醉微醺的模樣，也想起了他靠近時，瀰漫在空氣中的淡淡酒氣。

那時候他喝醉了，這個吻大概也只是在他意識不清楚的情況下發生的一個意外吧。可是，她卻有一種莫名的感覺，說是錯覺也好，但她總覺得在那個吻之前，他看她的眼神異常認真。

那時候他到底在想什麼？

徐語安深深嘆了一口氣，思緒始終無法釐清。除了李佑鈞，沒有人能告訴她答案，她又不敢直接去問李佑鈞。

寒冷的夜風迎面吹來，她緩緩走在街道上，出門時是李佑鈞載她的，現在她沒有機車可以騎，只好搭公車回家。這時已經晚上十點多了，搭公車回家又會比騎車花上更多時間，回到家恐怕要很晚了。

走到學校前的公車站牌時，她發現她要搭的那班公車才剛離開沒多久，下一班公車至少還要再等二十分鐘左右才會來。

怎麼這麼不湊巧？她心想，看著電子看板上顯示的預估時間。

不過，既然要回家，現在也只能乖乖等了。收起手機，她在站牌旁的長椅坐下，望著前方的車水馬龍，隨著思緒越漸飄遠，眼前的燈光也跟著模糊了起來。

在這片朦朧的燈光中，她不禁又想起了那個吻，手不自覺輕撫上自己的嘴角，柔軟的觸感彷彿還停留在上頭，臉頓時襲上了一陣燥熱。

她真的已經不知道，之後該怎麼面對李佑鈞甚至是林韻瑄了。要是林韻瑄看到臉書上的照片，說不定還會打電話來向她詢問今天的事，她很擔心自己到時候會不小心洩漏了心事，她很怕被林韻瑄知道。

她到底該怎麼辦才好？

「語安？」

突然間，她聽到有人在叫她的聲音，這道聲音帶了一點試探性的語氣，聲音很輕，音量也不大，她甚至懷疑是不是自己聽錯了，但即便如此，她還是循著聲音的方向看去。

她看見有一個機車騎士把車停在路邊，她的前方位置，但安全帽的擋風鏡遮去了他的模樣，她看不出來眼前的人是誰，只覺得他的身形莫名熟悉。接著那個人掀起了安全帽的擋風鏡，梁宥程傻愣愣的模樣隨即映入眼底。

「這麼晚了，妳怎麼一個人在這裡？」他問。

他剛才就遠遠看見有一個感覺很像徐語安的人坐在公車站牌旁，他本來以為只是自己看錯了，沒想到騎近之後發現還真的是她。

只不過，這麼晚了，她怎麼一個人坐在這裡？是要去哪裡跨年嗎？還是要回家？

「宥程？」看見他，她同樣很驚訝，「你怎麼在這裡？」

「我剛下班，現在要回家了。」他看了公車站牌一眼，好奇的問：「妳呢？也是要回家嗎？」

「嗯。」她點頭。

「妳搭公車嗎？」

她停頓了一下，才輕應一聲，「……嗯。」

不知道是不是自己的錯覺，梁宥程總覺得徐語安的樣子有點怪怪的，不只表情有些茫然，就連反應好像都慢半拍，感覺好像思緒在神遊一樣。

「搭公車太慢了，我騎車載妳回家會比較快。」他邊說，邊將機車熄火，並且停好，然後從機車置物箱裡拿出另一頂安全帽，不等她回答，就直接遞給她，「這給妳。」

梁宥程的舉動讓她頓時一愣，幾秒鐘後才反應過來。

雖然她也一樣嫌搭公車慢，而且不想在這樣寒冷的夜晚裡等二十分鐘的公車，但對於他的好意，她還是有點遲疑，看著他遞來的安全帽，猶豫的說：「可是，這樣會讓你很麻煩吧？」

「不會麻煩，反正我也要回家。」

她猶豫了一會兒，才伸出手接過他的安全帽。「那就麻煩你了，謝謝。」

「不會。」他笑著搖頭，然後重新發動機車。

「妳怎麼一個人坐在那裡？剛下課嗎？」梁宥程好奇的問，他明明記得徐語安之前說過跨年這天晚上會待在家裡的。

「沒有，剛才和朋友去烤肉。」徐語安說，一提起朋友，她又想起了李佑鈞，寒風吹拂而過，臉上的燥熱變得更加燙人。

「那怎麼沒去跨年呢？現在才十點多而已耶。」

「因為朋友喝醉了，我先送他回家，所以就先離開了。」一說到喝酒，讓她又想起那個吻，好不容易稍微緩和下來的情緒再次波動了起來。

「那妳……」

「宥程，」不等他問完問題，她直接打斷他的話，「不好意思，可不可以不要再問了？」

「咦？」他明顯愣住，停頓了一下，吶吶的說：「嗯，對不起。」

他的語氣聽起來有些失落，她緊張的連忙解釋，「啊，不要說對不起啦，我的意思不是說你問太多，我只是有點累了，所以……」

她一直很想冷靜下來，也一直盡可能不要去想到李佑鈞，可是偏偏梁宥程問的每一個問題都不停勾起她的記憶，使情緒更加波動。她知道梁宥程只是出於好奇，如果他們今天角色立場對調，她大概也會這樣好奇的追問。

可是，現在她就只想著要怎麼冷靜下來。

「嗯，我知道。」他應了一聲，恢復平常的語調，頓了頓，然後又說：「不過，我可不可以再問妳一個問題？」

「什麼？」

「最後一個問題，只要再一個問題就好。」深怕她拒絕，他不斷強調，「很重要的。」

「嗯。」她看著他的背影，想不透他還要問什麼重要的問題。

前方紅燈亮起，他的速度放慢下來，直到機車完全停下，他回過頭，和她的視線有了交會。他輕輕笑了，笑容中帶了一點傻氣。

「那個……妳家要怎麼走？我剛才忘了問妳。」

梁宥程真的覺得自己很蠢，問了一大堆無關緊要的事，竟然忘了要問最重要的。要不是她阻止了他的追問，他也不會想起來，說不定還會一路問，然後就這樣順便把她載回他家了。

意料之外的問題讓她頓時一怔，不過看他笑得傻傻的，而且還一臉期待的在等待她的答案似的，她就忍不住笑出聲了。

「我竟然也忘了要跟你說。」他都已經騎這麼一大段路了，不只他，就連自己沒想到。

「是啊，而且我還很高興的一直往我家騎。」他笑得很不好意思。

不知道為什麼，這一刻，她突然覺得自己一直緊繃的神經似乎有了放鬆的空間。

回家途中，他們幾乎沒什麼交談，梁宥程安靜騎著車，偶爾才開口和她確認路線，還有問她會不會冷。

「語安，妳會冷嗎？」騎在前方的梁宥程問。

即便他看不見，她還是下意識搖搖頭，「不會。」

呼嘯而過的風聲停留在耳邊，坐在後頭的徐語安因為有梁宥程在前方，和她剛才獨自一人時相比，現在確實比較不冷了。

「會冷的話要跟我說，我可以再騎慢一點。」

望著他的背影，她輕聲說：「這樣就可以了，謝謝你。」

「不會。」他應聲。

接著，兩人陷入了沉默，誰都沒有再開口說話，直到前方的紅燈亮起。

「對了，語安。」車速漸漸放慢下來，耳邊風聲不再那麼張狂，他的聲音再次從前方傳來。

「怎麼了？」

「現在也快十一點了，還有一個多小時就要跨年了，妳……」他頓了頓，然後問：「會想去跨年看煙火嗎？」

他突如其來的邀約讓她微微一愣，但她也沒有停頓太久，很快便婉拒他。

「不好意思，今天有點累了，我想早點回家。」她說。

她真的覺得今天晚上過得很不真實，一直到遇見梁宥程之前她都很恍惚茫然，好像在做夢一樣。現在想想，所有的一切似乎都是從李佑鈞微醺時開始變了調，到了後來根本就是亂了套，直到遇見梁宥程，這段回家的路程才讓她漸漸開始有了回到現實的感覺。

然而，現在的她還是只想快點回到家，不想再去其他地方逗留，只不過並不是如她所說的想休息，而是想好好冷靜下來。

「這樣喔。」他失望的應了一聲。

她抱歉的說：「對不起……」

他一聽，連忙回過頭，笑著說：「不用說對不起啦，我只是順便問問而已，想說從這裡走剛好順路。」

看著他的笑容，她忍不住說：「如果明年你有空，我們再一起去，也找語涵一起。」

她也不知道自己為什麼會突然有這樣的想法，或許是因為他此刻的笑容，又或者是因為他方才略帶失望的語氣，還是因為他今天晚上幫了自己，但自己還拒絕他而感到抱歉的關係？

她想了想，遲遲沒有答案，大概是每個理由或多或少都有一點影響吧？

他聽了，有些怔住，不過很快便輕輕的笑了，「所以，這是要預約明年的意思嗎？」

「我……」她還來不及回答，就發現前方燈號已經改變，趕緊指向前方，提醒他，「啊，綠燈了。」

他立刻回過頭，轉動油門，逐漸加大的引擎聲於寒冷的空氣中響起。

「好啊。」

在寒冷的風中，她聽見他這麼回答，短短兩個字裡感覺帶著明顯笑意，她彷彿能想像出他此時的笑容。

不知道為什麼，她突然有一種感覺，似乎周遭的聲音像是都消失了一樣，現在她只聽得見自己的心跳聲，但並非那種躁動或越來越震耳的急促心跳，而是平穩規律的跳動聲音，所有躁亂的一切好像都穩定了下來。

此時，她的心情莫名平靜，她也說不上來這是為什麼，但總覺得很慶幸，慶幸自己今天晚上遇見他。

如果李佑鈞之後什麼都沒問起，那麼她就把那件事當作是一場夢好了。

她原本是這麼打算的。反正，那個吻本來就不應該發生。

可是，即使心裡這麼想，她的情緒卻還是很容易受李佑鈞影響，根本無法做到真正淡定。無論什麼風吹草動，只要是關於他的，甚至他傳來的一則訊息，都能輕易讓她的情緒再次波動。

早上十點多，她收到他傳來的訊息，讀著顯示在手機螢幕上的通知，她遲遲不敢點開，更別說是要回覆他了。直到此時，她才發現保持淡定比她想像中難上許多，一看見他的名字，她就想起昨晚發生的事，宛如夢境的片段，清晰的停留在腦海中。

她發現自己根本不敢面對他。

「昨天晚上真的很不好意思，明明是我約妳出去，結果還讓妳送我回家。」

「謝謝妳。」

「昨天回到家的時候應該已經很晚了吧？」

手機螢幕上不停跳出他的訊息，然而他說的都是昨晚她送喝醉的他回家的事。他向她道歉，也和她道謝，但關於突然吻她的事卻隻字未提。

他難道是忘了嗎？還是他根本就沒有任何印象？

看著他的一字一句，她不禁納悶的心想。

照理來說，他沒有追問後續發生什麼，她應該要鬆一口氣才對，可是現在她卻覺得胸口莫名難受，好像是有什麼東西重重壓在上頭。只是，她不明白，此刻讓她感到難受的，究竟是他的遺忘，還是明明有事，她卻要假裝沒事的矛盾心情。

她想了很久。

又或許是因為她發現，現在只有她自己一個人，獨自描繪著這份意外而來的心動痕跡吧。

李佑鈞傳來的那些訊息，徐語安一則都沒有回覆，甚至沒有點開來看。雖然他完全沒有提到吻她的事，她還是不敢面對他。

什麼把它當成一場夢就好了……她果然把事情想得太簡單，她始終無法跨過心裡的那一道牆。她向來不是最擅長假裝了嗎？為什麼這次她連假裝沒事的勇氣都沒有了？

「妳睡了嗎？」

夜已深，元旦這天就快要過去了，那些訊息依舊停留在未讀取的狀態，累積的訊息數量越來越多。

「語安，妳在忙嗎？我有事情想問妳，可以接我的電話嗎？」

不是只有李佑鈞，林韻瑄打來的電話、傳來的訊息，她也不敢接、不敢回，就深怕自己會不小心洩漏了什麼。

她關掉手機螢幕，深深嘆了一口氣。

雖然這樣逃避下去也不是辦法，他們兩個遲早會察覺她的不對勁，而且明天之後在學校也可能遇見李佑鈞。即使如此，她還是覺得能拖一天算一天，抱持著鴕鳥心態繼續逃避著。

轉眼間，距離元旦已經過了三天，他們的訊息依舊是處於未讀取的狀態。

這還是她第一次這麼久沒有回李佑鈞的訊息。只要一收到李佑鈞的訊息，她向來都會在最快時間內回覆，然後再期待著他的下一次回覆。可是，現在她只希望有其他人快點傳訊息給她，把他的訊息往下擠，但無論之後有誰傳訊息進來，李佑鈞的名字都很快就回到所有訊息的最上層。

他不停追問她的狀況，問她是不是發生什麼事了。而她依然沒有打算回覆他，依然逃避著。

這天下午，她依舊來到圖書館打發空堂。

不過，她這麼常來圖書館的事李佑鈞也知道，不知道他會不會直接跑來圖書館找她？

她從書架上拿了一本書，翻了幾頁之後又放回書架上。

不可能吧？他怎麼可能為了這種小事大費周章來找她，之前要不是為了做報告，李佑鈞向來不喜歡來圖書館這種過於安靜的地方。

看著書架上的書本，她不禁輕吁了一口氣。

「語安。」

在書架前逗留一會兒，她突然聽見李佑鈞的聲音。

她頓時一驚，不敢相信自己聽見了什麼。

「太好了，我終於找到妳了。」驚愕之際，李佑鈞的聲音再次傳來。

心跳彷彿漏了一拍，她轉過頭，看見李佑鈞正在書架旁的走道上。

四目交會的瞬間，他像是鬆了一口氣，輕輕笑了，「我就知道來這裡一定可以見到妳。」

可是，她卻怎樣也笑不出來，也沒有像平常一樣和他打招呼。一看見他，所有的慌張再次湧上來。她下意識要轉身逃跑。他不明所以，不知道她為什麼要逃跑，但還是趕緊快步跟上轉身要離開的她。他一下子就追上她的腳步，然後拉住了她的手，硬是阻止她繼續走。

腳步一陣踉蹌，她嚇了一大跳，怔怔然回過頭看他，他沒有放開手，把她拉近自己。

他低著頭，問：「妳為什麼要躲我？」

這瞬間，她覺得周遭的空氣突然變得稀薄，呼吸困難，她的臉也跟著熱了起來。

背後是書架，前方是他，而且他離自己好近，近到讓她覺得連這個空間好狹窄。

「我、我哪有在躲你……」她支支吾吾的說。

徐語安想，自己現在的臉肯定紅得不像話。

他的眼神一沉，接著又問：「那妳為什麼都不回我訊息？連電話也不接。」

「那是因為我……我、我的手機最近怪怪的。」她囁嚅的說著臨時編出的藉口，視線不自覺看向一旁，怎樣也不敢直視他的雙眼。

因為緊張，也因為心虛。

「既然這樣，那妳剛剛為什麼一看到我就要跑？」他問，手腕上的力量加重了一些，疼痛微微傳來。

她忍不住皺起眉，卻無法反駁他的話。

見她像是默認了，他輕嘆一口氣，低聲問：「妳這樣不就是在躲我嗎？」

她抿起唇，視線依然不敢和他交會。

「語安，我那天晚上是不是對妳說了什麼奇怪的話？還是，我做了什麼讓妳討厭的事？」

他問的一字一句都深深刺進了她心底，說中了她的心事。

他果然一點印象都沒有了。

也不知道自己哪來的勇氣，她移回視線，直直看進他眼底。這一刻，她有好多話想說，想告訴他那天晚上發生的事，也想告訴他，因為喜歡他，這幾天才會這樣躲著他。

「……沒有。」可是，到了最後，她還是什麼都不敢說。

「如果沒有，那妳為什麼要躲我？」他依然不放棄，口氣堅定，非要問到她的答案不可。

徐語安覺得自己的腦袋亂哄哄的，根本沒辦法思考，也沒有心思再亂掰理由來搪塞他。

這時，她忽然聽見了熟悉的推車移動聲響，由遠而近傳來。

「有、有人過來了。」她緊張的說，想趁機為自己爭取一些可以喘息的空間。

「沒關係，不用理他。」李佑鈞依舊沒有要鬆手的意思。

「那你先放手好不好？這樣被別人看到很奇怪耶。」

「可是，如果我放手，妳不是又要逃跑了嗎？」

「我……」

「語安，妳可不可以不要再這樣躲我了？」他斂下眼，很快又抬眸看她，「不然，妳至少讓我知道妳的理由。」

看著這樣的他，聽著這樣的話，她不知道該怎麼辦才好，究竟要老實說，還是繼續裝傻？

她沒有答案，也沒有勇氣像那天晚上那樣用力甩開他。

推車移動的滾輪聲音越來越大，這道聲音聽起來離他們越來越近，似乎快要抵達他們所在的位置。而她的心跳聲也越來越強烈，感覺像快要被緊張吞噬了一樣。

希望來的人不要是梁宥程才好，她不想讓認識的人看見。

當緊張的情緒不斷在胸口擴散，她的腦海中突然閃過了這樣的想法。

思緒至此，推車移動的聲音倏然止住，所有的一切瞬間平靜。

除了她的心跳聲。

梁宥程原本還以為是自己看錯了，直到自己和眼前的女生有了視線交會，他便再也移不開視線，也移不開他的腳步。

在圖書館裡，他時常會看見情侶在約會，對於眼前這種情況他早已見怪不怪了。他都曾經不小心撞見別人接吻了，何況是牽手？他本來要像往常一樣假裝什麼都沒看見，就這樣走過去的。

可是，眼前的人怎麼看都是徐語安，他很在意。

徐語安一看見他，表情明顯嚇了一跳，微微睜大的雙眼裡盡是驚愕。她很快就撇過頭，不再看他。

接著，李佑鈞轉頭看了他一眼，他以為自己打擾到他們了，嚇得連忙說聲「對不起」，然後趕緊推著推車離開。

明明自己什麼事都沒做，但為什麼他覺得自己的臉莫名燥熱，像是做了什麼壞事被抓到一樣緊張？

不過……總覺得他們之間的氣氛怪怪的。

是在約會嗎？

猜想的同時，他突然覺得自己胸口好像有什麼東西重重壓下來，不禁又想起方才撞見的畫面。

等等！思緒至此，他倏然停下腳步，腦中閃過了各種不同的假想。

萬一事情不是他想的這樣該怎麼辦？

現在想想，他們好像不是牽起了手，看起來比較像是那個男生強勢抓住徐語安的手腕。

不會吧？該不會是在勒索吧？

他把推車停在原地，轉過身，匆匆跑回剛才看見徐語安的走道。

兩人的身影再次映入眼底。他們之間的氣氛感覺很凝重，李佑鈞不知道正在說什麼，表情很嚴肅。他的手緊緊抓著徐語安的手腕不放，而徐語安始終低著頭，但梁宥程能隱約看見她臉上的泛紅痕跡，好像快哭了一樣。

他想幫她，可是卻不知道該怎麼辦才好。他慌張的東張西望，想了想，然後大聲說：「這、這裡是圖書館，請你們不要這樣！」

他看著他們，義正詞嚴的說著，但結巴畏縮的語氣卻讓氣勢整個弱掉。

尤其是當李佑鈞轉頭看他時，不友善的眼神，讓他的身子更是不由自主瑟縮了一下。

「你、你們這樣會影響到其他人……」他繼續說，說話依舊結巴，氣勢又弱了一大截。

好、好可怕……不知道為什麼，李佑鈞的眼神勾起了他一些不好的回憶，內心頓時湧上一陣恐懼，可是梁宥程還是故作鎮定看著他們。

「那我們出去就行了吧。」李佑鈞不耐煩的說，接著便拉著徐語安打算離開。

徐語安一驚，下意識要甩開他的手，卻沒有任何作用。而這個小小的舉動全被梁宥程捕捉在眼底，梁宥程趕緊走上前，拉住了李佑鈞的手，阻止了他的動作。

「你幹麼？」李佑鈞皺著眉，不悅的問。

「因為語安她、她好像不想跟你走的樣子……」梁宥程瑟縮了一下，怯生生的說，視線移到徐語安身上。

順著梁宥程的視線，李佑鈞看向徐語安，她依舊低著頭沒有說話，可是並沒有反駁梁宥程說的話，就像是默認一樣。於是，李佑鈞只好鬆開手。當他一鬆手，她立刻迅速收回手，這一瞬間，他看見了自己在她手腕上留下的痕跡，才意識到自己剛才太用力了。

他皺了皺眉，抱歉的說：「語安，對不起。」

她伸手摸了摸被抓疼的手腕，小聲說：「沒關係……」

「那我晚點再跟妳聯絡，不要再不接我的電話了。」他說，瞥了梁宥程一眼，然後說：「我們到時候再用電話說。」

她沒有回應，他輕嘆了一口氣，隨後就轉身離開，留下徐語安和梁宥程兩個人。

李佑鈞一離開，徐語安頓時覺得雙腳像失去了力氣。她整個人沿著書架坐下，她彎下腰蜷縮著，手摀住發燙的臉。

「妳什麼都不說，我怎麼會知道我做了什麼惹妳不開心的事。」

李佑鈞說的每一字每一句都很懇切，她卻覺得那些字句像尖銳的針深深刺進她心底。

這種事情，她到底該怎麼開口告訴他？面對他的追問，她什麼話也說不出口。

看見徐語安忽然跌坐在地上，梁宥程嚇得立刻蹲下身，著急的問：「語安，妳沒事吧？」

「沒事。」她小聲的說，然而她的聲音太小，又摀著臉，聲音變得含糊不清，導致緊張的梁宥程沒有聽見，他依然問個不停。

「站得起來嗎？要不要我扶妳？

「妳還好嗎？

「妳怎麼了？是哪裡會痛還是不舒服嗎？」

腦袋鬧哄哄的，梁宥程的聲音在頭頂上打轉，情緒太過混亂，使得她聽不清楚他說了什麼，他的聲音聽在她耳裡都變成了渾沌的雜音，促使著焦躁情緒越演越烈，一股腦湧上心頭，最後完全爆發。

她猛然抬起頭，再也壓抑不住的大聲說：「你很煩耶！不要再問了！」

語落的瞬間，所有的一切都回到平靜，空間太過安靜，彷彿還能在空氣中聽見她的回音。

梁宥程整個人呆住，而她也是。

她現在到底在幹麼啊？她愣愣看著同樣愣住的他，張了張嘴，卻沒發出聲音。

剛剛面對李佑鈞時，她什麼都不敢說，現在卻把自己的緊張和焦躁全發洩到替她解圍的梁宥程身上。

該說的沒有說，但是不該說的話全說出口了。

她抿起唇，低下頭，不敢再看他。她正要開口向他道歉時，他輕聲的道歉自頭頂上傳來。

「對不起。」

他說出了她本該要講的話，他語氣很輕，也很淡然，卻像是千斤重的重物一樣自上方壓下來，壓得她的胸口頓時一陣緊縮。比起方才的焦躁，現在纏繞在上頭的更多的是歉疚。

「如果需要我幫忙再跟我說，如果沒有的話，那……」他停頓了一下，見她沒有反應，才又接著說：「我就先走了。」

然後，她聽見了腳步逐漸遠離的聲音。直到此時，她才緩緩抬起頭，映入眼底的只剩下他的背影，隨著照映在地面上的身影自她視線當中消失。

寧靜迴盪在耳邊，口袋中的手機傳來一陣震動，她拿出手機一看，是李佑鈞傳來的，向她解釋剛才的狀況。

「我今天沒有要凶妳的意思，如果嚇到妳真的很對不起，我只是因為很在乎妳，想知道妳發生什麼事了。我不想我們兩個之間有這種尷尬的感覺，因為妳對我來說是很重要的朋友。」

徐語安無奈的揚起嘴角，卻感覺到眼眶裡有眼淚的微微熱度，太多情緒在她心裡不斷拉扯。

她跨不過心裡那道牆，又不敢把真相告訴李佑鈞。然而，如果她想和李佑鈞恢復到從前的關係，不會再感受到尷尬，那她真的就只能當作那天晚上什麼都沒發生過了。

第九章　下雨的日子

就像李佑鈞所說的，徐語安也不想他們之間這麼尷尬，他是她的朋友，也是她喜歡的人，而且被擋在自己築起的心牆裡，比任何時候都還要鬱悶。

因此，她決定不再忽視，而是回覆了李佑鈞的訊息，結束了這場因為她而起的短暫尷尬。反正，她也說不出他吻她的事，不如就把這件事當作是一場夢，當作從來沒有發生過就好了。

她選擇假裝不在意，雖然還是無法真正跨過心裡那道牆，至少不要再讓自己繼續原地打轉。

然後，她主動打電話給林韻瑄，林韻瑄詢問她為什麼都不接電話，她也只說是這幾天都在忙報告來搪塞過去。雖然感覺林韻瑄不是很相信，但幸好也沒再繼續追問。

後來，當林韻瑄問到跨年晚上她和李佑鈞出去的事，她也都據實以報。除了送他回家之後的那一段，她都如實告訴林韻瑄，但裝作不知道他們吵架了。因為唯有這樣，林韻瑄才不會多想，甚至繼續追問。

她一下子說謊，一下子又說實話，她在虛實之間不停遊走，感覺都快弄不清楚自己的真心了。然而，卻也因為這樣，所有的一切才能回到原點，回到她繼續假裝不喜歡李佑鈞的時候。不過，這應該也只是對她而言吧？對林韻瑄和李佑鈞來說，應該只會單純覺得她這幾天很莫名其妙吧。

當他們的事情告一段落，還是有一個人讓她很在意。這幾天，她總會不時想起那句輕聲的對不起。他明明沒有做錯事情，甚至還替她解圍，卻莫名其妙被她的情緒波及。

不管怎樣，她都一定要當面向他道歉才行。

假日的午後，她騎車來到梁宥程家的早餐店，打烊的早餐店不如平常看見的熱鬧，還沒抵達門口，她就遠遠看見正在門口打掃的梁媽媽以及趴在門口睡覺的花生。

不知道梁宥程在不在家？

停好機車，她連忙走上前和梁媽媽打招呼，「阿姨，午安。」

梁媽媽停下掃地的動作，抬起頭，一看見她，臉上立刻揚起笑，「啊，午安！」

她點點頭，笑了笑，正要開口詢問梁宥程是否在家，梁媽媽便率先開口，笑著問：「妳是來找我們家弟弟的，對吧？」

雖然這並不是什麼祕密，但當心事被看穿，她還是愣了一下，才笑著點頭，問：「請問宥程在家嗎？」

「在啊在啊，妳等一下啊，我現在就叫他出來。」梁媽媽邊說，邊拿著掃把往店裡走。徐語安好奇的探頭往店內看去，梁媽媽走到通往後方的門前停下，打開門，然後朝裡面大喊：「弟弟啊，出來一下！」

「幹麼？」站在店外的她看不見門後的狀況，不過能聽見來自屋內梁宥程的回應。

「快點出來，語安來找你了。」梁媽媽說。

話才說完幾秒，她就看見梁宥程從那扇門探出頭來，當他們四目交會，他露出了和平常一樣傻愣愣的笑容。

「嗨，語安。」他看起來就和往常一樣，沒有任何不同，彷彿前幾天在圖書館發生的事情也只是她的一場夢而已。

如果今天立場對調，換作是她被那樣對待，她肯定會很在意，也一定無法在這麼短的時間內自在的面對他。

這讓她不禁想，究竟是自己太小心眼了，還是他的神經太大條？

「你這小子！」梁媽媽輕拍了梁宥程的背一下，語帶抱怨的說：「我每次叫你都動作慢吞吞的，一聽到語安來找你就給我跑這麼快。」

「唉唷，媽，這不一樣啦，語安是客人啊。」

「你少來。」

梁宥程笑了笑，隨後就走向她，然後在她的面前停下。

他臉上始終掛著笑容，她卻忽然緊張起來，「不好意思，突然跑來找你，你在忙嗎？」

「沒有。」他笑著說：「不過，這個時間妳怎麼會來？發生什麼事了嗎？」

發生什麼事了嗎？被這樣反問，徐語安反而愣了一下。

他看起來真的很自在，感覺就好像不曾被她莫名其妙凶過一樣。

她尷尬的笑了笑，支支吾吾開口，「那個我……」

她不知道該怎麼說起那件事，而且梁媽媽也在旁邊，她更不知道該怎麼繼續說下去才好。

「啊對了，我要帶花生去散步，妳要跟我一起去嗎？」她仍在猶豫該怎麼說的時候，他突然這麼問，讓她有些反應不過來。

「散步？現在嗎？」她納悶的問，可是花生明明還趴在地上睡覺，不是嗎？

「對啊。」梁宥程蹲下身，雙手捧起花生的臉，輕輕左右晃動，試圖叫醒牠，「花生，起床了，我們去散步。」

花生半瞇著眼，發出了陣陣低鳴，似乎不是很開心被吵醒的樣子。

她很擔心他會被咬，連忙說：「沒關係啦，牠還在睡覺，不用刻意叫醒牠。」

「沒關係，牠已經睡很久了。」梁宥程仍沒有放棄叫醒牠，好不容易讓花生終於完全睜開眼，他才鬆開手，隨後站起身，「妳等我一下，我去拿繩子。」

說完，他就匆匆跑進店內，拿了狗鍊出來，替花生繫上。

徐語安看著梁宥程，覺得他今天似乎心情很好。

他的嘴角微微上揚，腳步很輕快，不知道是在開心什麼。或許是因為和花生散步時的好心情，又或者單純因為今天天氣很好。

只不過，這些都不是重點，重點是她明明要來向梁宥程道歉的，沒想到該說的話都還沒說，怎麼就突然變成和他一起帶狗散步了啊？

看著走在最前頭的花生，徐語安突然覺得有點哭笑不得，為什麼每次事情都會發展成她完全沒有預想過的情況？

真不知道他為什麼會突然提議說要帶花生去散步。

不過，換個角度想，這樣也沒什麼不好，沒有其他人在場，反而能讓她把想說的話說出口。

「宥程，那個我……」剛才的不知所措已經沉澱了許多。

「嗯？怎麼了？」他問。

眼角餘光能感受到他的目光，但她依舊只看著自己的步伐，她緩緩說出這幾天一直埋藏在她心中的道歉，「對不起。」

「咦？」突如其來的道歉讓他有些莫名其妙，一時之間反應不過來她是為了什麼而道歉。

她轉過頭，和他困惑的視線有了交會，「那天在圖書館的時候真的很對不起，我不該對你那麼凶。」

「圖書館？」他愣了一下，表情很意外，愣愣的問：「所以，妳今天是來找我，就是特地來道歉的嗎？」

她點點頭，「對不起，拖了好幾天才來道歉。」

「幹麼要說對不起啊？」他變得比她還慌張，連忙搖搖手，「妳不用這樣啦，我真的沒有放在心上。」

「可是，我很在意啊。」她抱歉的說。

他微微一愣，停頓了一下，有些不自在的摸了摸鼻子。

「其實，妳真的不用這麼在意啦，我……雖然我那時候是真的有點嚇到，啊，真的只有一點點而已。」他微瞇起眼，拉開食指和大拇指的距離，兩指之間只相距著微微縫隙，比畫著他所謂的一點點，「而且，說來說去也是我那時候太不會看狀況了，沒有顧慮到妳的心情，妳那時候應該已經很亂了，我還一直煩妳。」

她一陣怔然。明明亂發脾氣的人是她，明明該道歉的人是她才對，可是承受了她的情緒的他，為什麼總是說著她該說的話，甚至還替她找理由。

「不過，今天能看到妳精神這麼好真是太好了。」他放下手，鬆了一口氣似的笑著說。

這幾天，他不是沒有想過要打電話給徐語安詢問她的狀況，但是又擔心她會嫌他煩。這樣的想法讓他忍不住卻步，使他都只是被動等待著她的主動聯絡。

望著他的笑容，她突然不知道該如何反應，此時突然有好多情緒，她覺得胸口悶悶的，可是當中卻似乎又帶著一點暖意。她說不上來此刻的心情，只覺得情緒多得像是快要滿溢而出的樣子。

她低下頭，沒有說話，也不敢直視他清澈明亮的雙眼。

「不過，話又說回來……」

這時，耳邊又傳來他略帶遲疑的聲音，結束了短暫的沉默，他問：「我那天……應該沒有打擾到你們吧？」

雖然沒有問她，但他曾想過好幾個那天她突然對他發脾氣的原因，他猜測這會不會就是原因之一？是不是因為自己白目闖入他們之間？還是因為自己擅自留下了她？

「沒有。」她搖搖頭，輕吁了一口氣，說：「我反而很慶幸你又回頭，很慶幸你出現在那裡，也很慶幸你替我拉住了佑鈞。」

如果沒有他，她大概會繼續困在那樣緊張又不知所措的氣氛裡，也因為如此，她才對他感到這麼愧疚。

「謝謝你。」她抬頭看向他，「還有，真的很對不起。」

他沒有回應她的道謝和道歉，只是莞爾，「如果有任何需要幫忙的，隨時可以找我。」

「沒關係，我們已經講開了，所以現在沒事了。」她說。

已經沒事了。

她總是這麼告訴自己，告訴自己要假裝沒事才行。

「沒事就好。」他輕聲說，語氣很溫柔，嘴角也泛著淺淺的溫柔笑意。

不同於現在季節的寒冷，他的溫柔模樣就像即將到來的春日清風一樣溫暖和煦，隨著他的一字一句往心底流淌而入，湧入了陣陣暖意，暖得令她安心且平靜。

不只是她的心，明明臉上吹著是刺人的寒風，可是為什麼就連她的臉都微微發燙了起來？

如果是他的話，應該沒關係吧？

當這樣莫名的想法突然在她腦海中成形，她下意識開口，「其實，他是我喜歡的人。」

「咦？」他怔住，嘴角邊的笑意也跟著消失，錯愕取代了所有表情。

和他的反應一樣，說完的同時，她自己也愣了一下，她不知道自己是哪根筋不對了，怎麼會沒頭沒腦突然說起這樣莫名其妙的話？

這是她第一次向別人坦承自己的心意，一直以來，她總是把這份心意當作是一個祕密，深深藏在心中，不願意告訴任何人，可是此時站在眼前的他，卻讓她有一種就算說了也沒關係的莫名念頭。

為什麼？說真的，她也說不上來是為什麼。

她尷尬的抿了抿唇，忽然覺得喉嚨間有些乾澀。或許，有些事情本來就是沒有理由的吧。

「那麼……」梁宥程抓了抓頭，吶吶的問：「他知道嗎？」

徐語安搖頭，停頓了一下，向他坦承，「……我不敢說。」

他若有所思的看著地面半晌，像是突然想到了什麼，他猛然停下腳步，然後轉過頭，很認真問：「妳知道這世上有種東西叫『情書』嗎？」

情書？

她愣了一下，很快就意會過來他想表達的是什麼。

如果不敢說出口，就用情書來傳遞心意。他是想這樣說，對吧？

「你是說用情書告白嗎？」她問。

「對。」他點頭，表情很認真。

即使如此，她還是沒好氣的吐槽他，「拜託，現在都什麼年代了？哪有人在寫情書的啊？」

而且，情書寫歸寫，有沒有勇氣送出去也是一個問題吧。送不出去的情書和說不出口的告白不是一樣的道理嗎？不過是形式上不同。

他撇撇嘴，理直氣壯的說：「總比妳什麼都說不出口好吧？」

見他一副很理直氣壯的樣子，她忍不住反問：「那你自己呢？」

他微微一愣，幾秒鐘之前的氣勢弱了一截，「什、什麼？」

「那你把情書給你喜歡的人了嗎？」她問。

「我……」他一怔，視線瞥向一旁，一臉心虛的樣子，「還沒。」

「那還不是跟我一樣？」

他們一個是告白不敢說，另一個是情書不敢交出去，說到底，他們是處在一樣的情況。

他急忙辯解，「不一樣！我不是不給，只是忘了給而已。」

「最好是會忘了。」

他張了張嘴，看起來似乎還想反駁她什麼，最後卻什麼話都沒說，只剩下微微紅暈停留在他臉上。他低下頭，拉著花生往前跑。

他像是慌張逃跑的反應讓她忍不住想笑，她把笑意藏進心底，然後跟上了他的步伐。

走在他的身後，看著他的背影，她忽然明白為什麼自己會覺得就算告訴他也沒關係了，因為他總是給她一種難以言喻的平靜感覺，只要和他說話，不管多煩躁的情緒都會漸漸沉澱下來。

有時候是因為他的話，又有的時候是因為他的反應，他都有辦法讓她擺脫原本的情緒，不論是跨年那天晚上也好，還是現在這樣也好，甚至是他出現在圖書館的時候也是。

這樣子的感覺應該也算得上是一種理由吧？

「好累喔。」

「誰叫你剛剛突然要用跑的。」看著仰頭靠在長椅上的梁宥程喘著氣，她沒好氣的說。

偌大的公園裡除了他們之外沒有其他人，剛才也同樣跑步過來的花生不像梁宥程一樣氣喘吁呼的，而是悠閒趴在地上。

她不禁莞爾，微微彎下身，看著花生。溫暖的陽光灑下，花生看起來很舒服的樣子。

見她一直盯著花生看，他感到好奇，「花生怎麼了嗎？怎麼一直看牠？」

「沒什麼啦，只是突然覺得有點羨慕花生。」

「羨慕牠什麼？」

她伸手摸了摸牠的背，毛摸起來柔軟滑順。牠依舊瞇著眼趴在地上，像是快睡著了一樣，「好羨慕牠每天都可以過得這麼悠閒，一點煩惱都沒有。」

她是一個很小心眼的人，常常為了一些小事困住自己許久。

而且，現在想想，其實她剛才根本沒有資格那樣說他，她自己不也是一樣嗎？

她也曾經忘了很重要的告白。她和梁宥程一樣都忘了，只差在她是假裝忘了而已。

「怎麼會沒有煩惱？牠也是有煩惱的。」他笑著說，捧起了牠的臉，捏著牠的嘴邊肉，「妳看，牠是不是該煩惱要怎麼減肥了？」

花生的雙眼瞬間變成一直線，表情也變得很滑稽。她忍不住笑出聲來，「還不是你養胖的！」

他笑了笑，不否認她的話，低下頭，又捏捏花生。

「沒辦法啊，因為花生剛來我們家的時候真的很可憐。」

「可憐？」

「嗯，花生是我爸在路上撿到的，那時候牠很瘦很小，看起來好像剛出生沒多久就被人丟掉了。我爸那時候就是因為看到牠被其他大狗欺負，覺得牠很可憐，所以才把牠帶回家。」他鬆開了手，轉而輕輕捧著牠的臉，花生發出了低鳴。「看到那麼牠瘦小，就忍不住想多餵牠吃一點，想說至少讓牠不要輸在體型上，沒想到之後竟然會胖成這樣。」

他看著花生，從側面看上去，他的表情好溫柔。

「而且，牠現在只要看到比牠小隻的狗，就會拚命叫個不停。」他摸了摸花生的頭，笑得很無奈，語氣有著藏不住的溫柔，一副就是拿牠沒辦法的樣子。

「真的假的？看不出來牠會這樣耶。」

每次見到花生都是一副無害的樣子，就像牠的主人一樣。

她抬眸，視線落在梁宥程身上。

「嗯，我明明已經告訴牠很多次不可以這樣了，可是牠都不聽，只有我媽在的時候才會乖一點，但一跟我在一起馬上又原形畢露了。」

她想，一定是因為他總是露出這樣溫柔神情的關係吧。誰會怕模樣看起來這麼溫柔的他？

「不過，只要對方比牠凶或是叫得比牠還大聲，牠就會立刻安靜縮到我的後面。」

她完全可以想像那個畫面，忍不住笑著說：「這樣根本就是欺善怕惡嘛！」

「是啊。」

「不過……」她收起笑意，「花生這樣的舉動，我想我應該能理解。」

「理解？」

她自己不也是一樣嗎？面對氣勢比她強的李佑鈞，她什麼話都不敢說，卻把所有的情緒發洩在溫和的他身上。

「嗯，像我就只會凶你而已，這也算是欺善怕惡吧？」

他盯著她看了許久，「可是，我並不覺得妳是這樣子的人啊。如果……」他斂下眼，若有所思，像是想起了什麼，隨後抬眸再次看向她，輕輕笑著說：「如果妳真的是欺善怕惡，我想那個時候妳就不會幫我了吧。」

「什麼時候？」她皺了皺眉，不知道他指的是哪一個片段。

她果然已經沒有印象了。

看她一臉困惑的樣子，他不禁輕吁了一口氣，抬起頭，看向頭頂上的蔚藍天空，不同於此時看見的蔚藍，思緒跌入了那段總是在下雨的日子。

♥

今天又在下雨了。

梁宥程背著沉重的書包，站在店門前的騎樓下，眼前的天空一片灰濛。

胃又開始隱隱作痛了起來。

唉，真不想去學校。他輕撫著自己的肚子，卻突然搞不清楚這陣不舒服的疼痛感究竟是來自他的身體還是心理？

正在櫃台忙碌的梁媽媽看見梁宥程動也不動站在門口，遲遲沒有要出門的樣子，忍不住大喊，「弟弟啊，你在發什麼呆？再不快點出門會遲到耶！」

他怔怔回過頭，囁嚅的說：「我不想去學校……」

梁媽媽雙手扠腰，一臉無奈地問：「你不去上學你要幹麼？」

「我……」他語塞。

「好了啦，你又不是小孩子了，都已經國三了，不要在那邊鬧彆扭了。」梁媽媽朝他揮揮手，要他趕快出門。這時，有客人走過他的身邊，梁媽媽原本還停留在他身上的注意力隨即被轉移開來。

看著正招呼客人的媽媽和忙著做早餐的爸爸，心裡那些想說的話全被他硬生生吞了回去。他低下頭，視線落到了手背上的傷痕，一道新的傷口覆在舊的傷疤上。

還是別說比較好。他們已經夠忙了，就別再增加他們的麻煩了。

他的視線再次回到眼前的雨景，遲疑了幾秒鐘，才撐開手中的雨傘，然後往雨中走去。耳邊隨後被規律的雨滴聲填滿。

走在前往學校的路上，他覺得自己的腳步越來越沉重，胃也越來越痛。

他真的很討厭下雨天，在下雨的日子裡看不見任何光亮，只有讓人鬱悶的潮濕氣息瀰漫在空氣中。

對他而言，每一個上學的日子都是下雨天。國中時期就像下了三年的雨，直到畢業之前，這場大雨從來沒有停止過。

直到遇見徐語安的那個下雨天。

儘管那天依舊下著雨，但卻是他第一次在總是灰濛的雨天裡看見了明亮。

好痛。

真的好痛。

梁宥程抱著頭蜷縮在牆角，他沒辦法阻止不斷往身上落下的疼痛，更無力反抗，只能咬著牙，默默承受著。

「現在是怎樣？不但沒錢，甚至連錢包都不帶了，是不是？」班上的一名男同學甩著他空蕩蕩的書包，惡狠狠的問。

已經一連下了好幾天雨，地面盡是雨水和泥濘，他散落一地的課本和文具用品無一倖免。

「喂！幹麼不回答？你是啞巴是不是？」

被這樣一吼，他更是嚇得一句話都不敢回。

誰叫你要這麼矮、誰叫你要這麼膽小、誰叫你要這麼沒用、誰叫你要一副這麼好欺負的樣子。這些人總是這樣嘲笑他，讓這些成為他被欺負，甚至被勒索的理由，讓他們的霸凌行為都變得理所當然。

「喂，矮冬瓜，你家不是開早餐店的嗎？去拿一點錢應該不困難吧？」

他一聽見他們把歪腦筋動到他爸媽的辛苦錢上，嚇得立刻搖頭，「不行！」

不用想也知道，他的拒絕接著又換來一陣拳打腳踢。

蜷縮著身子，拳頭像是點點雨滴不斷落在自己身上，然而和冰冷的雨水不同，停留在身上的只有灼熱和疼痛。

腦袋逐漸感到昏沉，他越來越聽不清楚聲音，停留在意識裡的，只剩下雨水特有的潮濕味道。他感到厭煩、感到焦躁，甚至感到害怕。

他果然很討厭下雨天。這場雨到底什麼時候才會停止？

「啊——」

這時，一道尖叫突然劃破了下雨的聲音，那道聲音離他們很近，也停止了持續落在身上的那些力道。

這裡怎麼會有小孩子在尖叫？

「幹，誰啦？」

伴隨著身旁的叫罵聲，他愣愣抬起頭，看見有一個女生撐著雨傘站在他前方，她雙手緊抓著傘柄，直直盯著他們看，但她看起來好像很害怕的樣子。

「妳誰啊？不想被揍的話就快滾！」

她明顯瑟縮了一下，即使臉上盡是藏不住的害怕神情，但她還是大喊，「你們快住、住手！」

然而，細細的娃娃音聽起來沒有絲毫威脅性。更讓梁宥程不明白的是為什麼她要幫他？他們明明就不認識，不是嗎？

「靠，還快住手咧，妳以為妳自己是誰啊？我打他干妳屁事？」

「你不可以這樣……」即使她的神情膽怯，但還是試圖想阻止。

卻起不了任何作用。

「不可以怎樣？」挑釁的說完之後，那個人還往梁宥程身上踹了一腳。

另一人接著大笑，「這女的聲音未免也太噁心了吧？」

「肯定是裝的啦！都幾歲了還這種聲音。」

面對充滿惡意的笑聲，她遲疑的倒退了半步，神情中閃過一陣愕然，就連臉都微微脹紅起來。梁宥程以為她會因為他們的嘲弄而離開，但她並沒有，停頓了一下，她更是握緊了傘柄，接著又說：「你、你們再不住手我就要繼續叫了！」

她語帶威脅，可是卻一樣被當笑話。

「叫啊叫啊，妳叫啊！」兩人嘻皮笑臉的說著，甚至還模仿她的聲音，怪腔怪調的嘲笑她。

她深深吸了一口氣，然後低下頭，摀住自己的耳朵，開始放聲尖叫。

「啊——」

梁宥程整個人傻眼，他原本以為她只是嚇唬他們而已，沒想到她竟然真的尖叫起來，而且是聲嘶力竭持續尖叫著，好像正在被人追殺一樣。

「幹！神經病啊！」

「媽的，吵死了！」

無視於他們的叫罵聲，她沒有停止，尖叫聲迴盪在安靜的校園裡，覆蓋過了落在梁宥程耳邊的雨聲。

比起一般女生，她的聲音更細，音頻也特別高。她的尖叫聲聽在耳裡非常刺耳，梁宥程雖然很感謝她暫時阻止了他們的拳打腳踢，可是他現在真的覺得耳朵好痛。

喉嚨好痛。

徐語安輕咳了一聲，覺得自己像是快要虛脫一樣。

幸好那兩個人把她當作瘋子，總而言之，她運氣很好，他們沒有找她麻煩就直接離開了，只留下了一堆難聽的三字經。

不過……

徐語安懊惱的抓了抓頭，她很後悔剛才為什麼不假裝沒看見，然後直接離開不小心被她撞見的霸凌現場就好了。她沒事幹麼要逞強，替一個不認識的人強出頭？

那兩個人怎麼看都不是好惹的對象，萬一他們之後來找她麻煩怎麼辦？而且，她的聲音這麼好認，一定很快就能找到她了。

嘆了一口氣，她的視線落到前方仍坐在地上的梁宥程身上，不管是他的臉還是身體都是髒污和受傷的痕跡，他呆愣愣看著她，遲遲沒有回過神，雙眼裡還有著未褪去的驚恐。

徐語安蹲下身，讓他一同進到傘下，他一驚，立刻低下頭，躲開了她的視線。

「你還好嗎？」她問。

不過，如果剛才她選擇直接離開，那麼之後她一定會良心不安。一想起他剛才蜷縮在地上被人拳打腳踢的模樣，她就覺得他好可憐。

或許他們會離開並不是因為她，而是因為眼前的他已經沒什麼好讓他們搜刮的了。

他沒有回答，只是小心翼翼抬眸，怯怯看著她。

「還很痛嗎？」

梁宥程看向她，儘管她的聲音已經恢復成了細細軟軟的娃娃音，但她的尖叫聲彷彿還圍繞在耳邊，像是耳鳴一樣揮之不去。他點點頭，吶吶的說：「我的耳朵好痛。」

話一說完，她明顯一愣，梁宥程也被自己嚇到，不敢相信自己說了什麼。

他在說什麼東西啊？他要說的應該是謝謝才對吧？要趕快謝謝她幫他才行。

「啊……對不起，我都忘了自己的聲音很恐怖，真的很對不起。」她尷尬的抓了抓頭髮，抱歉的說。她剛才真的是打從心底的在害怕尖叫，因為她真的很怕被那兩個人打。

不對不對，妳根本就不用道歉！而且，妳的聲音一點都不恐怖。

梁宥程急著想向她解釋自己不是那個意思，然而當他心一慌，就什麼話也說不出來，連最簡單的單音也發不出來。他越是想解釋清楚，越是更加慌亂。

她摸了摸喉嚨間的位置，輕輕笑了，聲音軟軟的說：「其實，我的喉嚨也好痛。」

看著她的笑容，他不知所措，突然覺得自己的胸口好像變得熱熱的。

「啊，對了。」她低下頭，一手撐著雨傘，一手翻找著書包，不知道在找什麼東西。而他的視線也隨著她的動作落到她的書包上，他這時才發現她的書包竟然和他的一樣，上頭也沾滿了泥濘，還有雨水的痕跡，看起來還破破髒髒的。

「那個……」他囁嚅的開口。

「怎麼了？」她抬起頭，納悶的問。

視線交會的同時，他不自覺瑟縮了一下，「妳、妳的書包怎麼會變成這樣？」

「這個啊……」她猛然把自己的書包揣在懷裡，好像是不想讓他看一樣，乾笑道：「沒什麼啦，只是剛才不小心沒拿好掉到地上，結果就弄髒了。」

可是，他怎麼看都覺得她的書包和他的一樣，都像是曾經被人惡意破壞過的感覺。

他依舊看著她的書包，直到她的聲音再次傳來。

「這個給你擦臉。」

微微抬眸，一包沒有開封的面紙出現在他的面前。他又往上看，她撐著傘，微彎著身子看他。

「快回家吧。」

傘外的雨依舊下個不停，然而她細細的溫柔嗓音就像和煦陽光一樣穿越厚重的雲層，溫暖的照進他的心房，在他的心上駐足停留。

這是他第一次不覺得雨天討厭。

他伸手接過她遞來的面紙，連謝謝都忘了說，只覺得胸口好燙，好像有什麼東西在翻騰，就連心跳都難以控制的急促狂跳著。

「為、為什麼要幫我？」手裡緊抓著面紙，比起謝謝，他心裡想的全都是這個問題。

她沉默的思考了一會兒，才慢慢說：「我也不知道。」

不知道？所以，她沒有任何理由就幫了身為陌生人的他嗎？

他難以置信的看著她，「那兩個人很可怕，妳知道嗎？」

「我看得出來。」這點她當然知道，她想不管是誰都看得出來那兩個人不是好惹的對象，她也覺得自己一定是瘋了才會出聲制止。

「那妳為什麼還要幫我？」

為什麼？明明很害怕，但她卻無法視而不見，大概是因為同病相憐的感覺吧？

她想起了自己稍早前獨自一個人尋找被同學藏起來的書包時的心情，類似這樣的無聊惡作劇已經不是第一次了。雖然比起只是被捉弄的她，受傷的他更可憐，但是她多少能體會這樣的無助感，也許就是因為這樣，她才無法裝作沒看見吧。

她想了想，抿了抿唇，然後說：「我想，可能是因為……」

只不過，她並沒有打算把這樣的理由說出口。比起身上的傷痕，心裡的傷痕她更不願意讓別人看見，更何況是第一次遇見的人。

「可能是因為你哭的樣子比我哭的時候還醜吧。」她說，稚嫩的細細嗓音很輕，她語帶笑意，聽起來好溫柔。

這瞬間，梁宥程覺得好像有什麼東西用力敲進了心底。

「所以，你還是快點把臉擦一擦吧。」

梁宥程愣愣的看著她半晌，隨後才照她的話，抽了張面紙擦去臉上的髒污，卻遲遲擦不掉急促心跳在他心中留下的深刻痕跡。他第一次有這樣的感受，在慌張的情緒中感受到的是更深刻的溫暖，以及心動的痕跡。

第十章　向雨季道別

當思緒從過去回到現在，感覺就像是做了一場很長的夢。

這並不是梁宥程第一次憶起那段過往，只是他從來沒有想過自己會這樣向某個人說起這段往事，那段下雨的日子是他心裡最深、最痛的傷痕。然而，讓他驚訝的是，此時的心情比他原本想像中還來得平靜，不像過去獨自想起時的那樣難受。

是不是因為有她在身邊的關係？是不是因為傾訴的對象是她的關係？

「所以、所以你就是那個男生嗎？」徐語安不可置信的看著梁宥程。

雖然隨著時間流逝，那段記憶已有些模糊，那個男生的長相其實她也忘了，不過她仍記得那段往事。他一說起，那些場景頓時清晰了起來。然而，她從來沒有想到當初蜷縮在雨中的人竟然會是梁宥程。

她睜大眼睛看著他，遲遲沒有說話，驚訝了許久，才說：「天啊，你變好多喔。」

現在的他和當年瘦小的模樣截然不同，再加上她對當年他的長相也沒什麼印象，別說是要認出來，就連現在，她也沒辦法把這兩個人聯想在一起。

他輕輕笑了，「因為我長高了啊。」

「你也長太高了吧？」她仍是驚訝不已。

記憶中，第一次遇見他的時候，他看起來比她還要瘦小，隔了這麼多年再次遇見，他已經比她高上一顆頭了。那時候她一直以為被欺負的他年紀比她小，沒想到竟然是大她一屆的學長。

「所以，你是什麼時候認出我的？」她好奇的問。

他沒有任何停頓，立刻說：「我們第一次在圖書館見面的時候。」

「是我去還書的那次嗎？」

「嗯，就是妳來還書那次。因為妳的聲音很好認，我一聽就認出來了。」不過，就算她的聲音不是這樣特別的娃娃音，他想他也還是有辦法能一下子認出她。

「是喔。」這麼說也是，她的聲音一向特別有記憶點，她這種奇怪的聲音在一般的正常嗓音當中確實特別突出。

不過，她也因此恍然大悟，他之前看見她的怪異反應都有了合理的解釋。他之所以會露出那樣驚訝的表情，原來都是因為認出她了。

思緒至此，她不禁鬆了一口氣，幸好不是因為自己長得很恐怖。

「既然這樣，那你幹麼都裝作不認識我的樣子？」她忍不住問。

他抓了抓頭，乾笑道：「因為妳好像不記得我了，如果突然跟妳說起這件事，我怕妳會覺得我很奇怪。」

她想了想，不禁附和的點點頭，這麼說也對。換作是她，大概也會和他一樣選擇不說，然後悄悄放在心上吧。

「那你之後還好嗎？他們還有再欺負你嗎？」雖然已經是好幾年前的事了，她還是忍不住問起後續。而且不知道為什麼，那天之後她就沒有在校園裡見過他。

被她這麼一問，他不禁微微一愣。

其實，後來被欺負的情況並沒有因為她的幫助而改善，他們依然故我，一直到畢業他才終於擺脫。只不過，他也並沒有打算要告訴她實情，只是笑著搖頭，「他們大概是膩了吧？後來就好很多了。」

「那就好。」她輕輕笑了，像是替他感到開心。

沒關係，反正那都已經過去了。只要能讓她記得，那些細節就不重要了。

看著她的笑容，他不禁這麼想。

「對了，我一直很好奇妳那時候怎麼會去那麼偏僻的地方？」他問，第一次見到她的地方是校園裡的偏僻角落，很少有人會去。直到現在，他仍想不透她怎麼突然出現在那裡。

她的表情明顯一僵，像是勾起了什麼不太好的回憶。她斂下眼，陷入了思考，半晌，她決定向他坦承，「其實，我那天是在找我的書包。」

「找書包？」

「嗯，我的書包被同學藏起來了，結果找著找著就找到那裡去了。」

當年不願意說出口的傷痕，現在卻能輕易說出來，大概因為他不再是初次見面的陌生人，而是能讓她安心傾訴的梁宥程。

他沒有想過答案竟然會是這個，愣愣的問：「妳被欺負了嗎？」

被他這麼一問，她遲疑了一下，很快就揚起了笑。

「也沒有到欺負的程度啦，只是一些無聊的惡作劇而已，他們就是喜歡看我被嚇到的樣子。」她低下頭，看著腳上的鞋子，嘴角邊的笑意淡了一些。她淡淡的說：「他們覺得我被嚇到的聲音很好笑。」

她只要一緊張，說話的音調就會提高，每當她慌張詢問自己的東西去哪裡時，都會換來同學的嘲笑以及此起彼落的模仿。對他們而言，這或許只是一個無傷大雅的小玩笑，但對她來說，玩笑帶來的無助感卻足以讓她受傷。

她把話說得很輕，字句裡頭聽不出什麼失落或是悲傷，可是碰到這種事情，心裡怎麼可能不難受？看著她低下頭的模樣，他忍不住伸出手，想拍拍她的頭給予安慰。然而就在快要碰觸到她時，他倏然停下動作，手在半空中遲疑了幾秒，又悄悄收回。

才剛放下手，她就忽然抬頭看他，讓他頓時嚇了一跳。

她揚起笑，故作輕鬆的說：「不過，那也是我國中時候的事了，自從我上高中認識佑鈞之後，這種情形就沒有再發生過了。」

佑鈞？這名字好像在哪裡聽過。

他想了一下。

「我反而很慶幸你又回頭，很慶幸你出現在那裡，也很慶幸你替我拉住了佑鈞。」

佑鈞是她喜歡的人的名字吧？

「所以妳才會喜歡他嗎？」他問。

她低應了一聲，隨後又補上，「這只是其中一個原因。」

她覺得喜歡一個人不是用三言兩語或某一個原因就能完全說明白的，李佑鈞幫她是使這份喜歡萌芽的開始，喜歡的情愫總是不斷層層堆疊，更多是來自和他的相處而萌生的種種心動痕跡。

「這樣喔。」他停頓了一下，看向地面，然後問：「語安，妳會不會覺得我很遜啊？」

「咦？」徐語安不明白他怎麼會突然問起這個，也不懂他所謂的遜是指什麼，是指他以前的樣子嗎？

「就是……」他依舊看著地面，吶吶的問：「妳會不會覺得我之前的樣子很沒用？」

他忍不住拿自己和她喜歡的人比較。她說她喜歡的人替她解圍，然而自己在那時卻什麼都沒做，當她被欺負他的那兩個同學嘲笑，他也沒有幫她說話，只是蜷縮在地上，連動都不敢動。

看著他有些落寞的側臉，她說：「怎麼會沒用？再說，那又不是你的錯。」

她不知道他為什麼會這樣想，被欺負明明就不是他的錯啊。

「可是，我……」他欲言又止，心裡有想說的話，可是什麼都沒有說出來。

她想了想，接著又說：「其實，我反而覺得你很棒。」

他愣了一下，隨即轉過頭，困惑的看著她。

「不管你之前是什麼樣子，但你不是很努力在改變嗎？說真的，要不是你提起，不然我完全不會把現在的你和之前的你聯想在一起，你真的改變好多，不是只有外表而已，你給人的感覺都完全不一樣了。」

不同於過去感覺到的畏縮膽小，現在的他，總是能讓她輕易感受到溫暖。她不禁好奇，這些年來，他究竟做了多少努力才有這麼大的改變？又或者是什麼契機才讓他有所改變？

「而且，你之前也說過吧？你不是為了長高，很努力打球嗎？」她邊說，邊在他頭頂上比畫著，示意他這些年來的身高成長。

「那是因為我哥逼我……」他囁嚅的說，而且他也不明白為什麼徐語安會有他改變很多的錯覺，除了身高，他覺得自己和過去那個膽小的自己其實沒什麼太大的差別。

「那也要你本身有那個意願啊，不然這種事情誰逼你都沒用。」她微微一笑，「對吧？」

即使如此，他還是因為徐語安的話感覺到有陣陣暖意湧上心頭。

「哪像我，除了比較不會亂叫，我到現在一點都沒有改變。」她語帶笑意，半開玩笑的說，雙眼因為笑而微微瞇起。

不論是表情還是說話語調，她都很輕鬆的樣子，感覺像是為了要安慰他而說的玩笑話，可是怎麼聽起來似乎又藏著淡淡的悲傷。

「聲音這種東西要怎麼改變？妳又不是男生會變聲。」他一聽，連忙側過身，和她面對面，很認真說：「我真的覺得妳的聲音很可愛，我很喜歡妳的聲音。」

他不是在說客套話，是打從心底這麼覺得。他很喜歡她的聲音，不是因為偏好娃娃音，而是因為那是徐語安的聲音。他想，大概因為當年替他解圍的就是這道聲音吧？再加上她的聲音又如此特別，所以才會這樣深刻停留在自己的心上。

他過於認真的模樣讓她愣了一下，隨後莞爾，「謝謝你。」

或許因為他總是給人誠懇的感覺，又或者因為此刻望著自己的這雙清澈明亮的雙眼，她感覺得出來他並不是在說表面話安慰她。

「而且，我覺得就好像是天使的聲音一樣。」他接著又說，用著非常誠懇的表情和非常認真的語氣說著。

天使？這瞬間，她頓時覺得頭皮一陣發麻，不自在的搓了搓起雞皮疙瘩的手臂，向他抗議，「什麼天使？不要說這種噁心的話啦。」

他的誠懇她能感受得到，但是這句話實在太肉麻了，他說得越是誠懇，反而讓她更加不自在。她第一次聽到有人這樣形容她的聲音，可是，什麼天使啊？未免也太過頭了吧？

「怎麼會噁心？我是真的這麼想。」

「拜託你不要用那麼認真的眼神說這種噁心的話啦。」

心跳莫名的快了起來，她的臉越來越熱，被他盯得視線不知道該往哪裡擺才好，她想她的臉現在肯定紅得不像話。他幹麼沒事說這種話啊？害她現在這麼緊張。

「我說的……」

見她一臉不相信的樣子，他就越是想解釋清楚，他想告訴她，自己說的是真心話，可是她的臉卻越來越紅，一副就是不想聽他解釋的模樣。

話都還來不及說完，她倏的站起身，然後拉過他放在長椅上繫著花生的繩子。

「花生，我們回家吧！」她突然說：「用跑的！」

「咦？」梁宥程愣住，沒想到原本還懶洋洋的花生在她說話之後，竟然還真的乖乖站起身，就這樣跟著她的腳步離開。

喂喂，牠怎麼可以這樣乖乖跟別人跑掉，而且還丟下他不管啊？牠忘了誰才是主人嗎？

他沒有想到花生竟然會背棄他，愣愣看著逐漸遠離的兩道身影，半晌，他才恍然回過神，趕緊追上他們的腳步。

「語安，等等我！」

只跑了一段路，徐語安就已經累得上氣不接下氣了。

「好、好累……」

「誰叫妳要用跑的？慢慢走不就好了嗎？」梁宥程接過繫著花生的繩子，沒好氣的說，想起了他們剛來的時候也有過同樣的對話，只不過現在立場對調了。

「誰叫你要講那麼噁心的話？」

「到底哪裡噁心了？」他還是不明白。

「算了算了，我懶得跟你解釋了。」她紅著臉，不耐煩的揮揮手。

「咦？怎麼這樣？」

她不再理會他，拍了拍胸口，深呼吸了幾回，讓自己的心跳頻率緩和下來。就在她休息時，他發現旁邊有一間便利商店。

「語安，妳在這邊等我一下，順便幫我顧一下花生。」他把繩子再度塞回她手中，不等她回應，他就往便利商店跑去。

沒多久，徐語安看見他手裡拿著兩瓶運動飲料從店裡面跑了出來。他的劉海因為奔跑而被吹亂，他絲毫不在意，沒有伸手梳理，臉上掛著笑容，在陽光的照耀下，顯得更加燦爛。

為什麼連買個飲料都可以開心成這樣啊？她不解的心想，嘴角不自覺跟著上揚。

他的頭髮被風吹得亂蓬蓬的，他回到她的面前，然後笑著將其中一瓶運動飲料遞給她，「這給妳。」

「謝謝。」她正要接過，卻突然想到身上沒有錢，手頓時停下，抱歉的說：「不好意思，我今天沒帶錢包出來，我明天再還你錢。」

「沒關係啦。」他把飲料交到她手中，笑著搖頭，「只是一瓶飲料而已，不用跟我……啊，花生，不可以！這不是要給你……啊慘了，我忘了要幫花生買水了。」

看著正努力擺脫花生糾纏的他，他一臉慌張的樣子讓她再也忍不住笑意，笑了起來。

「妳怎麼了？」

「沒什麼，我只是覺得你真的好神奇。」

他的表情變得更困惑，「哪裡神奇？」

「因為每次跟你講話到最後都一定會偏離原本的重點。」她看著手裡的瓶裝飲料，不禁失笑道：「我差點就忘了今天原本是要來跟你道歉的。」

他也差點忘了她最初來找他的理由，他抱歉的說：「對不起，我很容易扯到別的地方。」

「你不用道歉，我不是那個意思啦。」她揮揮手，緊張的解釋，「其實，我反而覺得這樣很好。」

「為什麼？」

「因為每次和你說話，我都可以忘記原本不好的情緒，跟你在一起我都覺得很輕鬆、很開心。」她莞爾。

「這樣喔。」他搔了搔右臉頰，低下頭，笑著說：「跟妳在一起，我也覺得很開心。」

看著他傻傻笑著的模樣，徐語安不禁更加莞爾。

她想，就是因為這樣的笑容吧？

「那麼……」他抬眸，抓了抓頭，笑得有些不好意思，「我以後還可以找妳一起帶花生去散步嗎？」

「可以啊。」沒有絲毫猶豫，她馬上點頭答應。

他十分驚喜，雀躍的心情隨即湧上心頭。

他決定今天晚上一定要幫花生加菜！

♡

「弟弟啊，你不要給花生吃這麼多啦！會胖啦！」

「不會多啦，牠今天去散步很累耶。」

「散步哪會累啊？不是只是去走走而已嗎？你給牠吃這麼多，小心牠又胖了。」梁媽媽沒好氣的看了被梁宥程裝得滿滿的碗一眼，然後無奈離開。

梁宥程沒有理會媽媽的叮嚀，他蹲在地上，雙手平放在大腿上，低著頭，看著正埋頭吃飯的花生，嘴角止不住上揚，明明已經說再見好久了，但他的雀躍遲遲沒有褪去。

後來在回家的路上，徐語安問他這些年怎麼會有這麼大的改變。

是為什麼呢？

其實，只是因為上高中之後少了那些會欺負他的同學，他的校園生活回復平靜，又或者說是回到一般學生該有的正常校園生活。

嚴格說起來，他並沒有做什麼太大的實質改變，不過他高中時期的校園生活卻有了很大的不同。

話雖如此，但他不是沒有想過要改變被欺負的處境。遇見徐語安之後，他曾經一度反抗他們勒索的舉動。然而，卻一點作用都沒有，只是換來更嚴重的拳打腳踢，他依舊是那個膽小沒用的梁宥程。

「其實，我反而覺得你很棒。」

他不禁又想起她說的話以及當時的認真神情。說真的，她的讚美讓他當下感到有些心虛，自己明明什麼都沒做，只是順著生活步調順其自然往下走而已。

如果硬要說真有什麼契機而讓他改變，大概就是從她出現的那個雨天開始，他的心境開始些微變了。

那天之後，上學不再只會讓他恐懼，她的存在讓他心裡多了幾分溫暖，他總會不自覺在校園裡尋找她的身影。

直到多年後的今天依然如此，她依舊是讓他感到溫暖的存在，明明是一段令他害怕的回憶，每當他想起都會感到很難受。但今天和她在一起時，他卻突然覺得憶起那段曾經似乎不是那麼可怕的事了，他甚至還有了一個這樣莫名的想法。

或許將來有一天，他能夠和那場雨季好好道別吧？總有一天，他會有辦法和那個膽小懦弱的自己說再見的吧？

一想到這，他的左胸口突然傳來了微微躁動，沉澱多年的情緒也開始有了波動。

感覺好像是被認同了一樣，而且還是自己的初戀對象。

他斂起幾分笑意，雙手托腮，看著花生，「花生，你覺得我要不要把那封情書交給語安？」

花生沒有回應他，甚至都沒有抬頭看他一眼，只是專注在牠的食物上。他不禁莞爾，輕輕摸了摸花生的頭。

「還是算了，對吧？」他輕聲呢喃，看著花生說話，卻是說給自己聽的。

就算想起了那個雨天，她終究還是忘了曾經鼓起勇氣在走廊上叫住她的他。

即使有了叫住她的勇氣，他卻沒有送出情書的勇氣，那封因為太緊張而被遺忘的情書始終無法在她的記憶中停留駐足。

那是他寫給她的第一封情書。

「妳好，我是三年六班的梁宥程……」

才寫完第一句話，梁宥程就馬上放下筆，焦躁的把信紙揉成一團。

不行不行不行，他又不是在寫履歷！怎麼可以把開頭寫得這麼制式？

他苦惱的抱著頭，完全不知道該怎麼寫才恰當。

他想向徐語安道謝，為了前幾天出手幫他的事情。已經過了好幾天了，他卻都沒有好好跟她說謝謝。他知道自己有容易結巴的壞毛病，要是當面說，他肯定會結巴到什麼話都說不好，所以他想用寫的，想寫下他的感謝，以及想認識她的心情。

從那天開始，只要一想到她，他的心跳就會莫名加快，他覺得自己的胸口熱熱脹脹的，好像有什麼東西在裡面竄動一樣。

他輕吁了一口氣，輕拍了拍胸口，視線再次回到了桌上的潔白信紙。這時，背後忽然傳來了開門的聲響。他嚇了一大跳，下意識用身體擋住那張紙，可是他這樣驚慌失措的舉動反而讓剛進門的梁嘉辰覺得奇怪。

「幹麼幹麼？幹麼我一進來就這樣？又在偷偷摸摸做什麼事了？」梁嘉辰雙手環胸，走到他的身後，微微瞇著眼打量梁宥程。

「沒有沒有，我只是趴著休息而已。」梁宥程緊張的說，身體仍趴在桌上不肯起來。

肯定有問題！

梁嘉辰心想，但表面上還是假裝相信他的話，旋過身，作勢要離開房間，不以為意的說：「喔？是嗎？那我就不吵你了。」

梁宥程一聽，不禁鬆了一口氣，梁嘉辰見狀，立刻轉身，從梁宥程的背後抓起他的手，然後向上舉起。

「你幹麼啦？」

「信紙？」梁嘉辰微微偏過頭，看見了他放在桌上的信紙，忍不住好奇的問：「你要寫信給誰嗎？」

梁宥程心一急，隨口編了一個理由，「不、不是啦，這是悔過書！」

「悔過書？」梁嘉辰頓時笑了出聲，鬆開手，沒好氣的說：「你騙誰啊？你怎麼可能需要寫悔過書？你說你在填志願我都還比較相信咧。」

他這個弟弟的個性一向安分守己，怎麼可能做出需要寫悔過書的事情？

「我……」梁宥程頓時語塞，臉隨即脹紅了起來。

「臉紅成這樣，該不會是在寫情書吧？」看他這樣的反應，梁嘉辰忍不住打趣的說。

情書？一聽見關鍵字，梁宥程緊張的揮舞雙手，急忙解釋，「不、不是情書啦！我只是想跟她說謝謝而已，沒有想要認識她的意思！」

說完的同時，梁宥程不禁怔住。他在說什麼東西啊？這種說法根本此地無銀三百兩嘛！

梁宥程懊惱的想，他不知所措的看著梁嘉辰，臉燙得簡直可以煎蛋了。

梁嘉辰頓時笑出聲，他常常覺得弟弟就是這點可愛，只要一緊張就會一股腦的把想說和不想說的話全都說出來，雖然容易害羞緊張，某種程度上又意外的坦率。

「所以，是要給誰的啊？是你班上的女生嗎？」梁嘉辰笑著問。

儘管梁宥程強烈否認，梁嘉辰心中還是給了肯定的答案。

「我……」梁宥程語塞，看著哥哥滿是笑意的模樣，他知道自己再也隱瞞不了，索性向哥哥坦承。他抓了抓頭，老實的說：「她是、是別班的女生，可是我不認識她。」

他們只見過一次面，也只交談過短短幾分鐘，他連她叫什麼名字、是哪一班的都不知道。

「不認識？所以是一見鍾情嗎？」梁嘉辰覺得很意外。

他一聽，連忙搖頭，「不、不能算是一見鍾情啦！我就只是想認識她而已！」

說完的瞬間，他覺得自己好像又說太多了，他嚇得摀住自己的嘴巴，梁嘉辰看了不禁哈哈大笑起來。

「就是對她有意思才會想認識她吧？」梁嘉辰笑著說：「不過，你幹麼不直接去找她就好？還在這邊慢吞吞寫情書，而且寫了半天也寫不出什麼東西來。」

「我怕我會結巴，那樣感覺很蠢。」他吶吶的說。

「這麼說也是喔。」梁嘉辰點點頭，差點就忘了弟弟有容易緊張結巴的習慣。他想了想，接著又說：「不過，我覺得情書也挺浪漫的啊。比起直接說出口，情書更能讓人感受到完整的心意，不是嗎？」

他低下頭，看著仍一片空白的信紙，他總覺得好像看到了結巴說不出話來的自己一樣。明明有好多話想說，卻一個字都寫不出來，這樣跟當面說好像沒什麼兩樣。

他真的有辦法好好寫完這封信嗎？

「總之，你就好好的跟這封情書告白吧，我就不吵你了。」梁嘉辰莞爾的拍了拍他的肩。

跟情書告白嗎？

梁嘉辰離開房間，所有的聲音再次沉澱下來，只剩下自己的心跳聲迴盪在耳邊。他閉上眼，隨著變得更清晰的心跳聲，回想著她出現的那天。他細細想著那時所有的情緒，有害怕、有驚慌、有不安，但更多的是溫暖。

伴隨著這陣湧上心頭的暖意，混亂的思緒開始釐清方向。

花了好幾天，他才終於把自己的心意寫進這封情書裡，包括他的感謝、他想認識她的心情，以及因為她而有的微微躁動。

就像梁嘉辰說的，比起直接說出口，情書能夠承載更完整的心意和手寫的溫度，隨著筆下的一字一句，讓所有波動不已的情緒都變得溫柔。

他將情書小心翼翼收在口袋裡，穿梭在校園裡的走廊上，找尋著不知道名字和班級的她。用了好幾節的下課時間，他終於在二年二班的教室裡看見她的身影。不同於教室裡的吵鬧，她安靜的坐在教室角落的位子，獨自一人在看書。

他該怎麼叫她才好啊？如果直接把她叫出來會不會太顯眼了？

「同學，你是要找誰嗎？」剛從教室裡走出來的一位男同學看見他不停往教室裡探頭探腦的模樣，主動問他。

突如其來的一問，讓梁宥程嚇得驚慌失措，他什麼話都沒說，立刻轉身逃跑。

奇怪，他又不是要做什麼壞事，幹麼要像小偷一樣偷偷摸摸怕被人發現？

日子一天又一天過了，轉眼間，一個月的時間就這樣走過了，夏天的腳步漸漸近了，天氣越來越炎熱，但他仍然還沒把情書交到她手上，甚至連叫住她的勇氣都沒有。

有好多次他都看著她從眼前走過，她卻始終沒有發現自己的存在。

不行不行，再這樣拖下去，他就要畢業了，畢業之後他就沒有機會了。

他每天都在放學之後這麼告訴自己，然後下定決心明天一定要把情書交到她的手上。然而，依然是一天拖過一天，一直到了畢業典禮的前一天。

眼看明天就要離開校園了，他不斷告訴自己，再不說就真的沒機會了。他才終於鼓起勇氣在走廊上叫住她。

「那個……同、同學！」

雖然只有短短幾個字，卻好像用盡了全身的力氣一樣。

她停下腳步，回過頭，當他們視線交會的瞬間，他開始緊張起來。接著只見她愣了一下，然後左顧右盼，視線最後回到他的身上，納悶的問：「你是在叫我嗎？」

他微微一怔，僵硬的點點頭。看著她一臉茫然的模樣，他怎麼覺得她好像對自己沒有印象了？是不是因為過了太久，所以她已經忘了他？

「怎麼了？」她問。

她細細的娃娃音拉回了他的思緒，但他的腦袋卻隨後陷入一片空白，整個人像突然當機了一樣，他完全不知道該怎麼辦才好，也忘了自己要說什麼。

他表面上看起來很淡然，心裡卻是亂成一團。怎麼辦怎麼辦？他現在到底該做什麼才對？明明已經事先在腦海中排練了無數次，現在他卻什麼都想不起來。

看著遲遲不說話的他，她覺得很奇怪，微微偏過頭，又問：「有什麼事嗎？」

良久，腦袋一片空白的他最後只吐出了結結巴巴的幾個字，「沒、沒事……」

「沒事嗎？」她愣了一下，一臉莫名其妙的看著他，然後轉身離開。

看她逐漸走遠的背影，他才想起自己該做的事情。可是，他沒有勇氣再次叫住她，只能眼睜睜看著她離開。

他到底是在做什麼啊？怎麼會說出沒事這種話呢？低下頭，他拿出了收在口袋中的信封，原本平整的紙張上頭充滿了他緊握的痕跡，這些都是他這段日子以來因為遲疑和緊張而留下的。看著這封沒辦法交到她手上的信，心裡感到一陣落寞。

好不容易終於有勇氣叫住她，可是卻提不出勇氣送出情書。

明天就是畢業典禮了，如果可以在那之前交給她就好了。他暗自心想。

然而，直到驪歌響起，這封情書依然沒有交到收信人的手上，只能隨著時間流逝，被他遺落在回不去的青春裡。

第十一章　三除以二，餘一

時序來到二月下旬，空氣中已經漸漸能感受到初春的溫暖氣息。

今天是第二學期的開學日。才剛結束將近一個月的假期，徐語安仍有些不適應要上課的日子，再加上今天的氣溫又微暖舒適，讓她感覺懶洋洋的，好像還在放假中一樣。

她坐在一間階梯教室裡，等待著早上十點二十分開始的通識課程。現在還不到十點，教室裡的人也不多，零零散散坐著的人，顯得大教室更加空曠。

好像來得太早了。她心想，無聊的滑著臉書來打發時間，忍不住打了一個哈欠。感到無聊的時候，總會覺得時間似乎也跟著放慢了腳步。

「語安！」

忽然間，耳邊傳來了一道驚呼聲，她抬頭一看，看見梁宥程正一臉驚喜的站在她座位旁邊的走道上。

「宥程？」她放下手機，很意外在這裡遇見他，「你也有修這堂課喔？」

「對啊，好巧喔。」他看著她旁邊的空位，笑著問：「我可以坐妳旁邊嗎？」

「可以啊。」

「謝謝。」他在她身旁的空位坐下，能在這裡遇見她還是讓他覺得很不可思議，「真沒有想到開學第一天就會遇見妳耶。」

而且，他也沒想到自己竟然和徐語安修到同一門課。他決定以後不管怎樣，這堂課他絕對都不會缺席。

「是啊。」她笑了笑，「好久不見了，你過年都在幹麼？有出去玩嗎？」

「怎麼可能出去玩？我爸媽可是工作狂耶，他們說要趁大家都休假的時候多賺一點，所以我們家初二就開工了，害我幾乎都沒有放到假的感覺。」他擺擺手，無奈的笑著說。

「辛苦你了。」

「不會辛苦啦，反正我也習慣了。」

他們聊起了彼此的寒假生活，和過年期間還要工作的他不同，她的寒假過得悠閒愜意，不過相對的，她的開學症候群就比他嚴重許多。和仍感到有些昏昏欲睡的她不同，他看起來精神很好的樣子。

看著正笑著說話的他，她不禁想：為什麼連說一些再平常不過的日常生活都能笑得這麼開心？明明都只是一些小事而已。

真是一個奇怪的人。

她無法明白他這麼開心的原因，但她也不知道每當自己這麼想的時候，她的嘴角總會不自覺跟著上揚，感覺就像是染上了他的笑意。在覺得他奇怪的同時，她自己也在不知不覺當中被他的情緒感染。

「對了，花生最近還好嗎？好久沒去找牠了。」徐語安問。

一說到花生，他更是笑瞇了眼，「牠很好啊，而且牠最近變瘦了。」

「真的嗎？你有牠最近的照片嗎？我要看。」她很好奇花生瘦下來的模樣，打從她第一次見到花生，牠就一直圓滾滾的。

「妳等我一下，我找照片給妳看。」他拿出手機，找出了花生在相簿裡的照片，然後將手機遞到她的眼前，「妳看，牠是不是變瘦了？」

「有嗎？」她遲疑的看著照片上的花生，總覺得和印象中的圓潤模樣差不多，看不太出來有什麼變瘦的感覺。

「有啦有啦，我前天有抱牠去量體重，瘦了一公斤耶。」

她頓時失笑道：「一公斤哪看得出來啊？」

「這……」他抓了抓頭，傻傻笑了起來，「這麼說好像也是喔。」

被她這麼一說，他突然覺得過度興奮的自己好蠢。

「妳這個星期六有空嗎？我們一起帶花生去散步好不好？」他問，自從放寒假之後，他就沒有和徐語安一起帶花生去散步了，他實在不好意思在放假期間為了花生特地把徐語安叫來他家。

「這個星期六嗎？好啊，反正我也沒什麼事。」她幾乎沒有猶豫，馬上笑著點頭答應。

梁宥程一陣驚喜，沒想到她會答應得這麼快，「真的嗎？那我們……」

他的話還沒說完，她突然感覺到有隻手搭上了她的肩膀。

「嗨，語安。」

她聽見李佑鈞帶著笑意的聲音落到了耳邊。她頓時一驚，立刻回頭看，隨後映入眼底的李佑鈞更是讓她驚喜的睜大雙眼。

「咦？佑鈞？」她驚呼，「好久不見了！」

徐語安的驚呼聲讓梁宥程好奇的轉頭看去，她的反應和看見他的時候不太一樣，現在聽起來明顯比剛才見到他的時候還要更開心一些。

眼前的這個男生就是她喜歡的人吧。他馬上認出這個男生是之前在圖書館撞見的那位。知道是她喜歡的人，他心裡難免感到失落。而且，不知道為什麼，當他一看見李佑鈞，就莫名緊張了起來，下意識低下頭，假裝在滑手機，其實是不敢看李佑鈞。

他現在是在緊張什麼啊？又不是他喜歡的人！

李佑鈞看了頭低低的梁宥程一眼，然後在徐語安另一邊的空位坐下。

「好久不見，寒假還好嗎？」坐下的同時，他莞爾看著徐語安問。

「嗯，過得太輕鬆了，所以現在開學很不習慣。」徐語安說。

「我也是。」

耳邊傳來他們的說話聲，梁宥程只是靜靜看著手機螢幕上的花生，他突然覺得自己很多餘。他坐在這裡會不會打擾到他們？可是，要是現在就這樣起身換座位，又顯得很刻意。

幸好，上課鐘聲在此時響起，授課老師隨後進入教室，耳邊的聲音才終於沉澱了下來。

這個星期是開學第一週，加退選也還沒有結束，授課老師簡單介紹了一下這堂課的評分方式和上課要用的講義之後，就宣布下課了。

當安靜的教室再次陷入了喧鬧時，梁宥程隨即轉頭看向徐語安，「語……」

「語安，妳等一下要去哪裡？還有課嗎？」

他正要開口，李佑鈞率先問了出他想問的。他的聲音一下子就被李佑鈞的聲音覆蓋而過。

徐語安似乎也只聽見李佑鈞的聲音，她看著李佑鈞說：「我要回家，我今天已經沒課了。」

說完，她轉頭看向梁宥程，「宥程，不好意思，你剛剛是不是要跟我說什麼？」

雖然只是短短一個字，但她還是隱約聽到他好像要跟她說話。

「我……」他怔住，很驚訝她聽見了。

「沒有嗎？」她微微蹙起眉。見他一臉茫然，難不成是自己聽錯了嗎？

「啊，不是啦。」他連忙搖頭，看了李佑鈞一眼，囁嚅的說：「我、我只是想跟妳說再見而已，我要先去圖書館了。」

「這麼早就要過去了？」

「嗯。」他笑著點頭，同時站起身，準備離開。

本來想問她要不要和他一起去圖書館，不過既然她準備要回家了，所以還是算了。而且……

他的視線再次落到了她身旁的李佑鈞身上，這次他們的視線有了交會，李佑鈞朝他莞爾一笑，卻被他下意識躲開。

而且，他還是不要繼續待在這裡當電燈泡比較好。

在他們離開教室，和梁宥程各自轉身走往不同方向之後，李佑鈞忽然問：「我剛才應該沒有打擾到你們吧？」

「咦？」徐語安愣住，愣愣看著李佑鈞的笑容，停頓了好幾秒鐘才恍然反應過來。她用力搖頭，被他這樣盯著看，她莫名感到驚慌，和平時因為心動而慌張的心情不同，現在只是單純感到緊張而已。

「怎麼可能會打擾啊？」她說。

「沒有就好。」李佑鈞笑了笑，回頭看了往反方向離開的梁宥程一眼，然後回過頭，視線很快又和她交會，他笑著說：「我本來還以為過了一個寒假，妳就交男朋友了。」

「不是啦！宥程他只是朋友而已！就是比較熟一點的朋友。」她連忙慌張解釋，深怕他會誤會她和梁宥程的關係。她一心急，忍不住就向他坦承剛才和梁宥程聊的事情，「我們剛才是在聊花生的事啦！」

「花生？」

「啊，花生是宥程家養的柴犬，胖胖的，很可愛。」她說，雙手比畫了一個圓形，示意著花生圓滾滾的身材，「我有時候會和他一起帶花生去散步，我們剛才只是在約這個星期六要帶牠去散步。」

「是約會嗎？」他笑著反問。

「不是啦！」她突然覺得臉整個都脹熱了起來，怎麼覺得自己好像越描越黑？甚至還莫名心虛。

明明只是再簡單不過的小事，為什麼一碰到李佑鈞，她就覺得自己好像在做什麼壞事一樣？她很怕李佑鈞誤會，可是她和李佑鈞只不過是朋友關係，有什麼好誤會的？李佑鈞肯定不會在意她所在意的事吧？

李佑鈞笑了起來，臉上的笑意變得更加明顯，大概是覺得她緊張解釋的模樣很有趣吧？冷靜一點啊，徐語安。

她低下頭，拍了拍自己發燙的臉頰，覺得反應過度的自己真像個笨蛋一樣。

「對了，語安，其實我有一件事想跟妳說。」

向前走了一小段路，耳邊再次傳來他的聲音，字裡行間不再像剛才一樣充滿了笑意。

他停頓了一下，接著又說：「是關於韻瑄。」

「韻瑄？韻瑄怎麼了嗎？」她抬起頭看他，怎麼覺得他看起來好像莫名嚴肅？

難不成林韻瑄發生什麼事了嗎？

他輕輕莞爾，淡淡的說：「我和韻瑄說好先暫時分開一陣子。」

她倏然停下腳步，不敢相信自己聽見了什麼。事情發生得太突然，她完全反應不過來，良久，她才結結巴巴的問：「你、你們吵架了嗎？」

說完，她的思路才終於運作了起來，可是依然很混亂。明明聽懂了他所說的一字一句，卻遲遲沒有辦法會意過來。

年假開始之前，她還和回台中放寒假的林韻瑄見過幾次面，那時候他們看起來都好好的，怎麼過了一個新年之後就變成這樣了？

「沒有吵架啦，我們都沒有見面怎麼會吵架？」他依然把話說得很輕鬆，彷彿在說一件沒什麼大不了的小事，「我們只是想，在一起這麼久了，先暫時給彼此一點放鬆的空間，不然一天到晚為了小事吵架也很煩。」

她不知道自己該說什麼才好。

「所以，我現在是單身喔。」他語帶笑意的說，尾音微微上揚，像是在說著想緩和氣氛的玩笑話，可是偏偏這又是事實，她怎樣也笑不出來。

他笑起來的模樣就和她平時看見的樣子一樣，是那種輕輕一笑都能輕易泛起她心上漣漪的笑容。可是，現在她卻沒辦法明白此時藏在他笑容中的真正情緒究竟是什麼。

心裡有好多疑問，然而她卻什麼話也說不出口。

「唉，妳別用這種擔心的表情看我，我們真的沒事。」他輕輕拍了拍她的頭，輕嘆道：「我會跟妳說，是因為妳是我們兩個人的朋友，所以想讓妳知道我們現在的狀況而已。」

愣愣地看著他半晌，最後她只是低應了一聲，什麼話都沒說，什麼也沒問。

她會擔心他們兩個，可是在心裡最深處，她卻又隱約感覺到自己有一種慶幸的矛盾心態。

當這樣的想法出現時，連她都被自己嚇了一大跳。她怎麼會有這種想法？她真的覺得這樣子的自己好虛偽，表面上擔心著他們，私下卻又覺得慶幸。

而且，就算暫時分開又怎樣？對李佑鈞而言，她始終只是朋友而已。因為是朋友，所以才願意把這件事告訴她。

思緒至此，胸口突然傳來一陣緊縮。

她始終都只能站在朋友的位置上，對吧？

周遭一片寧靜，使得被窗戶阻擋在外頭的上課鐘聲都顯得特別清晰。

好無聊。

今天不需要來圖書館上班，梁宥程卻還是來了。他獨自一人坐在四樓的閱讀區，覺得閒得發慌。大概是因為現在才剛開學而已，館內沒什麼人，尤其是這裡，除了他以外，他到現在都還沒有看見其他人。

他看了手錶上的時間一眼，下一堂課是下午的事了，現在還有三個多小時，可是回家休息感覺好像又會太趕。

本來想問徐語安要不要一起來圖書館，如果有她在，或許就不會這麼無聊了。

只不過……他又想起了剛才徐語安和李佑鈞說話時的開心模樣。他還是識相一點不要當白目電燈泡好了。而且，只要一和李佑鈞對上眼，他就會覺得莫名緊張，他實在不明白自己到底是在緊張什麼。

對於這個問題，他想了很久，忽然想起了徐語安說喜歡李佑鈞的模樣，心裡頓時一陣難受。卻也在這一刻，他突然有了答案。他想，是因為知道徐語安喜歡李佑鈞，所以自己才會特別在意李佑鈞的存在吧。而他為什麼又會有這樣的反應？

他想著徐語安的笑容，沉澱多年的情緒再次躁動了起來，他好像回到了十五歲的自己，回到了那年看著徐語安的心情。

他抿了抿唇，斂下眼，看著陽光自外頭照映進來，在桌面上停留的痕跡。

這都是因為他喜歡徐語安吧。

「最近還好嗎？」

不到幾秒鐘的時間，訊息就顯示為已讀。

「怎麼會好啊？」

看著林韻瑄丟給她的訊息，徐語安頓時一驚，不自覺握緊了手機，明明是她自己問起的，卻還是緊張了起來。接著，林韻瑄的下一則訊息很快又傳來。

「開學了真的好煩喔，而且我這學期有三天早八耶，光是想到這學期要早起三天我就快瘋了。」

原來是在說開學的事情。

林韻瑄的抱怨讓她不禁鬆一口氣。

「妳呢？這學期的課會很多嗎？」林韻瑄接著又問。

她和林韻瑄一來一往的用文字聊著學校的事，而林韻瑄給她的感覺就和平常差不多，並沒有什麼不一樣。

說了這麼多，但她心裡真正想問的其實並不是這些日常小事，而是關於李佑鈞的事。思緒至此，她突然想起了今天在停車場要和李佑鈞說再見之前的他的叮嚀。

「語安，妳先不要去跟韻瑄問起這件事情。」李佑鈞說。

「咦？為什麼？」她不明白的問。

李佑鈞輕嘆了一聲，笑得無奈，「畢竟這是我們兩個人之間的事，而且妳也知道韻瑄很愛面子，如果妳突然問起，我怕她會不高興，說我到處宣傳。」

「你哪有到處宣傳？你不是說只有跟我說而已嗎？」她吶吶的問。

「那是只有妳知道，我擔心韻瑄不會這麼想，我可不想都這種時候了還和她吵架。」他笑著說：「就當作是幫我一個忙好嗎？假裝我什麼都沒跟妳說，好不好？」

對於李佑鈞的要求，她當然也只能答應，畢竟這是李佑鈞和林韻瑄兩個人之間的事，身為旁人的她本來就沒什麼好過問的。

話雖如此，其實她還是很想問林韻瑄。然而礙於李佑鈞的顧慮，她只能把這些疑問全都藏回心裡。不過，換個角度想，如果突然這麼問起，總不免給人一種在刺探八卦的感覺，再說，她向來也不會主動過問他們兩個人的相處情況，這麼做大概只會讓林韻瑄覺得她很刻意吧？

「反正，韻瑄想說的時候自然就會找妳了。」李佑鈞後來是這麼告訴她的。

也是。

她們的對話紀錄最後停留在林韻瑄傳來的晚安，她接著離開了聊天室，關掉手機螢幕，明亮瞬間被一片黑暗取代。

還是別問太多了，先假裝什麼都不知道，維持原狀就好了。反正，就像李佑鈞講的，林韻瑄想說的時候自然就會來找她，到時候再問也不遲。

所以，先順其自然吧。

「妳明天下午有課嗎？」

星期四晚上洗完澡，徐語安一回到房間，就發現手機裡靜靜地躺著一則李佑鈞傳來的訊息。看見李佑鈞的名字，都還來不及擦乾頭髮，就立刻點開訊息回覆。

「明天下午沒課，怎麼了嗎？」

李佑鈞接著又問：「有空的話，要不要跟我去看電影？」

看電影？

「我很想看最近剛上映的那部鬼片，可是我找不到人陪我去看，妳陪我去好不好？不然，一個人去看電影感覺實在很可憐。」

找不到人嗎？

她想起了林韻瑄，李佑鈞以前都是找林韻瑄一起的，現在是因為和林韻瑄暫時分開了，所以順位才落到她身上嗎？心裡突然感覺到有點悶悶的，下一秒，她立刻用力搖頭，想甩去腦中的胡思亂想。

她在想什麼啊？為什麼要把單純的看電影解讀成這樣？李佑鈞難得約她，她應該要開心才對啊。

兩種矛盾的心情在她心底亂竄，她有時候就是很受不了自己容易鑽牛角尖的毛病。

「可以嗎？」大概是看到已讀之後遲遲沒有回應，李佑鈞又問了一次。

她想了想，然後問：「只有我們兩個嗎？」

如果是當面向李佑鈞問這樣的問題，她肯定會結巴。

「嗯，對啊。不然，我也找不到其他人了。」

他的答案讓她雀躍期待的心情又增加了一點，覆蓋過原本的沉悶情緒。

當這樣的感覺湧上心頭，她不禁失笑，即使過了這麼多年，她還是一點都沒有改變，情緒的波動一樣容易受到李佑鈞的影響。

剛剛不是才感到苦悶而已嗎？為什麼只是他的一句話，情緒又有了轉變？

「好。」她很快就打上了答應的回覆，正要按下傳送，她不禁又停下了手指動作。

但是，這樣真的好嗎？他和林韻瑄才剛發生了那樣的事，這樣單獨和李佑鈞出去會不會不太妥當？對於林韻瑄的顧慮讓她遲疑了一下，可是這真的是很難得的機會。這是她第一次能單獨和李佑鈞一起看電影，以前總是必須和林韻瑄還有李佑鈞三個人一起。

她很想去，又因為林韻瑄而有所顧慮。掙扎了好久，最後輕吁了一口氣，緩緩按下傳送鍵。

「好。」她回覆。

李佑鈞立刻已讀了她的訊息。她的心跳聲突然加快，也變得大聲起來。

「那妳明天早上有課嗎？如果有，我們就直接約在學校見面好了，或是要我去哪裡等妳也可以。」李佑鈞問。

壓抑著越來越震耳的心跳聲，她敲著一字一句，和李佑鈞約定明天碰面的時間。

反正，李佑鈞也只是把她當朋友而已。她在心裡這麼告訴自己。
她知道，她始終都只能是朋友。
然而，無論她多想維持往常的關係就好，卻沒有意識到其實他們的關係早已悄悄在改變。
從她答應他的這一刻開始。

今天天氣比她原本預期的還要糟糕。
昨天明明還是天空蔚藍的好天氣，到了今天卻一片灰濛，整片天空布滿了深灰色的烏雲，看起來好像隨時會下雨一樣。
難得是這樣的好日子，可是怎麼天公偏偏不作美？不用到艷陽高照，但至少也不要這種看起來讓人很鬱悶的陰天吧。徐語安站在和李佑鈞約定好的停車場門口，望著天空，她覺得有點掃興，忍不住開始埋怨這片天空。
但願等一下不要下雨才好。
「語安！」
直到李佑鈞的聲音自一旁傳來，她回過頭，當他們對上視線，李佑鈞揚起嘴角，朝她微微一笑。「等很久了嗎？」
她搖頭，「沒有，我也剛到而已。」

他笑了笑，「那我們走吧，騎我的車就好。」

「好。」

她跟上了他的腳步，與他並肩走著。她悄悄將視線移到他身上，他的嘴角仍噙著淺淺笑意。看著他的笑容，她突然覺得這片烏雲密布的天空不再那麼陰暗，好像多了一些光亮。

「怎麼了？」察覺到她的視線，他轉過頭問。

收回停留在他臉上的視線，她看著地面，搖搖頭，「沒什麼。」

這樣的天氣似乎也沒有那麼糟糕吧？

「結果也沒有像預告那麼恐怖嘛，感覺預告都把恐怖的地方放出來了。」走出影廳，李佑鈞一臉失望的說。

徐語安見狀，忍不住打趣的笑著說：「剛剛不知道是誰一直大叫喔？」

「誰叫音效要突然變那麼大聲。」他乾笑道：「不過，妳都不會怕嗎？我看妳剛剛好像都滿冷靜的。」

「當然不會啊，誰像你那麼膽小。」

其實，她還是會怕那些恐怖的鬼怪，尤其是突然冒出來瞬間。只是因為之前國中時被嚇習慣了，所以就算被嚇到，她也不會驚聲尖叫，而是會下意識壓抑住自己的驚呼聲，把所有的驚慌和害怕藏在心裡。無論心底多害怕，但在旁人眼中，這樣的她看起來就是很冷靜的樣子。

「看不出來妳膽子還滿大的。」他笑著說：「對了，現在時間還早，要不要去哪裡逛逛之後再一起去吃晚餐？」

「嗯，好啊。」她點頭，難得有機會和李佑鈞單獨出來，她不希望看完電影就結束了。

然而，他們才剛離開電影院沒多久，天空就忽然下起了滂沱大雨，正在騎車的他們毫無防備，突如其來的大雨讓他們措手不及，兩人都被淋成了落湯雞。

「天哪，這雨下得未免也太突然了吧？」把機車暫時停在騎樓下，李佑鈞皺著眉頭說。

「對啊。佑鈞，你沒有帶雨衣嗎？」

「不好意思，我忘了放進去。」他抱歉的說，停頓了一下，然後又說：「我看，我們先去我家好了，雨這麼大，而且又全身濕答答的，也不方便去哪裡，還是先去我家把衣服弄乾，不然很容易感冒的。」

去他家？他的提議讓她愣了一下，吶吶的問：「可是，這樣會不會打擾到你？」

「拜託，我自己一個人住，有什麼好打擾的？」他失笑道，同時重新發動機車。

就是因為他一個人住，她才覺得打擾啊！這樣不就是孤男寡女共處一室？

「語安，快點上車吧。我騎快一點，應該不用五分鐘就會到了。」

她知道他是好意，要是提出心中的顧慮，對他似乎有些失禮。

越來越強烈的寒意向她侵襲而來，她猶豫了一下，最後還是又坐到了他的後方。

原先只是預計去看一場電影，沒想到因為一場突如其來的滂沱大雨，讓她走進了他家。

李佑鈞的房間不算大，再加上一些傢俱擺設，使得空間感覺變得更狹小。她佇立在門邊，緊張的看著正在翻找衣櫃的他。

現在的她除了緊張，還是只有緊張。

「妳不要一直站在門口，快進來。」他朝她招招手，然後拿了一套衣服給她，「這是韻瑄的衣服，妳先應急穿一下。」

「韻瑄的衣服？」看著手裡的衣褲，她的心裡覺得有點怪怪的。

「嗯，她之前有時候會在這裡過夜，所以就留了一兩套衣服，我還沒有還她就是了。」他撥了撥濕答答的劉海，說起林韻瑄的時候看起來有些不自在。

氣氛突然變得有點詭異，徐語安知道自己問錯了問題，但卻不知道該怎麼舒緩這樣的氣氛。

「總之，妳快點換上就對了，萬一感冒就糟了。」李佑鈞打破了短暫的沉默，「等妳換好，我再幫妳把衣服拿去烘乾，我們外面有一台烘乾機。」

「不用麻煩了，這套衣服先借我，我會把衣服洗乾淨，然後明天送回來給你。」

「不會麻煩，而且妳也不用這麼急著回去，雨停了再回家比較好，不然一出去又全濕了。」

「沒關係啦，這樣很打擾你耶。」

「不會啦。不然，至少等雨小一點再走吧。」他看向窗外的大雨，雨水就像是倒灌的一樣，從天空傾盆而下，「這種天氣騎車太危險了。」

「我……」

「我只是擔心妳騎車危險而已，沒有什麼奇怪的意圖啦。」他輕輕笑了起來。

「我、我不是那個意思！」她用力搖頭。

她當然很相信李佑鈞的為人，但是她還是覺得這樣單獨兩人共處一室不太妥當。

他笑了一下，走到她背後，推著她往廁所的方向去，「妳先進廁所換衣服，等等我幫妳拿去外面的烘乾機烘乾。」

換好衣服，李佑鈞替她把原本的衣服拿去烘乾，她不知所措的站在房間正中央，她不知道自己該不該坐下，就連這樣直直站著都讓她很不自在。

穿著林韻瑄的衣服待在李佑鈞的房間裡，這種情形怎麼想她都覺得很奇怪。

等到衣服乾了，她一定要盡快離開才行，再怎麼喜歡他，但他們之間還是要保持該有的距離。像這樣單獨來他家這種容易讓人誤會的事情絕對不能發生。

不過……

她的思緒停頓了一下。

不過，他現在和林韻瑄暫時分開了，應該也沒什麼好誤會的吧？

當這樣的想法出現在腦中，她頓時一驚。啊，不對不對，她到底在想什麼啦？

這時，門邊傳來一陣敲門聲，李佑鈞的聲音隨即從門外傳來，「語安，我要進去了。」

她嚇了一跳，連忙應聲，「好、好！」

房門隨後被打開。當李佑鈞走進房內，除了不自在和緊張，更多的是不知所措。

「衣服大概三十分鐘就會好了，等一下吧。」他走到小冰箱旁，「妳要喝什麼嗎？」

她還來不及回答，他就忽然關上剛打開的冰箱。

「怎麼了？」

「嗯，我知道。」他說，但她不知道他所說的知道究竟指的是前者還是後者？抑或者是兩者都是？

「不用麻煩了，我不會渴。」她說：「不過，你也不要喝太多酒啦，這樣很傷身體。」

「我去裝水給妳喝吧，裡面只剩下啤酒而已。」他不好意思的笑了笑。

他拿起放在一旁的遙控器，走到她身邊坐下，「我們來看電視吧，妳要看哪一台？」

「都可以。」她小心翼翼坐了下來。

他應了一聲，按著遙控器的按鍵，不停地切換著頻道，最後停留在新聞頻道。

外頭的雨勢依舊滂沱，完全沒有減緩的跡象。希望待會衣服乾的時候，雨會變小一點。望著窗外那片大雨，她心裡想著。

「今天難得和妳出門，結果竟然下大雨了，真的很掃興。」李佑鈞說。

她轉過頭，和他四目交會。

「不過，我很慶幸今天約妳出來，雖然只是看了一場電影而已，但我現在心情已經好多了。」他莞爾，「語安，謝謝妳今天陪我。」

「嗯。」她知道他在說林韻瑄的事情，輕拍了拍他的右手臂，安慰他，「你也找個時間再好好跟韻瑄談吧。」

即使不是心裡最真實的想法，但她還是如過去一樣當和事佬，勸說他們和好。

究竟什麼時候才能向他傾訴心裡真正的話？

「我不是說我們沒事嗎？」他苦笑。

她抿了抿唇，問：「真的嗎？」

他愣了一下，隨後又笑了。

「唉，其實也不能說完全沒事啦，只是我也不知道該怎麼跟韻瑄說。」他輕嘆一口氣，仰起頭，身體往後靠了一些，看著天花板，「有些事情我實在不知道該怎麼跟她開口。」

「為什麼？把心裡的想法好好跟她說不就好了嗎？你們在一起這麼久了，韻瑄那麼了解你，一定能理解你的。」

「是嗎？」他低應了一聲，語氣有些不以為然。

「嗯。」

「那麼，」他轉過頭看著她，「語安，妳覺得我該怎麼跟她說其實我喜歡的人是妳？」

她整個人完全傻住，不敢相信自己聽見了什麼，呆愣了片刻，才吶吶的問：「你、你是在開玩笑嗎？」

他頓時笑出聲來，一度讓她以為他真的是在開玩笑。接著，只見他坐直身體，轉過身面向她，然後雙手輕捧住她的臉頰，沒好氣的笑著問：「妳這樣問讓我很傷心耶，我是會開這種玩笑的人嗎？」

她一聽，連忙用力搖頭。她當然知道李佑鈞不會開這種玩笑，可是她還是不敢相信。

他說他喜歡的人是她，這是真的嗎？

左胸口的躁動聲頓時變得震耳，她抓緊衣角，在想起這是林韻瑄的衣服時，剛緊握住的雙手隨後又鬆開。

「所以，我才會說很難和韻瑄說清楚，如果可以和她說開，我也不會拖到現在了。」他鬆開了手，斂下眼神，接著又說：「我也不知道是什麼時候開始的，比起韻瑄，我更常想起妳，也更想和妳在一起。」

她低下頭，囁嚅的問：「會不會只是因為你比較常看見我的關係？」

畢竟，遠距離戀愛一直是林韻瑄和李佑鈞之間最大的問題。

「我也不是沒有這麼想過，可是後來我發現……這該怎麼說？」他沉吟了一下，「我覺得韻瑄和我之間可能只剩下習慣了吧？一種因為在一起而在一起的習慣。」

習慣嗎？

如果是平時的她，一定會說他這樣的話很傷林韻瑄，但此刻這些話卻怎樣也說不出來。

她緩緩抬起頭，和他不偏不倚對上了視線。

其實，這才是最真實的她吧？這些年來，她總是待在他們身邊靜靜地看著他們，在他們吵架時她總做著和事佬，然後又在他們和好時變成了被留下的那一個。

就像是三除以二餘一的反推算式一樣，二加一等於三，只有在需要的時候，她才會回到三人行的青春當中。

時間久了，難受的苦悶心情都成了習慣，在忍受著這些習慣的同時，她也會在心裡期待著自己將來有一天不會再是餘一的角色。

「但是，對妳卻不是因為習慣，我現在很清楚明白自己不是習慣妳在身邊，而是喜歡妳。可是，我卻一直假裝沒察覺到自己對妳的這份心意。」

望著她的深褐色眼眸是如此專注，他說的一字一句都是那樣動聽，她再也隱瞞不了自己的心意。

「其實，我也一樣啊。」她說，聲音微微顫抖了起來，就連雙手也是，「因為知道你喜歡韻瑄，所以我一直都只能假裝，假裝沒有喜歡你。」

這些年來，她一直都在假裝，假裝自己沒有喜歡李佑鈞，她一直以為能自己好好的假裝下去，可是她終究還是藏不住。

「現在已經沒什麼好假裝的。」他輕覆上她發抖的雙手，用溫暖緩和著她波動不已的情緒，然後向她靠近了一些，低聲說：「就像我一樣，我已經不想再繼續假裝下去了。」

說完，他低頭吻住她，突如其來的一吻讓她整個人都愣住，直到細碎的輕吻點點落在她的唇邊，過於激情的舉動才讓她恍然回過神。

她嚇得推開他，「佑鈞，你……」

他依舊莞爾，也沒有拉開彼此之間的距離，近得能輕易感受到他的氣息。他深深看進她眼底，輕聲說：「我喜歡妳啊，語安。」

他剛才過於突然的親吻讓她有點害怕，總覺得自己應該要退開才對，可是心裡卻有一股力量拉住了她，她也不知道自己在想什麼，不想就這樣和他分開。

現在她的思緒一片混亂，她覺得自己的胸口像快要爆炸了一樣，太多的情緒，她感覺到眼眶熱熱的，左胸口麻麻的，莫名的很想哭。

李佑鈞說他喜歡她。她暗戀多年的那個他，總是只能站在一旁看著的那個他竟然也說喜歡她好久了。

這些年來，她一直都在期待有一天這句話會從他口中說出來，如今她聽見了，卻是在他和林韻瑄分開之後不久的此時。

「我也是，喜歡你好久了。從高中開始，我就一直很喜歡你。」

然而，即使如此，她還是說出了一直埋藏在心中的告白，深藏在心底最深處的暗戀。說出這句話時，她還有些哽咽。

她的喉嚨好乾、好澀，可是眼眶和胸口卻好燙，燙得她難以呼吸。

「真是的，怎麼突然就哭了起來啊？」他低嘆，嘴角噙著淺淺笑意，他的聲音好溫柔，如同他再次落到她唇上的吻一樣。

她情不自禁回應了他溫柔的吻，等待多年的親吻讓她的情緒變得很激動，讓她久久無法自已。他的一句喜歡，就讓她頓時失去了思考的方向，偏離了原有的軌道。

她甚至連自己都忘了。

冰冷潮濕的空氣中多了曖昧的氣息，而窗外的雨勢似乎變小了一點，她逐漸聽不到外頭傳來的雨聲，漸漸的，就連來自周遭的細微聲音也變得模糊不清。

後來，她再也聽不見其他聲音，除了停留在耳邊的他的聲音。

第十二章　在他的喜歡之外

雨已經停了一段時間，但空氣中依然瀰漫著雨水留下的潮濕氣息。

「真的不用我送妳回家嗎？」

「沒關係，我自己回去就行了，反正我也要把車騎回家。」徐語安低著頭說，不久之前才剛有過親密行為，她現在實在沒有辦法和李佑鈞對視。方才他觸碰過的溫度到現在彷彿都還停留在她身上，光是用想的，她就覺得全身都在發燙。

「好吧，那妳回家的時候小心一點。」和她的害羞和不自在不同，李佑鈞泰然自若的說。

「嗯。」她低低應了一聲，不懂為什麼李佑鈞還能這麼自然面對她，好像剛才什麼都沒有發生過一樣。

看著遲遲不抬頭看他的徐語安，李佑鈞不禁無奈一笑，伸手輕輕牽起了她的雙手，「語安，我今天真的很開心。」

她小心翼翼抬眸，和他的視線有了交會。

「很開心妳說妳也喜歡我。」他微笑的說，深深望著她的眼中盡是笑意。

臉頰頓時襲上一陣更強烈的燥熱，她下意識更是緊握了他的手，輕聲說：「我也是……」

他莞爾，隨後將她拉近自己，輕輕擁住她。

然而，她嚇得連忙推開他，從他的擁抱中掙脫開來，緊張的說：「你、你不要這樣！」

「為什麼？我們不是在一起了嗎？」他不明白的問，不明白為什麼他的擁抱讓她抗拒。

「這、這裡是學校，我不想被別人看到。」她紅著臉，不知所措的左顧右盼，確定附近沒有人在看他們這邊，才鬆了一口氣。

原來是這樣。

看著她一臉驚慌的緊張模樣，他不禁輕輕笑了，摸了摸她的頭，輕聲說：「沒關係，妳很快就會習慣了。」

「習慣？」

「例如這樣。」他莞爾，然後微微彎下身，趁著她反應過來之前，飛快在她唇邊落下了輕輕一吻。

這個吻很輕，停留的時間也很短，感覺就好像是被風吹拂而過了一樣。

然而，輕輕一吹，卻泛起了她心上的漣漪，好不容易平復下來的情緒再次翻騰起來。

她嚇了一跳，手撫上了他親吻的地方，睜大雙眼，不可置信地看著他。

他站直身體，朝她微微一笑，「那拜拜囉，到家之後記得要打電話給我。」

看著他騎車離去的身影，她仍是愣在原地。寒冷的風不停吹來，站在空曠停車場的她明明應該要覺得冷的，現在她卻覺得全身都熱得發燙。

初戀、初吻，還有好多的第一次，她通通都給了他。直到現在，她仍覺得今天發生的事情都像作夢一樣。然而，身體各處傳來的熱度都讓她明白這一切都不是夢，是如此真實。

「我們不是在一起了嗎？」

包括李佑鈞的告白。

真是的，為什麼老是讓他撞見這種畫面？

梁宥程抱著後背包蹲在停車場的入口處，苦惱的心想。

之前在圖書館的時候也是這樣，那時候一樣也是讓他看見他們兩個在一起。可是，和那時候不同的是，他現在完全不敢走出去，深怕自己的出現會打擾到他們，即使只是遠遠看著，也能感受到他們之間的曖昧氣氛，李佑鈞對徐語安的動作都是超出一般朋友會有的親密舉動。

從他們的互動來看，他們兩個應該是在交往沒錯吧？

李佑鈞先是牽起她的手，然後又俯身親吻她的臉頰，而且還是在隨時都可能會有人經過的學校停車場。

他看得都覺得很悶了。

徐語安喜歡的人是李佑鈞，如果他們兩個人真的在交往，身為朋友的他應該要替徐語安感到開心才對，可是喜歡徐語安的他卻怎樣也開心不起來，還覺得只能躲在一旁偷看的自己好可憐。

一會兒過後，李佑鈞騎車離開了，留下徐語安一個人待在原地。她看著李佑鈞離開的身影許久，遲遲沒有動作。

她是怎麼了？怎麼一直站在那裡動也不動的？方才的苦悶心情瞬間被疑問取代，李佑鈞的離開也讓他不再遲疑，他站起身，朝徐語安快步走去。

「語安！」

一聽見他的聲音，她隨即轉頭過來，看見他的同時，她的表情明顯愣了一下。

「宥程？你怎麼會在這裡？」她驚訝地問。

「我剛從圖書館下班，妳怎麼……」說到一半，他猛然發現她的臉竟然紅得不像話。他一驚，原本想問的話全都拋到腦後，擔心的問：「語安，妳的臉怎麼紅成這樣？是發燒了嗎？」

「啊，我……這個是……」

被他這麼一問，她的神情突然變得很慌張。她雙手捧著自己的臉，感覺像是在遮掩，不想讓他看見。她撇過頭，沒有看他，只是小聲的吶吶解釋，「沒、沒有啦，只是因為今天風太冷了。我剛剛一直都待在外面，結果吹到臉都變紅了。」

「真的嗎？」即使她這麼說，他還是很擔心她，忍不住又問：「真的不是因為身體不舒服嗎？要不要我載妳去看醫生？」

「不用啦，我真的沒事。」她搖頭，見他仍一臉擔心的模樣，她連忙轉移話題，「對了，你剛剛不是在叫我嗎？怎麼了嗎？」

「啊？喔，其實也沒什麼事啦，我只是想說妳怎麼會一個人站在這裡。」他抓了抓頭，傻傻的笑著說，佯裝自己沒看見她剛才和李佑鈞在一起的畫面。

其實，他心裡真正想問的是他們有沒有在交往，可是這種像是八卦一樣的問題他怎樣也問不出口。

「沒什麼啦，剛剛只是想事情有點在恍神而已。」她乾笑道：「宥程，不好意思，沒事的話，我就先回家了。」

「喔，好，那拜拜。」他點頭，朝她揮了揮手。既然她都這樣說了，他也不好意思耽擱她太多時間。

匆匆和他說了一聲再見，她就騎著機車離開了，就和她一直都很慌張的反應一樣，連離開都是急急忙忙的。

梁宥程看著她離開的方向，直到她的身影完全消失在視線中，他才收回視線，往自己停機車的地方走去。雖然最想問的事情始終沒有問出口，但對他而言，最重要的還是徐語安開心就好。不管他們兩個人有沒有在交往，他都是這麼想。

可是，只要一想起剛才不小心撞見的場景，苦悶的心情就湧上心頭。

唉，果然啊……無論心裡的想法有多麼純粹美好，但看見他們兩人親暱互動的模樣，他的內心深處果然還是嫉妒李佑鈞。

那天過後，梁宥程足足有兩個多星期沒在圖書館遇見徐語安。

他蹲在書架前，將書本一本又一本放回原處。雖然也說不上是多久，他和徐語安平常也都有聯絡，但他還是忍不住開始懷念之前和徐語安一起整理書的時光。

更早之前，他都是獨自整理，明明早就已經習慣自己一個人了，可是自從遇見徐語安，他卻開始期待能在圖書館遇見她的日子。

看來比起長時間的一個人，他更習慣在那之後的兩個人，又或者是說更喜歡才對。

思緒至此，他不禁輕嘆一口氣，將最後一本書放回書架上，然後站起身，回到推車旁。

習慣真的是一個很可怕的東西，只要習慣了，就會覺得很多事情都變得理所當然，就算只是一點點改變，都會讓他渾身不對勁。

他推著推車，前往下一個書架，推車輪子運轉的聲音在寧靜的空間顯得更加清晰。

「宥程。」

忽然間，他聽見徐語安叫他的聲音，那道細細軟軟的娃娃音他一聽就知道。只不過……

他不禁啞然失笑。不得不說，習慣真的很可怕，他竟然會想她想到出現幻聽。

「宥程，你幹麼一個人在那邊傻笑啊？」

咦？他驚訝的轉頭一看，不是他幻聽，而是徐語安真的站在他右手邊。「語、語安？」

「我就知道只要跟著推車的聲音一定就可以找到你。」徐語安朝他莞爾一笑，「幹麼一副看到妖怪的樣子？又不是很久沒見面了。」

看著梁宥程此刻的驚愕表情，徐語安不禁想起剛認識梁宥程時，他時常露出的驚恐模樣。

「啊，不是不是，只是因為很久沒在圖書館遇見妳了，覺得有點驚訝。」他連忙解釋。

「是喔。」他慌張解釋的模樣讓她忍不住想笑，她笑著說：「因為沒事，我不知道要去哪裡，所以就過來了。」

「最近很忙嗎？好久沒看到妳來圖書館了。」

「也不是說很忙，只是……」她停頓了一下，「其實，我最近空堂的時候都是跟我男朋友在一起。」

他想也是，雖然徐語安沒有直接跟他說過，但看見那天他們在停車場和最近在課堂上的互動，他多少可以看出一些端倪，李佑鈞對她的一舉一動都很親暱，不像是一般朋友會有的樣子。

「是妳之前說過暗戀很久的人，對吧？」他問：「是李佑鈞吧？」

「嗯。」她低下頭，輕輕點了點頭。

他揚起笑，輕聲說：「語安，恭喜妳。」

明明是笑著，心裡卻感覺到一陣酸楚。他真的很矛盾，在他心裡，他確實抱著祝福她的心情，但彷彿這種情緒還有另一面，在他內心深處卻不是這樣想。

明明想祝福她，也很替她感到開心，可是無法做到完全沒有其他情緒參雜其中。這樣矛盾的他很奇怪吧？

「謝謝。」她抬起頭，朝他微微一笑，視線隨後落到推車上的書本，問：「你在整理這些書嗎？我來幫你吧。」

「可以嗎？」他驚訝的睜大雙眼，開心的問。

「嗯，反正我也沒事啊。」她拿起他已經分類好的書籍，指著身旁的書架，「這些都是要放這邊的，對不對？」

「對。」像是回到了上學期的日子，寧靜的空間裡只有他和她，沒有太多交談，兩人都只是安靜做著自己的事，這卻是梁宥程很喜歡的時光。

就算她有喜歡的人也沒關係，就算她有男朋友了也沒關係，只要還能像這樣就夠了。

看著專注在書本排序作業的徐語安，他不禁這麼心想。

整理到一半，他忽然聽見了手機震動的聲音。他下意識摸了摸自己的口袋，卻感覺不到任何震動的跡象，接著只見徐語安一臉慌張的拿出自己的手機，看見來電者時，表情變得更是慌張。看起來很像是想馬上接電話，但又礙於這裡是圖書館而遲遲不敢有動作。

應該是很重要的電話吧？於是他說：「妳快接電話吧，講小聲一點就好，我會幫妳注意有沒有老師過來。」

她點點頭，說了一聲謝謝之後就匆匆接起電話，「喂？佑鈞，怎麼了嗎？」

果然是男朋友打來的。梁宥程側過身，不再直直盯著她看。他一邊整理書，一邊注意附近有沒有人過來，可是思緒一直不斷被她的聲音吸引過去。

「我現在在圖書館……嗯，現在沒課，因為一直聯絡不上你，所以就跑來了。咦？現在嗎？」她抬眸看了梁宥程一眼，猶豫了一下，隨後才斂下眼神，小聲說：「嗯，好啊，那我現在過去……嗯，拜拜。」

梁宥程一聽，忍不住回過頭，看著剛結束通話的她，故作輕鬆的笑著問：「男朋友在查勤了喔？」

「不是查勤啦，他只是在問要不要去他那裡而已。」她收起手機，抱歉地說：「宥程，不好意思，我要先離開了。」

「沒關係啦，妳快去找妳男朋友吧。」他笑著點頭，見她準備要轉身離開，他忍不住又叫住她，「那個……語安。」

「怎麼了？」她回過頭，他迎上的是她疑惑的視線。

「妳……」他抓了抓頭，笑著問：「妳和自己喜歡的人在一起時，開心嗎？」

他也不知道自己為什麼突然這麼問，是不是想確認她開不開心來讓心裡感覺踏實一點？

她轉過身面對他，點點頭，「嗯，很開心，到現在我都覺得好像在作夢一樣。」

「那就好。」他想了想，然後說：「加油。」

雖然說加油很奇怪，畢竟他們都已經在一起了也沒什麼好加油的，但現在他除了加油，想不出其他的話可說。

她愣了一下，很快又揚起笑，「謝謝你。」

♡

「嗯，很開心，到現在我都覺得好像在作夢一樣。」

和李佑鈞交往的事對她而言像在作夢一樣，可是從身體裡面傳來的痛楚和酥麻感覺，卻硬生生將她拉回現實。

如果這種時候真的是在作夢就好了。她全身無力，望著微微泛黃的天花板發呆。

「語安，妳在想什麼？」

轉過頭，看著躺在她身邊的李佑鈞，她突然不知道該怎麼回答他才好。

每次來這裡找李佑鈞，和他上床似乎已經變成了例行公事。

她很後悔當初自己怎麼會一時控制不了而和他發生關係，是不是因為太輕易把第一次交出去，所以才讓他有一種理所當然的感覺，覺得這是應該的，甚至覺得她就是這樣子的女生。

她喜歡李佑鈞，但很不喜歡老是和李佑鈞做這種事，她不想要他們之間的關係變得好像床伴一樣。然而每次面對他的要求，她都不知道該怎麼跟他說其實她不喜歡這樣。

她的心裡很抗拒，卻沒辦法拒絕。她很擔心如果自己老實說，他會不會不開心？

對她來說，這份等待多年的戀情太過得來不易，所以相對的，她更擔心失去這一段感情。因此面對李佑鈞時，她變得越來越小心翼翼，深怕自己會做出什麼惹他不高興或是不耐煩的事。只要李佑鈞開口，她都會順著他的意思，就算心裡有再多的不願意。

可是，這樣真的好嗎？他們談戀愛後生活圈似乎變得越來越小，她真的很怕將來有一天就只剩下這個狹小的房間而已，她不想要他們變成這樣。

她想了好久，最後才艱澀的開口說：「我……我只是在想，我們好像很久沒一起出去外面走走了。」

她甚至開始懷念起他們交往之前的日子了。

「這麼說也是，最近天氣這麼好，不出門是有點可惜了。」李佑鈞回頭看了窗外的藍天一眼，然後問：「那妳有想去的地方嗎？」

「去哪裡都好，我只想跟你一起出去走走。」

不管去哪裡都無所謂，她已經不想再和他繼續待在這個房間裡了。

「嗯。」他輕輕拍了拍她的頭，溫柔的說：「妳明天的課到早上而已吧？下午看妳想去哪裡我都陪妳去，好不好？」

「好。」她點頭，想了想，忍不住又問：「那這個週末你有空嗎？」

「妳說這個週末嗎？」他皺起眉，表情看起來有點為難。

「這個星期六或是星期天不行嗎？」她緩緩坐起身，悶悶的問：「我想要多跟你在一起。」

她希望是能一整天都和他在一起，而不是每次都只能利用空堂或是課餘時間見面。然而，偏偏李佑鈞週末似乎都特別忙，只要到了星期六和星期天，她都見不到他。問他，也都說是和朋友在一起。她不想干涉他的交友圈，所以每當他這麼說，她自然就不會再追問下去，只是心裡難免有些疙瘩。

她都會忍不住想：難道比起他的朋友，她在他心裡沒有稍微多一點分量嗎？除此之外，她甚至還會拿自己和林韻瑄比較，她記得他之前和林韻瑄交往時，明明都是把林韻瑄擺在第一位的，把其他事情排開，可是為什麼換作是她就沒辦法了？

「對不起，我之前就已經和朋友說好了。」他抱歉的說：「這次就先體諒我一下吧，下個星期我一定把時間全部留給妳。」

既然他已經有約了，她也不好再多說什麼。

「嗯，我知道了，那就下個星期吧。」她揚起笑，卻覺得自己笑得好勉強。

「謝謝妳，語安。」他輕輕莞爾，伸手抱住她，把頭輕靠在她的肩膀上，「我就知道妳最乖了。」

最乖嗎？不知道他對乖的定義是什麼？是不吵不鬧，安靜待在他的身邊？還是全心全意聽他的話，什麼事都任由他？

一想到這，她突然有點想哭。無論他的答案是哪一個，她都覺得自己好悲哀，這不該是愛情該有的樣子吧？她偶爾也會想像林韻瑄那樣任性一下，然而卻因為怕他不高興，心裡有再多不願意都不敢說，就連討厭上床這種事也不敢向他坦承。

「語安，妳怎麼了？眼睛怎麼紅紅的？不舒服嗎？」

「沒有，我只是……有點累了。」她低下頭，摀住眼睛，不想讓他看見自己泛紅的雙眼，可是微啞的聲音卻洩漏了她想哭的情緒。

「這樣喔。」他的手往下移動，摟住她的腰，在她的耳邊輕聲問：「那要不要先睡一下？」

她搖頭，「我等等還有課，我想先回學校了。」

他沒有放開手，「這麼快就要走了嗎？」

「嗯。」

他這才鬆開手，「好吧，那我送妳回去。」

「沒關係，我自己回去就好了。」她邊說，邊整理好衣服，然後起身離開床鋪。

在眼淚掉下來之前，她想快點從他的身邊離開，她不想讓他看見她哭。

「語安。」身體才剛離開床鋪，他忽然從身後拉住了她。

「怎麼了？」回過頭，她刻意壓低嗓音，不想讓哽咽的聲音太明顯。

「謝謝妳常來陪我，跟妳在一起我真的覺得很開心，也覺得很幸福。」他笑著說，看著她的眼底盡是溫柔。

胸口頓時發燙起來，就連眼眶裡的溫熱也變得越來越強烈，她微微一笑，「我也是。」

是啊，她應該要覺得很幸福才對啊。可是，為什麼在一起之後，她反而變得越來越愛哭了？

這時，李佑鈞的手機忽然響了起來。他鬆開她的手，轉身拿起放在床頭的手機，然而他並沒有馬上接起，而是在看了來電者之後選擇拒聽。

當鈴聲停止，她納悶的問：「你不接嗎？」

「喔，不用啦，這只是銀行推銷的電話而已，我明明都已經拒絕過好幾次了，還一直打來很煩耶。」他笑著說，把手機塞進口袋。

「把這個號碼封鎖不就好了嗎？」

「啊，對喔，我都忘了還可以封鎖。我晚點再處理，先送妳下樓吧。」

說完，他便起身穿上外套，拿了鑰匙，和她一起離開房間。

房門「碰」的一聲忽然被撞開，徐語安嚇了一大跳。正要開口唸突然闖進門的徐語涵，卻看見她紅著雙眼，像剛哭過的樣子。接著只見她快步走到床上躺下，一句話都沒說，直接把整張臉埋進枕頭裡。

她是怎麼了？第一次看見徐語涵哭著跑進來，徐語安很納悶，趕緊起身走到她身邊，「語涵，妳怎麼了？是誰欺負妳了嗎？」

「劈腿的人跟小三都一起下地獄啦！」徐語涵沒有抬頭，只是悶著聲音大喊。

劈腿？小三？

徐語安愣了一下，隨後徐語涵坐起身，開始和她抱怨已經交往一陣子的學長。而她也才知道原來之前那位都會送徐語涵回家的學長，竟然被徐語涵抓到同時和其他女生交往。

「而且，還是跟我朋友耶，他真的很噁心！同時跟我們兩個人在一起都不會覺得很奇怪嗎？難道對我都不會有一點罪惡感嗎？」徐語涵說得很激動，眼淚也跟著掉了下來。

如果會有罪惡感，他就不會劈腿了吧？徐語安心想，但這樣的話她並沒有說出口，她知道要是這麼說，只會讓徐語涵更激動而已。

「別生氣了，妳這麼生氣也只是傷到自己，他也不痛不癢啊。」徐語安拍了拍她的頭，安撫她的情緒，「不過，換個角度想，這樣也好不是嗎？早點讓妳知道他是那種人，才能早點離開他。」

「什麼好啊？姊姊，妳不要說得這麼輕鬆好不好？妳又沒失戀過，妳怎麼會了解我的感受啊？」徐語涵低下頭，聲音哽咽。

她確實沒有體會過徐語涵現在的感受，也知道自己現在無論多說什麼，徐語涵都聽不進去。她輕輕地拍了拍徐語涵的肩膀，於是改口安慰，「別哭了，星期六我帶妳出去玩，我們去逛街，好不好？」

「嗯……」徐語涵點點頭，抬起頭，紅著雙眼和鼻子看她，聲音沙啞的說：「那妳還要請我吃東西。」

「妳真的是很會趁機敲詐耶。」她沒好氣的說，但看著徐語涵哭得這麼可憐，她心裡實在也很心疼，「好啦，我知道了，妳不要為了那種人哭得這麼醜，我看了都覺得頭好痛。」

「話說回來，劈腿的人又不是我，為什麼我是要花錢消災的人啊？」徐語安沒好氣的看著坐在她對面大口大口吃著精緻甜點的徐語涵。

「沒辦法，誰叫妳是我姊姊，安慰傷心難過的妹妹本來就是天經地義的事。」徐語涵挖了一大口抹茶蛋糕塞進嘴裡，露出了心滿意足的表情。

「最好啦。」她翻了個白眼，但看著徐語涵吃得開心，還是忍不住笑出來。

其實，她很羨慕徐語涵這樣子的個性，徐語涵的脾氣一向來得快也去得快，傷心難過難免有，但在大哭大罵了幾天之後，就會恢復平常的樣子，就連敲詐自己的姊姊也是一樣毫不手軟。

如果今天換作是她，她肯定會一個人躲起來哭好久。

徐語涵一邊吃著蛋糕，一邊咒罵著那個學長，徐語安很想提醒她別邊吃邊罵人，以免消化不良，但想了想，這也算是她宣洩情緒的一種方式，還是隨她去罵吧。

「姊姊，我真的很慶幸那時候我有聽妳的話。」

「什麼？」

「妳那時候不是有提醒我不要被他拐上床嗎？我就知道整天只想著要做那種事的人，絕對不是什麼好東西。真是受不了，我又不是為了跟他做那種事才跟他談戀愛。」徐語涵喝了一口飲料，「還好那時候我堅持住，沒有答應他，不然我現在一定會想殺了自己。」

徐語安的胸口突然刺痛了一下，不禁想起了李佑鈞。對啊，她自己當初還一直叮嚀徐語涵，結果反而是她這麼輕易就把自己交出去了。

「欸，姊姊，外面那兩個人不是妳朋友嗎？」徐語涵突然用叉子指著窗外。

「朋友？」徐語安往徐語涵指的方向好奇的看過去。當徐語涵所謂的朋友映入眼底時，她整個人傻住。她的朋友中徐語涵比較熟的也只有那兩個人，但她沒想到竟然真的會是他們。

是李佑鈞和林韻瑄。他們不知道是從哪裡過來的，也不知道是為了什麼事而來，李佑鈞正在停機車，林韻瑄站在他的身邊等他。

那明明是她的位置，現在的她卻只能像過去一樣，在遠處看著他們。

這個世界有時候很大，就算身處在同一個學校也不一定可以遇見，但這個世界有時候也很小，這麼大的城市裡怎麼偏偏就讓她遇見了他們。

李佑鈞不是說和朋友之前就約好了嗎？難道他說的朋友就是林韻瑄嗎？如果是，那不就表示他們一直都保持聯絡？而且，他為什麼不老實告訴她就好，還要用朋友這種籠統的名詞來隱瞞？這瞬間，她覺得腦袋好像快爆炸了，突然湧進了一大堆問題。

他們真的只是朋友嗎？分手之後還能這樣自然的當朋友嗎？彼此心中都不會有任何一點疙瘩嗎？錯愕的看著窗外的兩人，她在心裡這樣想著。

還是說，其實他們根本就沒有分手？會不會每次週末李佑鈞不見人影，都是因為和在外縣市讀書的林韻瑄在一起？

當這樣糟糕的假設出現在腦海中，她頓時一驚，耳邊隨後傳來了徐語涵的聲音。

「好巧喔，沒想到會在這裡遇見他們，要不要去跟他們打招呼？」徐語涵提議。

她聽了，嚇得趕緊拉住徐語涵，慌張的說：「妳不要去打擾他們。」

說完的同時，她不禁怔住，被自己下意識說出口的話嚇了一跳。

她是在說什麼？她明明才是李佑鈞的女朋友，去和他們打招呼是有什麼好打擾的？

思緒至此，她想起了和他交往之前，只能遠遠看著他們的心情。原來，暗戀的習慣早已根深柢固的存在於她心底，就算三人之間的關係有了改變，她卻依然改不掉這樣的習慣。

「喔，也是啦。」徐語涵坐下，手托著下巴，看向窗外，扁起嘴說：「不過，我真的好羨慕他們感情能那麼好喔，他們在一起很久了不是嗎？」

她微微一愣，連忙想告訴徐語涵其實他們已經分手了。然而，話還來不及說出口，徐語涵便移回視線，看著她笑道：「姊姊，幸好妳放棄了，我看他們感情那麼好，妳應該也沒機會啦。」

她想說的話瞬間停在嘴邊，徐語涵的一字一句像是帶刺一樣的刺進她心底，她聽得刺耳，就連胸口也開始隱隱作痛了起來。

在旁人的眼中，他們兩個看起來依然像是情侶嗎？是不是不只徐語涵，其他人也是這麼想？

徐語涵知道李佑鈞和林韻瑄從高中開始就在一起了，而且在徐語涵的印象中，他們是一對感情很好的情侶。雖然自己並不是第三者，但為了避免徐語涵問一些有的沒的，她還是選擇暫時隱瞞自己正在和李佑鈞交往的事。

不過，她現在真的很後悔為什麼當初要顧慮那麼多，不直接明白說清楚就好。明明不是第三者，但她總覺得自己好像老是在做第三者做的事，她到底為什麼要這麼小心翼翼？

「咦？這次怎麼沒有否認自己不喜歡他了？」徐語涵頭一次看見徐語安這樣呆愣的反應，忍不住驚訝的問。

徐語安沒有說話，抑或者說是不知道該怎麼回答徐語涵的問題。

她究竟該像那樣以前否認自己沒有喜歡李佑鈞，還是告訴徐語涵其實自己從來沒有放棄過？

徐語涵得意的笑了起來，「終於承認自己喜歡他了吧？我就知道一定是這樣！」

是啊，她喜歡李佑鈞，而且還正在李佑鈞交往。她很想這樣告訴徐語涵，可是看著徐語涵的笑臉，她最後只是說：「那麼八卦幹麼？吃妳的蛋糕啦。」

「是是是。」徐語涵笑著應聲，然後低下頭，繼續吃蛋糕。

看見徐語涵的注意力被轉移，她才鬆了一口氣。如果徐語涵知道她和李佑鈞在交往，說不定會立刻衝出去找李佑鈞理論，這樣只會把場面弄得很難看而已。就算要問，也是自己私底下找李佑鈞就好。

而且，說不定他們兩個人真的只是朋友，只是繼續維持著朋友關係。

說不定，真的只是她想太多而已。

她不斷的假設，可是無法阻止不安在心底蔓延，就像進入了死胡同，她一直害怕不安的在原地打轉，糾結著同樣的問題。

可是，說到底，這些都只是應該吧？都只是她的假設吧？會不會其實他們還在交往？

思緒一片混亂，她已經混亂到完全不明白自己到底在想什麼，太多矛盾的想法參雜在一起。

「姊姊，妳怎麼了？眼睛幹麼突然睜那麼大啊？」

「啊？喔，沒、沒什麼啦。」

她頓時慌張了起來，還是故作鎮定喝了一口熱奶茶。她抿了抿唇，原本燙人的溫度現在已經變成了容易入口的溫暖溫度。然而不知道是不是不安在作祟，她覺得口中的熱奶茶一點味道都沒有，只感受得到它的溫度。

當她再次看向窗外，他們兩人的身影已經不在視線當中了，不知道是去哪裡了。

刺眼的畫面不見了，然而那根刺依然深深的刺在她心上，她仍覺得好悶、好難受。

「語安，這麼晚了怎麼會跑來？」推開大門，從門後探出頭來的李佑鈞一臉驚訝笑著說：「我剛剛接到妳電話的時候真的是嚇了一大跳，這好像是妳第一次主動說要來我家。」

李佑鈞現在看起來和平常沒什麼兩樣，她緊張的搓了搓手指，「佑鈞，我有很重要的事情想問你。」

「重要的事？」他愣了一下，然後又笑了，「我知道了，總之先進來再說吧，外面好冷。」

「我不會冷，而且我問完就要走了，不上去打擾你了。」

「沒關係啦，妳不冷我都覺得冷了，快上來吧。」說完，他就要拉著她進到屋內。

「就跟你說不用了啦！」她連忙甩開他的手，擔心進到他的房間之後他們又做那件事。

他似乎被她過於激烈的反應嚇了一跳，表情明顯愣了一下，但也沒多說什麼，隨後關上門，和她一起待在屋外。

「我知道了，不進去就是了。」他收起幾分笑意，看著她問：「妳想跟我說什麼？」

還是開門見山吧。她輕吁了一口氣，雙手不自覺拉著衣角，小心翼翼問：「佑鈞，你今天真的是和朋友出去嗎？」

「咦？」他微微一怔，隨後輕輕笑了起來，她卻感受不到當中的笑意，只見他一副難以理解似的問：「妳就是為了這種小事專程跑來找我嗎？」

她頓時語塞。對她而言，這並不是一件小事。

「妳為什麼突然要問這種事？是在懷疑我什麼嗎？還是誰跟妳說了什麼嗎？」他說話的語氣突然變得嚴肅了起來，表情看起來也不太開心的樣子。

氣氛有些不對勁，她開始緊張，也感到不安，甚至有了想退縮就此打住的念頭。她一直都很擔心李佑鈞會因為她而感到不開心，她更害怕他會對她生氣。可是要是今天不問清楚的話，她肯定會更難受。

「因、因為你不是說你跟朋友有約了嗎？可是，我早上明明就看到你跟韻瑄……」

一提到韻瑄兩個字，李佑鈞就立刻打斷她的話。

「語安，妳在說什麼啊？」李佑鈞皺起眉，聲音又更沉了一些，不諒解的問：「難道我和韻瑄就不能是朋友嗎？」

李佑鈞看起來明顯就是不開心的樣子，徐語安見狀，連忙緊張的說：「當、當然可以啊。」

他依舊板著臉，沉著聲音問：「既然這樣，那妳為什麼還要來問我？」

「那是因為……」她慌張的說：「誰叫你一開始不講清楚？為什麼不直接跟我講是韻瑄就好了？你跟我說是朋友，然後又跟韻瑄見面，我當然會誤會啊！」

「如果我說是韻瑄，妳還會讓我去找她嗎？」他反問。

她語塞，實在無法昧著良心給他肯定的答案。

「就是怕妳誤會，所以才不想講的。」他大嘆一口氣，「妳看，妳現在不就誤會了嗎？」

「那還不都是因為你一開始不講清楚，所以我才誤會……」她咕噥著，心裡很委屈。

一開始，她對於李佑鈞的說詞從未懷疑，直到她看見了他和林韻瑄在一起才感到緊張不安。和朋友見面當然沒什麼好誤會的，但怎麼偏偏是身為前女友的林韻瑄？

就因為是前女友，她才不安，她才想知道當時他說「是朋友」是什麼樣子的心情？為什麼要隱瞞和前女友見面的事情？

她想知道的只是這樣，然而李佑鈞不是這麼想。

「語安，妳不要無理取鬧好不好？」他皺著眉，口氣越來越不耐煩，「妳也知道韻瑄不會騎車，她難得回台中一趟，我去載她回家，幫個忙也不行嗎？這又沒什麼。」

可是，她看見他們的地方根本就不是在車站或是林韻瑄家附近啊。

即使心裡這麼想，但她不敢說出來，怕他會生氣。

「好好好，我知道了。」見她欲言又止的模樣，他直接雙手一攤，很無奈的說：「我聽妳的就是了，我以後都不會再和韻瑄見面了。」

他的說法讓她聽了很難過，她明明不是這樣的意思，她只是想問清楚為什麼他要隱瞞她和林韻瑄見面的事情，可是他的話聽在她的耳裡，卻好像變成是她在無理取鬧，不准他和林韻瑄見面的感覺。

是不是她表達的方式不夠好？她不想讓他誤會，心急的想解釋清楚，「佑鈞，我不是這個意思，我不是說你不能和韻瑄見面。」

「可是，語安，妳給我的感覺就是這個意思啊。」他無奈的看著她，一副拿她沒辦法的樣子，「不然，妳到底要我怎樣？」

她低下頭，眼眶微微發熱，吶吶的說：「我只是……我只是希望你以後不要用朋友這種說法來隱瞞我，你要跟誰見面都沒關係，我只是希望你能讓我知道，就只是這樣而已。」

她真的不想為了這種事和他吵架，可是為什麼她就是沒辦法好好把心裡的想法傳達給他？

這次，他沉默了好久，過了好久才聽見他嘆了一口氣，伸手抱住她，下巴輕靠在她的頭頂上，語氣緩和了一些，低聲的說：「我知道妳會擔心，但是我跟韻瑄真的沒什麼，如果妳很在意的話，我和韻瑄的對話紀錄也都可以給妳看，我向妳保證以後不管和誰出去都會跟妳說的。」

「嗯。」她看著地面，低應了一聲，既然他都這麼說了，也只能選擇相信他，但她還是忍不住問，「韻瑄知道我們在一起嗎？」

「當然知道啊，所以妳不要再特地跑去跟韻瑄說什麼了。」他鬆開手，雙手輕拉著她的雙臂，望著她，輕聲說：「這樣會讓我很難做人。畢竟我和韻瑄都認識這麼久了，我不希望和她連朋友都做不成。」

她沒辦法去干涉他們兩個人之間的關係，也沒辦法要求李佑鈞和林韻瑄保持距離，可是她的心裡還是很不安，很擔心李佑鈞有一天會再回到林韻瑄身邊，畢竟他們都在一起這麼久了。

「嗯，我知道了。」然而，無論她的心中有多不安，有多不願意他們兩個繼續連絡，她也只能答應李佑鈞的要求，她不想讓他覺得自己是一個任性的人。

「謝謝妳，語安。」他輕輕笑著說，再度將她擁入懷中，「我就知道妳最體貼了。」

她沒有應聲，只是微微勾起唇角，但他看不見，看不見她如此苦澀的笑容。

即使答應了李佑鈞，可是不安卻像一顆種子，在這天埋進了她心底，隨著時間流逝而萌芽。她發現自己越來越容易感到不安，得失心也越來越重，有時候看見李佑鈞在用手機，都會懷疑他是不是在和林韻瑄傳訊息。

其實，她大可直接找林韻瑄問清楚，她卻還是忍不住膽怯，每次拿起手機想問林韻瑄，都會讓她猶豫好久，最後還是放下手機，什麼話都問不出口。她不是不想問，而是不敢問，她比誰都還要擔心，問完之後得到的會是自己最害怕聽見的答案，她真的很害怕自己其實一直站在李佑鈞的喜歡之外。

所有的不安她都只敢往心裡吞，不敢讓李佑鈞知道一分一毫，如果他知道了，肯定又會覺得她在無理取鬧，她不想他為了這種不一定會發生的事情對她生氣。

「佑鈞，你喜歡我嗎？」漸漸的，這個問題變成了她最常問他的問題，她無法向誰宣洩不安的情緒，只能用他一句又一句的喜歡來掩蓋自己的不安全感。

「怎麼又問這種問題了啊？」他從她身後抱住她，輕靠在她的右肩上，沒好氣的問。

她知道他有點不耐煩了，但她還繼續問：「你喜歡我嗎？」

「當然喜歡啊。」他輕笑道。

「那你……」她頓了頓，「你喜歡我哪裡？」

現在想想，她好像從來沒有問過他這樣的問題。

「哪裡喔？」他想了一下，然後說：「妳的聲音吧。」

「聲音嗎？」

「嗯，特別是在床上的時候，真的很可愛。」他語帶笑意的說。

咦？她整個人瞬間僵住，不知道該怎麼反應。

他在說什麼？是在說他們上床的事嗎？

雙頰微微發燙，耳邊又傳來他帶著笑意的聲音，「我跟妳開玩笑的啦，怎麼可能會是因為這樣？妳的一切我都喜歡。」

她沒有說話，只是輕輕地撥開了他的手。

他說喜歡她，可是她卻一點也高興不起來，甚至覺得這樣的話聽在耳裡顯得很刺耳。

「語安，妳生氣了喔？」

儘管他說是玩笑話，她卻覺得自己的胸口好像被揪住一樣很不舒服，也覺得很不被尊重。不管是不是真的只是玩笑話，但就是因為有這樣的想法，所以才會說出來吧？

她不禁聯想到之前的事。記得有幾次他找她見面，都只是為了上床而已，那些她都放在心上，從來沒和他說其實她不喜歡這樣。只因為他喜歡，所以她一直都在忍，可是他今天這番話，卻讓她覺得一直在配合他的自己好像笨蛋。

他究竟把她當成什麼了？真的是女朋友嗎？還是只是床伴？

她抿了抿唇，沉默幾秒鐘，再也壓抑不住心裡的不愉快，難得和他說出了心裡話，「嗯，有一點。」

對她而言，李佑鈞就是她青春中最溫柔的聲音，是替她改變的那個最溫柔的存在，也是因為有他在，她才變得沒有那麼討厭說話，甚至不那麼討厭自己的聲音。可是，他剛才說的話卻讓她忍不住想，他是不是一直都是這麼想？會不會在交往之前就已經有這樣的想法了？

「以後別再開這種玩笑了。」她沒辦法把它當玩笑話一笑置之，就算只是玩笑話、就算是從自己喜歡的人口中說出來的，她也不想聽到這種話。

如果她的聲音是因為這樣而被喜歡，那她寧可像從前一樣待在他的喜歡之外。

第十三章　回到原點

一走進教室裡，梁宥程就看見徐語安獨自一人坐在位子上，難得沒有在她身邊看見李佑鈞的身影。

他感到很驚喜，趕緊快步朝她走過去，開口和她打招呼，「語安，早安！」

她抬起頭，視線從手機上移開，一看見他，隨即莞爾的說：「早安，宥程。」

他笑了笑，好奇地問：「妳男朋友今天沒有跟妳在一起喔？」

「嗯，他說他昨天太晚睡了，今天要蹺課補眠。」

「是喔。」他不禁鬆了一口氣，只要李佑鈞在場，他都不太敢找徐語安說話，他總覺得李佑鈞好像不怎麼喜歡他，看他的眼神都充滿了不友善，弄得他有一點怕李佑鈞。

「我可不可以坐妳旁邊？」他問。

上次坐在徐語安旁邊已經是剛開學那時候的事了，自從知道徐語安和李佑鈞開始交往，他都很識相的沒有來打擾他們，總是和徐語安打完招呼後自動換到遠一點的位置去坐。

「當然可以啊。」她笑著說。

他開心的在她旁邊的空位坐下，突然想起了一件事，接著問：「語安，妳這個星期六晚上有沒有空？」

「星期六晚上？」她想了想，「應該有吧？怎麼了嗎？」

「如果有空的話，妳要不要來我們家烤肉？」

「去你們家烤肉？」她有些愣住，這個問題來得太過突然，她以為自己聽錯了。

「對啊，烤肉。」

「最近又沒什麼特殊節日，你們家幹麼突然要烤肉？」她納悶的問，距離中秋節明明還有好長一段時間，而且現在這個時間點好像也很少看到有人在烤肉。

「因為我爸中樂透啊。」他笑著說。

她微微一愣，不怎麼相信他說的話，「你是講真的還是講假的？」

他說得很認真，但怎麼聽起來像是隨便講講的玩笑話？

「當然是真的啊，我騙妳幹麼？不過不是頭獎啦，只是小獎而已，但他說這種靠偏財運得到的錢還是快點花掉比較好。」

「為什麼？」

「他說賺錢還是要腳踏實地，這種偏財還是大家一起開心花掉，所以叫我和我哥帶朋友去家裡烤肉。啊對了，如果語涵有空，妳順便也帶她過來吧，我爸說人多一點比較熱鬧。」

「好，我再問她看看。」她點點頭，忍不住又問：「不過，你爸都這麼想了，為什麼還要特地去買樂透？」

「他不是特地去買的啦，是因為帶花生散步的時候無聊買的。前幾天我爸帶花生去散步，突然下了一場大雨，然後躲雨的地方剛好有一家彩券行。他因為太無聊了，就買了一張樂透，沒想到就中獎了。」

她聽了覺得很有趣，「這麼神奇，聽起來怎麼感覺花生好像帶財的樣子？」

「哪有啊，這明明就只是剛好而已，不過我媽超高興的，還說這是花生的功勞，因為我爸平常都不怎麼出門，結果牠現在在我們家都比我還要有地位了。」他皺了皺眉，表情有些哀怨。

他的表情讓她忍不住笑了起來。

「說到花生，我好久沒帶他去散步了。」想著花生總是瞇著眼，一副快睡著的表情，她突然有點想念牠。

自從和李佑鈞交往，她就再也沒有和梁宥程一起帶花生去散步了，她把很多時間都留給了李佑鈞，就像是把他當成了自己的全世界。可是，這陣子發生了這麼多事，再加上李佑鈞的一些反應，都會讓她忍不住想，這樣做真的好嗎？如果繼續把他當成自己的全世界，她有一天會不會失去了自己？

「所以，如果妳有空，就和語涵一起來我們家烤肉，順便找花生玩吧。」梁宥程的聲音拉回了她的思緒。

她回過神，像是從夢中回到了現實，她先是一怔，才微微一笑，「嗯，我知道了。」

說完，眼前的他隨即露出燦爛的笑容，看起來好開心的樣子，看得她都被他的笑容感染，臉上的笑意不由自主增加了幾分。

如果李佑鈞和她在一起的時候也能露出這樣開心的燦爛笑容就好了，最近他們總是為了一些無關緊要的小事爭吵，李佑鈞的笑容也變得越來越少了。

思緒至此，臉上的笑容一僵，突然覺得自己笑得好勉強。

不只是李佑鈞，還有她也是。

這時，上課鐘聲響起，她收起了笑意，摸了摸自己的嘴角邊，卻無法集中思緒聽課。現在想想，她究竟有多久沒有這樣笑了？是從前一陣子她看見李佑鈞偷偷和林韻瑄見面的那天開始？還是李佑鈞約她見面卻只是為了上床的那天開始？

她沒有答案，卻覺得那已經是好久以前的事了。以前的她，只是看著李佑鈞微笑都會不自覺跟著笑，現在卻連聽見他說喜歡她也只能苦笑。

這樣的喜歡還能算是喜歡嗎？她似乎忘了當初喜歡他時的那份最單純的心動。

雖然暗戀的日子裡有很多苦澀，她卻覺得交往之前和李佑鈞在一起的日子似乎比現在更開心，曾經有過的喜悅情緒和心中的微甜情愫都已經全被不安感取代，現在的她老是在擔心李佑鈞會和林韻瑄聯絡，甚至回到林韻瑄的身邊。

而且，不單只有她，就連李佑鈞也被她的不安全感影響了，每次面對她露出的幾乎都是不耐煩的神情。

她在想，會不會回到過去的關係更好一點？

週六晚上，空氣中瀰漫著熱騰騰的香氣，梁宥程的家門前充斥著熱鬧的氣氛。

「來來來，妹妹，不用客氣，多吃一點啊。」梁媽媽一邊顧著炭火上的肉，一邊將烤好的肉夾到徐語安盤子上。不到一會兒，她的盤子裡就滿滿都是肉。

梁媽媽的好意讓她盛情難卻，「阿姨，謝謝妳。」

「不會不會啦，妳平常那麼照顧我們家弟弟，我謝謝妳都來不及了。」梁媽媽揮著夾子笑著說，隨後看見徐語涵，又朝她招呼，「啊，妹妹快過來，這裡還有很多。」

「謝謝阿姨！」徐語涵接過梁媽媽夾給她的烤肉和一些玉米，「姊姊，我過去那邊坐喔。」

徐語涵開心的跑到梁嘉辰身邊坐下，梁嘉辰回頭看了她一眼，朝她點點頭，隨後便轉頭笑著和身旁的徐語涵聊了起來。

雖然現在的氣氛很熱鬧歡騰，徐語安卻有點提不起勁，只要一想起昨天晚上的事她就頭痛，嘴裡的肉片似乎也失去了味道。

「如果妳堅持要去，那妳以後也不要管我和誰出去的事了。既然妳不都在乎我的感受，那我也沒必要都替妳想了。」

李佑鈞那些話讓她聽了真的很難過。她怎麼會不在乎李佑鈞的感受？就是因為在乎他，才會告訴他今天要來梁宥程家烤肉。就連為什麼要烤肉都告訴他了，而不是像他老是用和朋友一起出去這樣籠統的說詞來敷衍她，甚至是隱瞞和林韻瑄見面的事。

誰比較在乎誰，難道還不明顯嗎？難道他都感受不到嗎？

她吞下口中的食物，明明才吃幾口，但她就已經開始有飽足感了，她放下筷子，看著眼前熱鬧的畫面，突然覺得自己格格不入。

「語安！」梁宥程的聲音自頭頂上方落下，她抬起頭，眼神不偏不倚和他的笑眼交會。他在她身邊坐下，笑著問：「怎麼樣？覺得好吃嗎？這個肉是我醃的。」

即便剛才吃的食物都失去了味道，但她還是點頭，「嗯，很好吃。」

「那就好。啊，這是剛烤好的，很好吃，妳吃吃看。」他邊說邊把自己盤子上的豬肉蔬菜串放到她的盤子裡。

看見他盤子裡的食物越來越少，她連忙說：「你都給我了，你要吃什麼？」

「放心，那邊還有一堆，我媽還怕吃不完。」他笑著說：「啊，等一下還會有烤魚下巴，等等我們再去吃。」

看著他的燦爛笑容，她就越覺得李佑鈞昨晚說的那些話讓她很難過。為什麼只是單純去朋友家烤肉，他們都可以起爭執？甚至被他說成她好像要做什麼對不起他的事一樣。

「妳都已經是有男朋友的人了，怎麼可以隨便跑到別的男生家裡去？」

他還跟她說了這樣的重話，她能明白他要她避嫌的心態，但是她也跟他解釋過了，今天徐語涵還有梁宥程一家人都在，而且也有他們家人的朋友，是一大群人一起烤肉，他為什麼還要把話說得那麼難聽？

見徐語安有點失神的模樣，梁宥程開口輕喚她，「語安？」

她回過神，「啊？」

「還好嗎？是不是身體不舒服？」他擔心的問。

「沒、沒有啦，我只是……」她低下頭，突然不知道該怎麼回答他。

「還是發生什麼事了？」他專注的看著她，放輕說話語氣，溫柔的問：「如果有我需要幫忙的，妳都可以說出來看看。」

「我……」她抬眸，迎上了他的溫柔眼神，他澄澈的眼眸中閃著明亮，她的胸口頓時一陣緊縮，不自覺說出了心裡話，「我只是在想我男朋友的事。」

他微微蹙起眉，她的語氣讓他忍不住猜測，「你們吵架了嗎？」

「嗯，昨天我跟他說今天要來你家烤肉，他叫我不要來，然後我們就吵起來了。」

他一聽，眉頭皺得更緊，心裡有點愧疚，雖然不是他直接害他們吵架，但也是因為他邀請徐語安，才間接引起他們的爭執。

「對不起，都是因為我邀請妳，所以才……」他忍不住說。

她一聽，連忙搖頭，「你不要說對不起啦，又不是你的問題，是我們兩個沒溝通好。」

今天本來是應該要開開心心來玩的，她卻忍不住對梁宥程抱怨了起來，抱怨這些從未向任何人說過的事情。

「只是，我昨天真的很難過，明明就只是來找朋友，結果被他講成那樣，後來我傳訊息給他，他也都不回。他自己明明也常常跟其他女生朋友出去，甚至還和前女友見面，雖然我很在意，也沒干涉過他。」她越說越覺得委屈。

除了之前和林韻瑄見面之外，李佑鈞也時常和系隊上的球經學妹出去，當她和他提起時，他也都說他們只是朋友，然後就會很不高興的說是她想太多了或是說她在無理取鬧。

「哪有人這樣的，自己可以跟朋友出去，我就不可以。他這樣根本就是雙重標準嘛！」她扁起嘴，不滿的說。

「那他知道妳很在意嗎？」

「剛開始我會說，可是我只要一提起這種事他就不高興，我怕他生氣，所以後來我都不太跟他說了。」她低下頭，囁嚅的說：「我真的很怕他生氣，怕他不理我。」

他抓了抓頭，想了想，「可是，我還是覺得妳要讓他知道妳的想法比較好。雖然不是要妳跟他吵架，但妳是他的女朋友，又不是他的寵物，如果有什麼想法，本來就是說出來讓他知道啊，不需要什麼都聽他的吧？難道他做了什麼讓妳不舒服的事，妳也都要忍下來嗎？」

梁宥程說的這些她當然都知道，可是她就是做不到。不管是多麼討厭的事，只要為了李佑鈞，她都會忍下來。可是，時間久了，她也漸漸感到疲乏，疲憊的心卻沒人知道。

「啊，不對，不能說是寵物，因為有時候寵物也會不聽主人的話。」他突然摸了摸下巴，若有所思的說。

「花生會反抗你嗎？」她好奇的問。

「當然會啊！」他睜大雙眼，用力點頭，「我每次要抓牠去洗澡，牠都會用全身的力量反抗我，妳看牠那麼胖，我哪抓得住牠啊？」

看著他生動的表情，她完全可以想像那樣的畫面，想著想著，就忍不住笑起來，「真是的，你老是愛嫌牠胖，還不都是你養胖的。」

見她終於笑了，他不禁鬆一口氣，「語安，我看妳剛剛都沒什麼吃耶，我去拿一點東西過來給妳。」

「啊，不用啦，我已經吃飽了。」她搖搖手，然後指著自己的盤子說：「而且，你看，我這裡還有。」

「這樣喔，不然我去幫妳拿一點飲料好了，一直吃肉也會覺得很乾，我有買可樂。」不等她回答，他一說完就立刻站起身，然後跑進屋裡。

他才剛離開，原本還在到處要肉吃的花生就跑了過來，在她腳邊打轉了幾圈，然後在梁宥程剛才坐的地方趴了下來。

「花生，你是來找宥程的嗎？」她問，花生沒有理她，也沒有看她，只是懶懶的打了一個哈欠，她不禁莞爾，把自己手中的盤子放到牠面前，「花生，要吃嗎？」

盤子才剛放下，花生立刻站起來，低頭聞了聞盤中的烤肉和蔬菜，隨後便吃了起來。徐語安笑了笑，伸手摸摸花生的頭，「花生，真的好羨慕宥程這麼疼你，就算你跟他鬧脾氣或是反抗他也沒關係，他還是一樣對你這麼好。」

哪像李佑鈞總是說她在無理取鬧。

「說真的，和佑鈞在一起，我也覺得有點累了。」看著花生，她輕聲說。

其實，這陣子她也常在想，她對這段感情究竟還在執著什麼？難道只是因為捨不得，放下好不容易終於有結果的暗戀嗎？

「而且，有時候……我都會想佑鈞真的喜歡我嗎？」

可是，她早就清楚明白的不是嗎？很多事情都能看出來，李佑鈞並沒有像她想的那麼喜歡她、那麼在乎她，他總是在有需求的時候才會主動找她。其他時候幾乎都是她主動聯絡，而她對李佑鈞的感情似乎也不再像過去那樣純粹、那樣單純，曾幾何時，喜歡的情愫已被不安和畏縮漸漸取代。

在交往之後，她反而覺得他們之間的距離越來越遠，讓她在意的事也越來越多，甚至快忘了喜歡他時的那份心動。她心裡有好多話想說，卻什麼也不敢說，這比當初暗戀他還要難受，他明明應該是她親近的人不是嗎？

他們的這段感情早就不能說是在談戀愛了吧？

「語安，可樂沒了，喝柳橙汁好不好？」梁宥程抱著一瓶柳橙汁和紙杯回到她的身邊，同時看見花生竟然正在吃徐語安的食物，瞪大眼睛大喊，「花生，你幹麼跟語安搶食物啊？要吃的話你去跟別人要啦。」

「牠沒有跟我搶啦，是我自己要給牠的。」

「為什麼給牠？妳不吃了嗎？」

她莞爾，「因為花生很可愛啊，看到牠跑過來就忍不住想給牠了。」

「牠只是胖而已。」他看著正忙著吃烤肉的花生，不以為然的撇撇嘴，徐語安明明只是說花生可愛，他竟然忍不住就跟花生吃醋了起來。

「弟弟，可不可以幫我去買點東西回來？」梁媽媽朝他們走了過來，手裡還拿著夾子，「烤肉醬和鋁箔紙都沒了。」

「好啊，那還有其他要順便買回來的嗎？」梁宥程轉頭應了一聲，在梁媽媽交代完要買的所有東西之後，他回過頭看著徐語安，「語安，我去買東西，很快就回來，妳不要客氣，要多吃一點，要是客氣就吃不到了。」

「我可以跟你一起去嗎？」她問。

「妳要跟我一起去喔？」他愣了一下，「當然可以啊。不過，妳不留下來吃東西嗎？」

她搖搖頭，「沒關係，我已經吃飽了。」

她本來就沒什麼食慾，而且她覺得比起獨自一個人在這裡吃東西，她更想和他聊天。

「這樣喔。」他聽了，隨即揚起一抹笑，「那妳在這裡等我一下，我回房間拿機車鑰匙和安全帽。」

等他拿好鑰匙和安全帽，她便跟著他的腳步走到他停放機車的位置，暫時遠離了那片喧囂。直到他發動機車，伴隨著引擎聲響起，他們突然聽見花生的叫吠聲，接著看見花生朝他們飛奔而來。她都還來不及坐上機車，牠就率先跳上腳踏墊。

「花生？牠怎麼？」她驚訝的看著坐在機車踏墊上的花生。

「我就知道牠會跟過來，牠一定是覺得我要去買消夜。」他無奈的說，低下頭看著花生，說：「花生，我只是要去買鋁箔紙而已，沒有要買吃的，你快點下去。」

然而，花生依舊動也不動坐在原地，完全沒有要下去的意思。

「沒辦法，只能帶牠一起去了。」他沒好氣的說。

「不過，牠這樣不會危險嗎？」徐語安坐到他的後方，擔心的問，很擔心騎到一半花生會突然從機車上跳下去。

「放心啦，以我對牠的了解，在吃到消夜之前，牠是不會離開機車的。」他微微偏過頭，「語安，坐好了嗎？我要出發了。」

「好。」

時序已經漸漸進入了夏季，白天的氣溫日漸升高，但是到了夜晚，依然能在夜風中感受到微涼，不過此時騎在前方的他已經替她擋掉了大部分的風，只剩下帶著微微涼意的徐風拂過耳際。微涼的風帶走了喧囂，每當和梁宥程在一起的時候，她總是感到莫名的平靜。

說真的，她還挺喜歡這樣的感覺，能讓她暫時忘了那些煩惱。

梁宥程要去的那間超市離他家並不遠，騎了約莫十分鐘左右的車程就抵達了。他將花生綁在機車旁，便和徐語安一起走進超市。

超市裡空調很強，比外頭的溫度還要涼得多，剛進到超市時，他忍不住瑟縮了一下，也不忘問走在身旁的徐語安，「語安，妳會不會冷？」

她搖搖頭，「不會，你會冷嗎？」

「我只是怕妳冷而已，妳不會冷就好。」他說，拿了一個塑膠籃放到了推車上，想了母親交代的清單，說：「我先去找烤肉醬好了。」

他推著推車，而她則是靜靜地走在他的身邊，安靜的陪他買母親交代的那些東西。他遲遲無法將所有的注意力集中在買東西上，總是不時瞄向身旁的她。現在想想，他已經好久沒和徐語安這樣走在一起了，但今天她看起來卻悶悶不樂的樣子，就算笑著也是有氣無力的感覺。

是因為男朋友的關係吧？他不禁想起了她方才說起男朋友時的苦惱模樣。

不知道她和自己在一起的時候是什麼心情？今天晚上和她說了那麼多話，不知道她的心情有沒有好一點？

思緒至此，胸口突然傳來了微微躁動，心跳漸漸加速著。

如果，如果她和他在一起時，可以比和男朋友在一起的時候開心一點就好了。

「語安，不好意思，花生太佔空間了，所以就要麻煩妳幫我拿一下這個了。」梁宥程抱歉的將採購完的塑膠袋交給徐語安。

花生佔據了機車踏墊，完全沒有一點空間可以放置塑膠袋，只好讓坐在後座的徐語安替他拿著。

「不會啦。」她搖搖頭，伸出手正要接過塑膠袋，他又突然收了回去。

「啊，等等，我有個東西要給妳。」他把塑膠袋放在機車的座墊上，翻找了一會兒，拿出一條金莎巧克力，遞給她，「這個給妳。」

她沒有接過，只是愣愣看著他，「妳什麼時候買的？」

印象中，她好像沒看見他拿巧克力。

「趁妳發呆的時候買的。」他微微一笑，然後把巧克力塞進她手中，「我聽別人說，吃甜食心情會好一點。」

她愣了幾秒鐘，笑容忽然在她臉上綻開，沒好氣的問：「我看起來心情這麼不好喔？」

「是啊，臉都皺在一起了。」他半開玩笑的說。

「是嗎？」她笑了笑，伸手拉扯自己的雙頰，將笑容拉到最大，笑著問：「這樣看起來有沒有好一點？」

她滑稽的模樣讓他忍不住笑了，他感覺得出來她不是在勉強，因為他看見了她的眼底也充滿了笑意。他情不自禁伸出手，輕輕握住了她的手，語氣溫柔的說：「別這樣拉，臉會痛。」

這瞬間，她的笑眼裡忽然出現了一陣驚愕。

意識到自己的舉動太過親暱，他嚇得立刻放開手，揮舞著雙手，抱歉的說：「啊，對不起，我不小心把妳當成花生了。」

錯愕的神情沒有在她臉上停留太久，笑容很快就回到了她臉上，「如果我有像花生一樣可愛就好了。」

「妳比牠可愛，牠只是胖而已。」他很認真的說，不斷強調花生是因為胖才會讓人有可愛的錯覺。

她笑了笑，「我們回去吧。」

「好。」

回家路上，徐語安坐在梁宥程身後，兩人之間隔了一個大塑膠袋，伴隨著機車的行使而不斷發出沙沙的摩擦聲。徐語安低頭看著握在手裡的巧克力，心裡覺得暖暖的，這股暖意就好像快要從胸口滿溢出來了一樣。

真的好奇怪，為什麼每次和他在一起，心情都會在不知不覺當中輕鬆起來？原來的鬱悶心情都會像烏雲散去一樣漸漸消失。

抬起頭，她看著他騎車的背影，忍不住說：「宥程，我覺得你好神奇喔。」

「神奇？怎麼說？」他不明白地問。

「不知道為什麼，跟你在一起，我有好多不敢別人說的話都會很自然說出來。」

或許是因為他溫和的氣質，又或者是他總是給人一種安心的感覺，很多話都只有在他的面前才說得出口。

「今天難得來你家烤肉，可是我一直跟你抱怨了那麼多事情。」

然而，她卻因此把他當作了情緒宣洩的出口。明明就是一個值得高興的日子，卻成了她抱怨男朋友的時間。

「妳別這樣想。其實，我很開心妳願意跟我說這些，有些事情本來就是要說出來才會比較舒服一點，悶太久對身體也不好。」他頓了頓，接著又說：「不過，我覺得妳還是要適當的讓妳男朋友知道妳的想法比較好。」

畢竟他不是她的男朋友，他能做的頂多只是聽她抒發心情而已。

「我……啊！」她正要開口說話，卻突然行經過了一個坑洞，機車一頓，他感覺到她猛然抱住了他的腰際，不過很快就鬆開了。

他的心跳好像瞬間漏了一拍。

「對不起，我剛剛是因為嚇到，所以才——」

不等她說完，他逕自拉住她的手，然後將她的右手放到他的腰上，「沒關係，抓穩一點比較安全。」

他很緊張，甚至已經做好她會抽出手的心理準備，但讓他意外的是她並沒有，甚至感覺到他腰上的手抓得更緊。

良久，她的聲音輕輕自身後傳來，「謝謝你，宥程。」

就像是氣音一樣的細細嗓音，可是卻清晰的停留在他耳邊，深刻的在他心上留下了痕跡。明明和剛才一樣只是一句謝謝，這次卻讓他的心跳加快了起來。

他明白的，這是心動的感覺。

「我會找時間跟佑鈞說清楚的，就像和你說話的時候一樣，我會讓他知道我在想什麼，我在意的是什麼。」

「但是，絕對不要吵架。」

「我知道啦。」她說，語氣中帶了一點笑意，「不管他會不會生氣，我都會好好跟他說。」

風聲隨即填滿了他們之間的沉默，她的手依舊放在他的腰上，她手裡的溫度像是傳達到了心底，他覺得自己的胸口越來越燙。

「語安。」他開口喚了她一聲。

「怎麼了？」

「如果，我是說如果……如果妳之後覺得累了或是想暫時休息一下都沒關係，我……」他鼓起勇氣說出了心裡話，「我都會在這裡，我都會聽妳說的。」

他想讓她知道不管發生了什麼事，他都願意陪著她。

但是，這樣的話會不會太曖昧？他心一急，又連忙補上一句，「還有花生也會在！」

聽見梁宥程在叫牠，前方的花生隨即吠了一聲。

她聽了，忍不住笑起來，「嗯，謝謝你。」

她的右手暖暖的，暖得發燙的左胸口傳來了一陣躁動，心跳莫名急促。

「我都會在這裡。」

他總是這麼溫柔，溫柔得似乎讓她感覺到了一點點心動。

徐語安已經很久沒有這麼緊張了。

她獨自一人坐在咖啡廳，對面的座位仍是空著，桌面上只擺著一杯冰開水。現在距離約好的時間沒剩下幾分鐘，他應該就快來了吧？

她拿出手機，點開昨晚和李佑鈞的訊息紀錄。

「你明天有空嗎？我有很重要的事情想跟你說。」

昨天晚上回到家已經快十一點了，在等徐語涵洗澡時，她傳了訊息給李佑鈞，想約他今天見面，趁著剛下定決心的勇氣還在。她擔心時間拖久了，她又會變回那個什麼都不敢說的徐語安。

「明天沒辦法，我有事。」李佑鈞很快就回她。

果然一到了假日，他就特別難約。

如果是往常，她肯定會就這樣作罷，但她昨晚卻不同於以往，很堅持要他挪一點時間給她，告訴他不管什麼時間都可以。儘管他的口氣越來越不耐煩，但最後他還是答應她的要求，約在學校附近的某一間咖啡廳見面。

不管李佑鈞怎麼想，她都只想清楚告訴他這些日子以來的種種心情，或許他會覺得自己小題大作，或許他會覺得這種事情在電話中講就好了，沒必要浪費時間出來見面，但她還是想和他面對面說清楚。

不過……她低下頭，裝著冰開水的玻璃杯上沁著水珠，也在桌面上留下了水漬。

如果待會見面時，她也能維持著這樣的勇氣和決心就好了，她擔心自己一看到李佑鈞不開心的模樣，她就什麼都不敢講了。

「語安！」

時間走過了三點十分，距離約好的時間已經過了十分鐘左右。就在此時，她忽然聽見了林韻瑄的聲音。

她原本以為是她聽錯了，但下一秒，林韻瑄竟出現在她的視線當中，笑盈盈的朝她走來。

「嗨，好久不見了。」林韻瑄笑著和她打了一聲招呼，無視她呆愣的反應，逕自在她對面的空位坐下。

為什麼林韻瑄會出現在這裡？她約的人明明是李佑鈞，不是嗎？

她愣愣的看著林韻瑄，不知道該說什麼才好。

「幹麼這種表情啊？是太久沒見面，所以認不出我了嗎？」林韻瑄笑著問。

她回過神，連忙慌張的說：「沒、沒有啦，只是剛才在發呆而已。」

林韻瑄笑了笑，然後翻開菜單，低頭看著菜單上的餐點，然後問：「妳點了嗎？」

「還、還沒。」她緊張的拿起菜單，胡亂翻了幾頁，最後停在飲料的葉面上，可是菜單上的文字卻遲遲進不了她的思緒當中。

林韻瑄到底為什麼會出現在這裡？難道是昨天晚上她向李佑鈞表達的意思有誤？

林韻瑄抬眸看了她一眼，見她正低著頭看菜單，於是很快又將視線移回菜單上，接著問：「對了，妳這學期都在忙什麼啊？佑鈞說妳這學期很忙，要不是妳約我們見面，我都不知道該怎麼約妳才好，很怕吵到妳。」

奇怪？她是理解能力退步了嗎？為什麼今天林韻瑄講的話她幾乎都聽不懂？

「我……」她抬起頭，正要說些什麼時，卻和朝他們走來的李佑鈞對上了視線，他的表情很難看。

「佑鈞……」

「佑鈞？」林韻瑄一聽，隨即回過頭，朝他揮了揮手，「佑鈞，這邊這邊。」

李佑鈞扯了扯嘴角，勉強地笑一笑。當他們再次四目交會，他又皺了皺眉，深深地嘆了一口氣，然後在林韻瑄的身邊坐下。

這一刻，胸口彷彿被什麼狠狠敲了一下，她僵硬的看著坐在她對面的他。他明明什麼都沒說，她卻覺得自己似乎明白了什麼。

又或者是說，早該明白了什麼才對。

「佑鈞，你怎麼那麼慢？」林韻瑄笑著問。

「我找不到停車位。」李佑鈞沒有看她，淡淡的說。

徐語安聽了，不禁愣住。他們是一起來的？

她抿起唇，喉嚨間頓時一陣乾澀。就算是再怎麼笨的人，都應該要明白現在的情況了吧？他們之間的氣氛變得不太對勁，但林韻瑄似乎沒有感覺到，還笑著問她要點什麼？

打從李佑鈞坐下的那一刻，她感覺就好像回到了從前，回到還只是暗戀李佑鈞的那段時光，現在的她就和當時一樣只能安靜坐著，看著他們兩個人的互動。

她的心裡好悶、好難受，可是礙於林韻瑄在場，她不想因為她的質疑讓場面變得很難看，所以什麼話也說不出口，所有的情緒都悶在胸口裡，她覺得自己好像快要爆炸了。直到林韻瑄起身去上廁所，她才終於有開口的空間。

她努力壓抑著自己的情緒，可是聲音卻止不住的顫抖，「佑鈞，為什麼韻瑄會和你一起來？」

「昨天妳傳訊息給我的時候，韻瑄在旁邊看到了就吵著要一起來，我就是知道她一定會跟過來，所以我才會說我不要和妳見面的。」

他輕描淡寫的說著，說得好像都是在替她著想，可是她卻聽見了字句當中的不對勁，她問：「你為什麼會和韻瑄在一起？」

「妳怎麼又開始了？難道朋友都不能見面嗎？」他皺起眉，語氣不悅的說。

怎麼又是這一套敷衍她的說詞？

「當然可以啊。」她的眼眶微微發熱了起來，聲音顫抖的問：「但我的意思是，你為什麼那麼晚了還跟韻瑄在一起？你們在哪裡？不會是在你家吧？」

他的表情明顯愣了一下，卻沒有回答她。見他不回答，她不禁輕輕笑出聲，卻笑得心好痛。

還需要聽見他的回答嗎？從他坐下到現在的舉動和說的那些話，不都已經說明了一切嗎？

他和林韻瑄一直都是在一起的，剛才同時面對她們兩個人的時候，他也是毫不猶豫選擇了他口中那個已經變成朋友的前女友。

「佑鈞，其實你從頭到尾都在騙我對不對？」她看著他，說出了藏在心底好久的疑問，「你跟韻瑄從來就沒有分手對不對？」

她真的不明白自己為什麼還要問這種問題來傷害自己？答案明明已經這麼明顯了，不是嗎？她要的究竟是什麼？

他的道歉？還是他的解釋？

然而，李佑鈞卻一臉認真的說出了她意料之外的答案，「語安，我沒有騙妳，我和韻瑄真的有分手。」

她不得不承認，他說得認真的模樣讓她這一瞬間又動搖了一下。

「可是，我們後來又復合了啊。」

然而，所有的一切都在下一刻全部破碎。

林韻瑄的聲音突然自身後傳來，徐語安感到頭皮一陣發麻。她回過頭，林韻瑄揚起笑，可是卻給她一種皮笑肉不笑的感覺。

「雖然我們常常吵架，可是我發現我還是沒辦法和佑鈞分開，所以分開沒多久之後又和佑鈞復合了。」林韻瑄停頓了一下，笑著問：「難道佑鈞都沒跟妳說嗎？」

明明是笑著問，但林韻瑄眼底不帶任何笑意，看她的眼神讓她想起過去林韻瑄說起曾經和李佑鈞曖昧過的女生一樣，那是一種質疑的眼神。

其實，林韻瑄什麼都知道了吧？從她昨天傳訊息給李佑鈞的那一刻，林韻瑄就什麼都知道了吧？所以，今天才會特地跟著李佑鈞過來，和他一起出現在她面前，讓她知道自己不應該介入他們之間。

「我……」她不知所措地看向李佑鈞，想從他那邊得到一些答案，他卻只是低著頭，看著桌面久久不語。

「語安。」林韻瑄輕喚了她一聲，隨後坐下，收起了臉上的笑意，認真的說：「我感覺得出來妳一直都很喜歡佑鈞。」

她頓時怔住。

「其實，從妳的表情和一些動作都不難看出這件事，我只是假裝沒有注意到而已。」

這瞬間，她覺得自己一點一滴推砌而成的世界好像崩塌了。過去，她一直以為她把這份暗戀心情隱藏得很好，一直以為不會別人發現，更沒想過這些在林韻瑄眼裡都是能夠輕易發現的。

那麼，李佑鈞呢？他是不是一樣早就察覺到她喜歡他了？

「可是，佑鈞會對妳這麼好、這麼溫柔都是因為把妳當朋友，友情和愛情是不一樣的，妳知道嗎？」林韻瑄換下了原本嚴肅的表情，好聲好氣的說。

「而且，妳也知道我們在一起很久了，對吧？」

為什麼要用一副她做錯事，然後勸說她的語氣？為什麼要用一副在包容她的表情看她？為什麼要把她說得像是第三者一樣？

「所以，為了我們三個好，我們三個繼續當朋友不行嗎？」

繼續當朋友嗎？林韻瑄都把話說成這樣了，她沒有信心他們還能裝作沒事一樣繼續當朋友。再說，她也沒那麼大器為了他們三個好。但如果只是為了她自己一個人好，她當初就不應該答應他的告白，更不應該在那個雨天跟他回家。

「之前的事我會當作沒發生過，以後別再纏著佑鈞了好不好？」說了那麼多，林韻瑄終究還是對她說了重話，用著像是要原諒她的表情說著讓她心痛的話。

她不禁無奈一笑，溫熱的淚水似乎就快要自眼眶中潰堤而出。

當作沒發生過嗎？

看來面對林韻瑄更早之前的質疑，他已經把她描繪成喜歡他而且還追著他不放的女生了，就連昨晚說要約他見面的事，大概也被他說成是她利用朋友的身分纏著他不放，甚至因此讓他感到困擾不已吧？

不僅是雙眼而已，她的臉、她的身體都在發燙著，可是雙手卻異常冰冷。

她現在真的覺得自己好丟臉，甚至到了無地自容的地步。

她已經不想去追問他們復合的時間點，來推定誰才是真正的第三者，因為打從李佑鈞選擇在林韻瑄身旁坐下的那一刻就已經說明了一切，深入探討只會讓她更難堪而已。

他選擇的人從來不是自己，而是林韻瑄。

「我從來都沒有喜歡過佑鈞。」她低下頭，不想讓他們看見幾乎快要落下的眼淚，壓著嗓音地說：「我一直都只是把他當朋友而已，就只是朋友而已，所以妳不用擔心。」

林韻瑄沉默了一會兒，才說：「那就好。」

伴隨著急促震耳的心跳聲，她的左胸口隱隱作痛了起來。

她想趕快離開這個地方，離開這個有他們兩個的地方。

「我突然想到我還有事要先走了。」她忍著眼淚說完，從錢包中拿出了飲料的費用，「不好意思，再麻煩你們幫我結帳。」

不等他們回應，她逕自起身離開。

直到她走出咖啡廳之前，他都沒有替她說話、替她反駁，也沒有拉住起身離開的她，更沒有在離開之後追上她的腳步。

可是，讓她覺得悲慘的是，到了最後，她卻還是對此抱著一絲絲的希望。

為什麼都走到了這種地步，她還有這樣的想法？還想著他也許對自己有一點留戀？

明明有很多讓人懷疑的事情，但她都假裝不知道，選擇了她想相信的部分，選擇了繼續維持她想像中的美好愛情。

其實，李佑鈞一直以來都只是把她當作宣洩寂寞的對象而已吧？那個雨天的那個吻也只是因為和林韻瑄吵架之後的空虛和寂寞而發生的吧？不然，他也不會連一句話都不願替她說了。

他根本就沒有喜歡過她，對吧？

想起這些日子以來的種種一切，她突然覺得難以呼吸，好像快要窒息了一樣。

「謝謝妳，語安。我就知道妳最乖了。」

其實，他從來不喜歡她的人，只是喜歡她的順從，因為她有著林韻瑄所沒有的特質，每當他向她抱怨林韻瑄煩人時，她總是安靜陪在他的身邊，安靜的聽他說話。

她知道自己和林韻瑄一直都是完全相反的類型，可是當他在嫌棄林韻瑄時，心裡卻還是喜歡著林韻瑄。然而，他對著她說有妳真好的時候，卻只是把她當作是一個暫時停靠的避風港。

他要的從來不是她的愛情，只是希望在空虛寂寞時，身邊有一個不吵不鬧又聽話的人而已吧。所以，每當她說出了自己的想法，堅持著自己的決定，他都會露出不耐煩又很不諒解的表情，就好像是她做錯事了，那是因為他所認知的她不應該是這樣。

可是，他不知道的是，其實這些都不是真正的她，她心裡也有好多話想說，好想告訴他其實自己也有很多不喜歡他的行為的時候。

他不了解她，而她也是，她真的從來沒有想過，自己喜歡那麼久、那麼溫柔的他竟然會這樣對待自己。

「我啊，一直都很喜歡妳的聲音。所以，妳就不要對自己的聲音那麼沒自信了，我覺得妳的聲音很可愛，妳要更有自信的說話才對。」

明明曾經是那麼溫柔的他……

卻漸漸變成了只在有需求時才會連絡她的那個他。

「我很喜歡妳的聲音，特別是在床上的時候。」

究竟是他變了，還是他一直都是這樣的人？是不是一直都是她活在自己的想像當中？

當她像是逃跑似的來到了自己的機車旁，她終於再也忍不住哭了起來，眼淚就像是關不住的水龍頭，無論她怎麼抹去臉上和眼角的淚水，無論她怎麼努力想壓抑，眼淚也遲遲沒有停止。

妳哭什麼啊？徐語安，現在的妳只不過是回到原點，不是嗎？

而且，妳已經不用再像從前一樣小心翼翼隱藏自己的心意了，也不需要再擔心自己和李佑鈞在一起的事會影響和林韻瑄之間的關係了。

這樣不是很好嗎？

「我感覺得出來妳一直都很喜歡佑鈞，我只是假裝沒有注意到而已。」

妳現在只要假裝自己從來沒有喜歡過他就好了。反正，李佑鈞連最後一點情面也不願給妳，對這樣的妳而言，否定掉對他的喜歡不是輕而易舉嗎？

可是，無論李佑鈞對她做了什麼事，但當要她否認掉這些年來的感情時，她卻依舊心痛不已，也無法輕易做到。

再怎麼說，喜歡他都是她重要的回憶，是她的曾經，也是她的青春。

更是在她的青春中最溫柔的所有。

第十四章　空白的日子

就像一場不停的雨，溫水不斷的從頭頂上落下，從頭頂流過了臉頰，然後覆蓋了全身。

如果所有的悲傷也能跟著眼淚一併被這些水帶走就好了……

然而，無論哭了多久，徐語安都沒有感覺到心裡頭的悲傷有減少一絲一毫。

「姊姊！妳還要洗多久啊？換人了啦！」徐語涵的大嗓門從門外傳了進來，即使有嘩啦啦的水聲流過耳邊，也無法蓋過徐語涵的聲音。

徐語安伸手關掉水龍頭，當水不再從頭上流下，她才抬起頭，緩緩睜開眼睛，不知道是因為哭過的關係，還是因為浴室充滿了蒸氣，她覺得自己的視線很模糊。

「姊姊！妳是昏倒了嗎？」徐語涵的聲音再度傳來，還伴隨著敲門聲。

她應了一聲，趕緊去把身體擦乾，換上衣服，然後走出已經不知道待了多久的浴室。

一看見她，徐語涵立刻發現她哭得紅腫的雙眼，指著她大聲的問：「姊姊，妳剛剛是躲在裡面哭喔？」

她頓時一驚，下意識搖頭否認：「沒、沒有啊！妳在亂說什麼？」

「那妳的眼睛為什麼這麼紅？」徐語涵一臉不相信，「妳明明就有偷哭！姊姊，妳沒事躲在裡面哭幹麼？」

「我……」她頓時語塞。

誰會沒事躲在浴室裡哭？可是，如果讓徐語涵知道了今天發生的事情，以徐語涵的個性，肯定會為了要替她出一口氣，跑去找李佑鈞他們理論，到時候場面一定很難看。

而且……

「劈腿的人跟小三都一起下地獄啦！」

她突然想起了徐語涵說過的話，想要坦承的心又更退卻了一些。

儘管她是在不知情的情況下，但她和有女朋友的男生在一起是事實，嚴格說起來，她也算是第三者，要是讓妹妹知道了這件事，最後難堪的人也是她自己。

見徐語安支支吾吾的，徐語涵接著又問：「還是有人欺負妳？妳快告訴我是誰，我去幫妳教訓那個人！」

「沒、沒有啦！」她趕緊隨口編了一個理由，想敷衍徐語涵，「這只是因為洗髮精不小心流進去了而已！」

「洗髮精最好是會讓眼睛腫成這樣啦！妳明明就是在哭！」然而，徐語涵仍不相信，不放棄的追問：「妳到底是怎麼了啊？發生什麼事了？」

她知道徐語涵是好意，是在關心她，但她很怕再繼續這樣下去，會不小心洩漏了自己經歷的難堪。面對問個不停的徐語涵，她心一急，忍不住就大聲了起來，「就跟妳說是不小心弄到洗髮精了嘛！」

被她一吼，徐語涵的表情明顯愣了一下，徐語安也被自己的過度反應嚇到，連忙轉過身，往自己的房間走去。徐語涵沒有追上前繼續追問，只是若有所思的看著快步走開的徐語安。

雖然聽起來都是一些很合理的理由，但是任誰看了，都一定會覺得姊姊的表情很不對勁，她的模樣怎麼看都像是哭過的樣子。

姊姊到底發生什麼事了？

徐語安回到房間之後，發現手機裡有許多未接來電，然而看見來電者的名字時，她立刻關上了手機螢幕，讓手機的畫面回到黑暗。在她躲在浴室裡的這一個多小時，李佑鈞打了很多通電話給她，所有的未接來電都是李佑鈞的名字。

都走到了這個地步，他到底還要跟她說什麼？說對不起嗎？還是說這一切都只是誤會？

思緒至此，桌上的手機再度響了起來，來電顯示的依舊是李佑鈞的名字。她想都沒想，立刻選擇拒聽，然後直接把手機關機。

反正，現在的他們已經沒什麼好說了，說什麼也都無濟於事。更重要的是，她暫時不想聽見他的聲音，不想讓好不容易平復下來的情緒再次潰堤。

可是，想著想著，她的眼眶怎麼又不由自主熱了起來？

她明明就沒有聽到他的聲音啊……

天空一片灰濛濛的，好像快要下雨了一樣。梁宥程騎著機車來到徐語安家門前，看著緊閉的大門，想起了昨天的事，心裡又增添了更多的擔心。

昨天晚上徐語涵突然打電話給他，劈頭就向他問起徐語安的事，問他知不知道徐語安怎麼了。可是，自從前天她們回家，他就沒有再和徐語安聯絡過了，根本不知道徐語涵在說什麼。

「語安她怎麼了？」他問。

「姊姊她今天不知道是怎麼了，竟然在浴室裡待了一個多小時，出來的時候，眼睛和鼻子都紅紅的，感覺就是有哭過的樣子。而且她後來連飯都沒吃，只是一直把自己關在房間裡面，問她也只說沒事。」

昨晚在聽了徐語涵的話之後，他就一直很擔心。然而徐語安的手機一直都是關機狀態，他聯絡不上她，索性在今天上課之前提早來她家找她。反正他們今天有同一堂課，如果她會去上課，應該也差不多會在這個時間點出門。

只不過，他這樣突然跑來她家門前等她會不會很變態？他又不是她男朋友。

他遲疑的看著徐語安家的門。還是要在她還沒出來之前趕緊離開，假裝他沒有來過？可是，他又很擔心她，要是就這樣離開了，他心裡肯定會有個疙瘩。

就在他猶豫不決時，徐語安家的門忽然打開了。他看見雙眼明顯紅腫的徐語安走了出來，就和徐語涵說的一樣，臉上明顯有哭過的痕跡。

「宥程？」看見他的同時，她愣了一下，納悶的問：「你怎麼會在這裡？」

他怎麼會突然跑來這裡？

「我……」他本來還有一點猶豫，但想了想，他還是決定老實告訴她，「其實，我是來等妳的。昨天語涵打電話給我，跟我說妳躲在浴室裡哭，而且連飯都沒吃。我很擔心，所以我就想說過來看一下。

「不過，我只是剛到而已，我並沒有一直守在妳家門前。」看見她更是愣住的表情，他連忙解釋，深怕被她當成變態。

儘管悲傷的情緒遲遲沒有排解，但不論是他的話還是他的舉動都讓她感到一陣暖意。她勉強揚起了笑，故作輕鬆地的說：「雖然我不知道語涵是怎麼跟你說的，不過謝謝你，我沒事。」

沒事的，妳沒事的，徐語安，絕對不可以在梁宥程面前哭出來，這樣會讓他很困擾的。

「可是，語涵說妳昨天躲在浴室裡哭……」儘管她說沒事，但無論是徐語涵昨晚的話還是她現在的模樣都讓他很擔心，「如果有我可以幫忙的地方，妳都可以跟我說沒關係。」

就像徐語涵說的一樣，她怎麼看都不像沒事的樣子。

「我真的沒事啦，是語涵太大驚小怪了，我沒有哭啦，我昨天就跟她說眼睛是洗頭髮的時候不小心弄到的。」她揮揮手，可是她表情卻不像是她所說的那樣，紅腫的雙眼微微閃爍，聲音也變得哽咽了起來。

「語安……」看著她強忍著淚水，一副快哭出來的樣子，他好想拍拍她的頭安慰她。

「別用這種表情看我啦，我真的沒事，我、我昨天只是，只是……」她越是想表示自己沒事，聲音反而越是洩漏了情緒。

悲傷和委屈一點一滴侵蝕著她的意志力，到了最後，所有情緒都還是潰堤了。

好奇怪，昨天在李佑鈞他們面前，還有在徐語涵的詢問之下，她明明都可以忍住的，為什麼到了梁宥程面前卻都忍不了？是因為她壓抑了太久？還是因為他今天早上的溫柔等待和關心？

儘管感覺得出來她快哭了，但當她突然哭了起來，還是頓時讓他嚇得不知所措。他緊張的舉起雙手，完全不知道該怎麼辦才好。

尤其是他根本不知道她是為了什麼而哭，更不知道該怎麼安撫她的情緒。

「妳、妳沒事吧？」

是要拍拍她的肩嗎？還是要摸摸她的頭？可是，這樣會不會太突然？

見她遲遲沒有停止哭泣，他感到更加慌亂。他緊張的盯著她半晌，隨後四處張望，確定附近沒有人，才小心翼翼地朝她伸出手，然後輕輕地拍了拍她的頭。

她的身體因為哭泣而微微顫抖，他的手則是因為緊張和慌張而抖個不停，他真的很怕自己會因為過度緊張而一時控制不好手的力道。

「好了好了，不要哭了……啊，不對不對，應該是要哭出來會比較好一點。」

說著說著，他忍不住皺起眉，用力拍了拍自己的額頭，在心裡很懊惱自己這麼不會說話。他不希望看到她一直哭，可是也捨不得讓她把悲傷的情緒憋在心裡。

他根本不會應付女孩子哭，他到底該怎麼辦才好？

他記得每當花生鬧脾氣時，只要放著牠不管，讓牠一個人待一會兒，牠就會沒事了。

啊，不對不對，他在想什麼啊？怎麼可以把花生拿來舉例？她是徐語安耶！他怎麼可能放著她不管？他根本就捨不得她哭成這樣，他看了都覺得心疼。

然而，他卻還是一點辦法都沒有，別說是要逗她笑了，他連讓她止住眼淚的方法都沒有。

他不知所措看著她低頭哭泣的模樣，過了許久，他像是下定決心一樣握緊了拳頭，朝她再次伸出手，雙手輕搭上她的肩膀，穩住了她顫抖不已的身體。她隨後抬眸看向他，眼底有著困惑，他微微彎下身，與她的視線平行。

「語安。」他對她說：「我們今天不要去學校了，這種時候還去聽課的話，只會讓心情更悶而已，我們一起蹺課吧。」

「不去學校，那要去哪裡？」聽他這麼一說，她才稍微緩和下來，吸了吸鼻子，抽噎著問。

「妳有想去的地方嗎？我都可以陪妳去。」

她搖搖頭，沒有任何想法。

他看著她，輕輕莞爾，「既然這樣，那我們就去讓妳不會再想哭的地方。」

他說，要去讓她不會再想哭的地方。可是，他連她哭的原因是什麼都不知道，怎麼會知道是什麼地方才不會讓她想再繼續哭下去？

「要去哪裡？」她忍不住好奇的問，聲音哭得有點沙啞。

「就是會讓妳一看就會忘記要哭的地方。」他笑著說，依然把那個地方形容得很神祕。

不過，這反而讓她越來越好奇，甚至是期待。她甚至猜想，該不會是像小說寫的或是電視上播的那種美得會讓人忘記悲傷的地方吧？

然而，這份期待只持續到了他所說的地方時就完全消失。

「你說的地方就是這裡？」她看著人來人往的電影院，不明白的問。

「對啊。」

見他沒有遲疑的點頭應聲，她突然有一種期待落空的失落感，雖然這樣想，對興致勃勃帶她來的梁宥程不太好意思，但現實和她想像中的實在落差太大了。

而且，他還很不浪漫的選了一部恐怖片。她覺得很奇怪，如果想要讓人心情變好，不是至少應該要選喜劇片之類的嗎？

「為什麼看這個？」她好奇地問。

「因為看恐怖片是一種很好的紓壓方式啊。」他解釋。

「為什麼？」

「看恐怖片的時候不是都會一直想尖叫嗎？」

她突然明白他所謂的一看就會忘記要哭的地方是什麼意思了，因為從這個恐怖的電影海報來看，他們等一下大概只會記得害怕和尖叫。

思緒至此，她忍不住想笑，突然覺得他有點可愛。

真是好奇怪的邏輯，不過卻又顯得他的單純。

「還是妳有想看的嗎？」

徐語安對於要看什麼電影也沒什麼想法，所以就任由梁宥程決定了。

「沒有，就看這個好了。」

但很奇怪的是，雖然電影是他選的，說要看恐怖片的人明明是他，後來卻是他叫得比她還要悽慘。到了後來，她的注意力幾乎從電影移轉到不時摀住眼睛和尖叫的他身上。

明明傷心難過的人是她才對，可是現在看起來，梁宥程似乎比她還要痛苦，看恐怖片對他而言就好像是世界末日一樣。不過，就像梁宥程說的，看他驚聲尖叫成這樣，徐語安真的一度忘了自己一直在哭的事情。

「好了好了，沒事了，那些都是假的，沒什麼好怕的。」

因為她把精力全都放到安撫受到嚴重驚嚇的他身上。

他坐在長椅上，嚇得臉色發白，頭低低的看著地面。她站在一旁，輕輕摸了摸他的頭，皺著眉頭說：「真是的，既然會怕，幹麼還勉強自己看？」

現在的他和剛進電影院的神采奕奕完全不一樣。

「我之前看預告的時候，覺得還在我能接受的程度，我沒想到會這麼恐怖。」他皺著眉，哀怨的說。之前在電視上看到的預告明明沒有這麼恐怖，預告片通常不都是把最精華、最恐怖的片段剪出來嗎？

而且，偏偏怎麼還是讓他在徐語安面前這麼丟臉？看電影之前，他還自信滿滿的告訴她，如果害怕可以抓他的手，結果後來竟然是完全相反的發展，甚至還讓徐語安安慰他。

「語安，對不起，我剛剛很吵吧？」他幹麼沒事自作聰明提議要看恐怖片？想要讓徐語安釋放壓力，結果變成再增加他自己的壓力。只要一想到今天晚上是一個人睡覺，他就覺得心裡毛毛的。

見他一副快崩潰的樣子，她開玩笑的說：「不會啊，我看到你尖叫成那樣，我心情就好多了。」

怎麼這樣啊？他丟臉的低下頭。摸著他蓬鬆的頭髮，徐語安忽然覺得自己有一種在摸小狗的感覺。怎麼突然感覺跟花生有一點像？嗯……不對，感覺比花生還要再乖一點。

「我跟你開玩笑的啦，我才沒有這麼惡劣。」她說，隨後迎上他抬眸看向他的視線，她莞爾，「但是，我說我比較好一點是真的。你願意把你的時間空出來陪我，我很高興。」

即使最後結果不是他所預想的那樣，但是和他在一起，真的就讓她忘了想哭的事情。

「謝謝你。」

他愣了一下，隨後輕輕笑起來，彷彿已經忘了剛才的害怕。他搔了搔右臉頰，低笑道：「那就好，只要妳開心，我就開心。」

這瞬間，他無意間的一句話敲進了她心底，她突然感受到了左胸口傳來了一陣躁動。

這樣的話讓她有一種被放在心上的感覺，讓她覺得好像被在乎了一樣。

「不過，我們下次不要再看恐怖片了。」他笑著說。

「是誰說看恐怖片可以紓壓的？」她忍不住吐槽他。

「啊……那是……」他撇撇嘴，說：「那是我哥跟我說的，但我現在覺得他根本在騙我。」

她不禁笑了起來，不是勉強自己硬笑，而是打從心底笑著，這是她昨天失戀了之後第一次這樣笑著。

其實，打從他專程跑來她家找她開始，暖意就已經一點一滴地慢慢湧上心頭，他沒有去追問她發生了什麼事，甚至到了現在他都沒有去直接觸碰她的傷口，而是用著他傻氣卻單純的方式包覆傷口，想讓她暫時忘了疼痛。雖然說已經不難過是騙人的，但心情有比較好一點是真的。

思緒至此，她突然想起了前天他曾告訴她的話。

「如果妳之後覺得累了或是想暫時休息一下都沒關係，我都會在這裡，我都會聽妳說的。」

她想，他當時所說的就是這種感覺吧？

「好了，我們再去其他地方吧。」他站起身，似乎已經完全恢復精神。

「還要去別的地方喔？」她很驚訝，原本以為看完電影之後就解散了。

「當然啦，今天難得蹺課，所以一整天的時間都給妳了，我們就把時間塞得滿滿的，滿到沒時間去想其他事。」

「你連下午的課也要蹺？」

「嗯。」

「我一直以為你是乖學生。」她笑了笑，「不過，你都不會想問我發生什麼事了嗎？你什麼都不知道卻把時間都浪費在我身上，這樣好嗎？」

「這才不是浪費，跟妳在一起怎麼會是浪費時間？」他糾正她，「雖然我多少會想知道妳發生什麼事了，可是我不希望妳因為這樣，又勉強自己去說那些不開心的事情。不管發生什麼，對我來說，妳開心最重要。」

而且，他很不擅長安慰人，他真的很擔心自己會說錯話讓她更傷心。

「但是，如果妳想說的話，隨時都可以跟我說，有時候把自己的心情說出來會比較好一點。」他頓了頓，「不過，千萬不要勉強自己。」

不過，他關心她，希望她開心的這些心情都是真的。

望著他的認真表情，她不禁再次莞爾，「嗯，謝謝你。」

她很想告訴他，其實讓她真正宣洩出情緒的不是崩潰大哭，也不是看恐怖片時的放聲尖叫，而是他陪在身邊的這些時間。

「我都會在這裡，我都會聽妳說的。」

或許，從那一刻開始，他就已經把他的溫柔和溫暖全都藏在時間裡了。

在城市裡兜轉了將近一整天的時間，直到天際開始染上了橘紅色的餘暉時，他們來到了之前帶花生散步時總會經過的公園。

此刻，寧靜的公園裡沒有人，只有溫暖的陽光在這裡停留。

來到這個地方，徐語安不禁微微一笑，走到了長椅旁坐下，「我已經好久沒來這裡了。」

「我也是。」梁宥程向她走近。

「咦？為什麼？你都沒有帶花生去散步了嗎？」

「有啊，只是我最近換散步路線了，不然一直走同樣的路線很無聊。不過，走來走去還是這裡感覺最好。」他在她的身邊坐下，笑著說：「話說回來，妳不覺得公園好像變大了嗎？」

「有嗎？不是跟以前一樣嗎？」她四處張望，看不出來現在和記憶中的有什麼差別，「還是少了什麼嗎？」

「有啊，今天少了花生。」他哈哈大笑。

「你幹麼這樣講？很壞耶。」儘管嘴上這麼說，她還是忍不住笑了起來。

「沒關係，反正牠也聽不到。」

她笑了笑，「宥程，今天真的很謝謝你，托你的福我心情好多了。」

她不是在說客套話，而是打從心底這麼想，她已經好久沒有這麼開心了，甚至比前一陣子和李佑鈞約會都還要開心。她不需要小心翼翼去配合別人的想法，也不用擔心對方會不會因為自己而不開心。

他燦爛一笑，「不會啦，我也覺得很開心，我都不知道原來蹺課出來這麼好玩。」

聽他說得好像一副發現新大陸的樣子，她頓時一驚，「老天，你應該不會因為這樣上癮了吧？你可不要以後一天到晚蹺課。」

「不會啦，那也是因為有妳在才開心，不然自己一個人蹺課多無聊啊。」

「是喔，那乾脆我們以後再像這樣一起出來玩。」她笑著提議。

「好啊。」他想都沒想的立刻答應，然而隨後忽然想起了一件事，微微皺起眉，擔心的問：「不過，這樣妳男朋友會不會不開心？」

他的疑慮讓她不禁失笑，「你都已經跟我在一起一整天了，怎麼現在才在想這種事情？」

他抓了抓頭，「因為我很擔心妳，所以一直沒有想那麼多，是現在才想到。」

「是嗎？」她笑著聳聳肩，坦然的說：「不過也無所謂了，反正我們已經分手了，他現在也管不了我那麼多了。」

「咦？」他愣住，吶吶的問：「是什麼時候的事？」

「就昨天的事情。」她舉起雙手，伸了一個懶腰，故作輕鬆的說：「其實，他跟他女朋友根本就沒有分手，昨天他們一起來和我攤牌，而且他女朋友還很語重心長地勸我不要一直纏著他不放，搞了半天，我到昨天才知道自己原來一直是小三。」

他曾經想過她哭成這樣的原因是不是和她男朋友有關，原本以為他們是不是吵架了，不過，沒有想到竟然是這樣的答案。

她的情緒很平靜，她原本以為自己再次提起這件事時，情緒會有很大的波動，但此刻她卻意外的冷靜，就好像是在說一件微不足道的小事一樣。然而，她不知道的是，她說得越是平靜，聽在梁宥程耳裡卻反而越是滿滿的心疼和不捨。

「不過，也是直到昨天，我才終於知道他根本沒有把我當一回事。不然，他也不會讓我當第三者了，也不會讓我在不知情的情況下去面對他女朋友的那些質疑，甚至到最後都不願意替我說話。」她斂下眼，輕輕的笑著說：「如果可以的話，我哪會想當第三者介入別人感情，我也只是想和喜歡的人好好在一起而已。」

不然，這些年來她就不會一直默默守在一旁了。

「我從高中的時候就很喜歡他，所以聽到他說他也喜歡我的時候真的很高興，後來只要是他想要的或是他喜歡的，我都會盡量配合，我幾乎把我的全部都給了他。」說到這，她不自覺握緊了雙手，「可是，到了最後我卻也什麼都沒有了。」

說完，她的手背上忽然覆上一陣溫暖，而他的聲音隨即從一旁傳來，輕輕傳進她的耳裡。

「我知道。」他頓了頓，「我感覺得出來妳很在乎他。」

這瞬間，好不容易逐漸平靜下來的心情又再次有了起伏。

雖然他不是李佑鈞，可是卻讓她有一種被重視的感覺，感覺不被放在心上的心意忽然有了重量。

「是啊，我真的很在乎他。」她無力的笑了笑，「可是，他卻沒有這樣想。」

連他都能感受得到她對李佑鈞的在乎，如果李佑鈞也能像他一樣就好了。

「所以，妳也要多在乎妳自己才行，不要為了在乎他的感受，卻把最重要的自己給忘了。」他輕聲地說。

忘了自己嗎？

她愣了一下，握緊的雙手因此鬆開，原本冰冷的掌心中取而代之的是他的溫暖。抬起頭，她和他的視線有了交會，他專注看著她，認真的說：「無論有多喜歡他，都還是要好好珍惜自己才行。不然，妳這樣會讓關心妳的人很擔心。」

他的聲音很輕，也很溫柔，語氣像是憐惜，卻又帶了一點責備在其中。忽然間，她的胸口傳來了一陣躁動，眼眶也跟著微微發熱了起來。

她突然覺得眼眶不再熱得讓她感到難受，而是溫暖的感覺，他的一字一句就像是一陣暖流淌入她的心底，溫柔包覆了她的傷口。

「咦？妳怎麼突然哭了？是不是我說錯了什麼話？」梁宥程見狀，整個人都慌張了起來，嚇得趕緊解釋，「語安，我不是在罵妳，我只是很擔心妳，看妳哭得這麼傷心，我也很難過。」

見他緊張成這樣，她忍不住笑出聲，抹去眼角的淚水，「我知道啦，謝謝你。」

他一定覺得她很莫名其妙，又哭又笑的，不知道在幹麼。可是，即便如此，她還是無法同時止住淚水和笑意，但她知道，此刻的眼淚不再是因為傷心難過了。

然而，原本已經逐漸好轉的心情，卻在回到家時頓時消失，徐語安怎樣也沒有想到李佑鈞竟然會在她家門前等她。

明明昨天都已經讓她那麼難堪了，她不知道他還特地跑來找她做什麼。不過，她現在還沒有做好面對他的心裡準備，因此一看見他，她就嚇得連再見都來不及跟梁宥程說，只想著快步走進屋內。可是，卻還是被他用力拉住。

「語安，妳為什麼都不接我電話？」李佑鈞劈頭就問。

為什麼？這還用得著問嗎？

「我們應該沒什麼好說的吧。你不要再來找我了，韻瑄會不開心，我也會很困擾。」徐語安甩開他的手，想要直接快步離開，下一秒卻被他擋住了去路。她的腳步踉蹌，不得不停下來。她抬起頭，不明白的看著眼前的他，「你要做什麼？」

李佑鈞看了她身後的梁宥程一眼，視線又回到徐語安身上，低聲問：「妳今天早上沒來上課，該不會一整天都跟他在一起吧？」

他像是在質問的口氣讓她聽了很不舒服，她撇過頭，悶悶的說：「這跟你沒關係吧。」

他們現在已經不是男女朋友了，他憑什麼干涉她和誰在一起？

「所以，妳現在的意思是，妳跟我分手的隔天就馬上跟別的男生在一起了？」

他的語氣中盡是滿滿的不開心，如果是以前的她，肯定會很緊張的立刻解釋清楚她和梁宥程只是普通朋友而已。可是，她現在就不想和他解釋，也覺得沒必要向他解釋。他憑什麼這麼質問她？而且，又有什麼立場來懷疑她？

「還是說，妳跟我在一起的時候就已經跟他在一起了吧？」見她不說話，他接著又問。

他在說什麼啊？她睜大雙眼，不可置信地看著他。

交往的時候，劈腿的人是誰難道他忘了嗎？難道他都忘了是誰先欺騙誰了嗎？

「語安，我真的沒有想到妳是這麼隨便的女生。」

徐語安整個人頓時僵住，李佑鈞看她的眼神裡充滿了失望。

隨便？她突然覺得自己的胸口湧上了一陣悶悶的感覺，甚至隱隱作痛了起來，眼前的他也跟著變得模糊。

這樣傷人的言語從他口中說出時感覺特別刺耳。他怎麼可以這樣說她？她從來沒有做過對不起他的事情。

「語安她才不是隨便的女生！」

這時，身後忽然傳來了梁宥程的聲音。她驚訝的轉過頭，這是她第一次聽見梁宥程這麼大聲說話，也是第一次看見他露出生氣的表情。

梁宥程將她拉到了他的身後，站李佑鈞面前，生氣的說：「語安一直對你那麼好，也很替你著想，可是你不但騙她，而且還傷害她，現在怎麼還可以說這種話？」

李佑鈞皺了皺眉，不悅地問：「這是我和語安之間的事，跟你沒有關係吧？」

「你們的事跟我沒關係沒錯，但是你欺負語安就是跟我有關係！」梁宥程大聲的說，他覺得自己根本就是氣到語無倫次了。

是啊，就像李佑鈞講的一樣，這件事跟他沒有關係，可是他就是不能眼睜睜看著徐語安被欺負。只要一想到徐語安那麼傷心，李佑鈞卻還講那種話來傷害她，他就很生氣。

「什麼？」

眼看梁宥程就快要跟李佑鈞吵起來，徐語安嚇得趕緊拉住他，拍拍他的手臂，安撫他：「宥程，好了好了，我沒事。」

「怎麼會沒事？妳都已經難過成那樣了，他怎麼還可以說這麼過分的話？不對的人明明是他，不是嗎？」

梁宥程的反應讓她不禁愣住。他是真的在生氣，而且是很生氣，他整張臉氣到都紅了起來，這讓她看了覺得很愧疚，不希望他因為她的事氣成這樣。

「沒關係，你不要生氣，讓我自己來說。」

梁宥程都這麼替她說話了，那身為當事人的她是不是也該說些什麼？說真的，她也快受不了總是把話悶在心裡的自己了。

「可是，妳……」梁宥程的聲音緩和了一些，卻多了幾分擔心。

他曾經鼓勵她把心裡的想法說出來，現在卻反而很擔心她會因此再度受到傷害。

她搖搖頭，然後轉身面對沉著一張臉的李佑鈞。

「佑鈞，你今天來找我有什麼事嗎？」她問，此時的情緒比剛才還要更平靜。

她想，她應該能好好說出自己現在最真實的想法吧。

李佑鈞看了梁宥程一眼，隨後撇過頭，低聲說：「他都說成那樣了，我想我現在應該已經沒什麼好說的了。」

「是嗎？但是，我有一些話想跟你說。」她微微勾起嘴角，坦然的說：「其實，我剛剛看到你的時候就只想著要逃跑，不過我現在突然很慶幸你今天來找我。」

意料之外的話讓李佑鈞錯愕的看向她，不太明白她所說的話。

「因為這樣，我才能真正對你死心。」她才會知道這樣的李佑鈞並不是一個值得她傷心難過的人。

「佑鈞，說真的，我也沒有想到你竟然是這種人。」

這是她留給他的最後一句話，也是現在心裡最深刻的想法。說完，她便頭也不回的拉著漸漸平靜下來的梁宥程進到屋裡，留下李佑鈞一人獨自在外頭。她不知道他聽完她說的話之後會是什麼表情，又會是什麼心情。

她不會知道，而且也不想知道了。

關上門，徐語安才終於鬆一口氣，正打算開口向梁宥程道謝，卻意外發現梁宥程的雙手竟然顫抖個不停。

「你怎麼在發抖？」她納悶的問。

「我……」他不知所措地搓了搓手指，卻依然止不住顫抖，吶吶的說：「我也不知道，可能是因為好久沒這麼生氣了。」

她一聽，不禁感到很歉疚。她輕輕握住了他正微微發抖的雙手，抱歉的說：「對不起。」

他搖搖頭，反握住她的手，「如果是因為妳就沒關係，所以妳不用擔心，也不要再為了他說的話難過了。」

胸口暖得發燙，徐語安再也壓抑不住在心中波動不已的情緒，她朝他伸出手，主動抱住了他。梁宥程愣了一下，隨後才緩緩舉起手，輕輕環住了她的肩膀。

此刻，不再只有胸口，她全身都能感受到他的溫暖以及他的溫柔，她捨不得就這樣放手。

然而，對梁宥程來說卻不是如此。

怎麼辦怎麼辦？現在不只是手在發抖，怎麼連心跳都不受控制狂跳著？他著急的心想，而同時，一道開門聲忽然闖入了他們之間，更讓他嚇了一大跳。

「咦？姊姊？」

徐語涵愣愣看著在門前相擁的兩個人，一度以為是自己看錯了，直到看見他們驚愕的眼神，她才完全反應過來。

「啊，抱歉，打擾你們了。」她揚起了笑，言不由衷地笑著說，心裡並沒有感到絲毫抱歉，然後在關上門之前，還不忘笑著提醒，「你們請繼續。」

「妳說什麼？」徐語涵大喊。

徐語涵突然提高的高分貝讓徐語安有些吃不消。徐語安皺了皺眉，沒好氣的說：「妳說話可不可以稍微小聲一點？」

然而，徐語涵依舊沒有要降低音量的意思，仍繼續用著她的大嗓門表達她的不滿：「那個王八蛋劈腿之後還敢跑來找妳？未免也太不要臉了吧？妳為什麼不早點跟我說啊？我可以去幫妳修理他啊！」

看著聽完她的話之後忿忿不平的徐語涵，徐語安無奈的說：「我就是怕妳跟別人吵架才不敢跟妳說。」

她太了解徐語涵的個性，她知道徐語涵肯定會為了替她爭一口氣去找人吵架。雖然生氣歸生氣，她還是不希望把場面鬧得太難看，也突然很慶幸徐語涵剛才撞見的不是他們在和李佑鈞說話的時候。

「可是，這種人就是欠罵啊，竟然同時跟兩個人在一起，還一副理所當然的樣子，噁不噁心啊？」

「算了啦，我自己也有不對的地方，當初沒有搞清楚狀況就和有女朋友的男生在一起。」

這也是她不敢告訴徐語涵的原因之一。

「妳哪有不對啊？錯的是騙人的渣男！」徐語涵撇撇嘴，然後朝空氣中揮了揮拳頭，不滿的說：「真是的，我剛剛在門口遇到他，竟然還很開心的跟他打招呼，我應該要先揍他個幾拳之後再進來的，乾脆我現在追出去揍他好了。」

「妳不要亂來啦！」徐語安嚇得抓住站起身的徐語涵，「沒關係，我已經沒事了。」

「妳就是每次什麼都沒關係，他才會吃定妳！妳跟他在一起的時候一定也是什麼都聽他的，對不對？」

被徐語涵說中了心事，徐語安愣了一下，鬆開手，吶吶的說：「我真的已經沒事了。」

「真的嗎？」徐語涵一臉不相信。

「因為……」徐語安看了一直安靜坐在身旁的人，指著他說：「因為宥程已經有替我出氣了。」

「喔，真的嗎？」徐語涵的注意力一下子就轉移到梁宥程身上。

正在喝水的梁宥程被徐語涵突然投來的熱烈目光嚇到，還差點被水嗆到。他緊張的吞下口中的水，驚慌失措的說：「沒、沒有啦，我沒幫上什麼忙。」

看到他積極否認的樣子，讓徐語涵覺得很有趣。

「可是，姊姊說你替她出氣耶，天哪，好想看你生氣的樣子喔。」徐語涵很難想像溫和的梁宥程生氣的模樣，她向梁宥程湊過去，一臉三八的說：「不然，你也對我發一下脾氣好了。」

「妳、妳在說什麼啊？」梁宥程脹紅了臉，嚇得立刻和她拉開距離，縮到徐語安身邊。

「快呀，我隨便你罵。」徐語涵不放棄的又向他靠近一點。

「我不要！」梁宥程現在的表情比看恐怖片的時候還絕望。

徐語安忍不住笑了起來，阻止徐語涵的舉動，「語涵，妳別再鬧他了啦。」

「誰叫他要這麼可愛？看了就忍不住想要玩他。」徐語涵哈哈大笑，就算在梁宥程面前，也毫不避諱承認自己確實在調戲他。

梁宥程撇撇嘴，低下頭，悶悶的摸著自己發燙的臉頰，覺得徐語涵根本比鬼還可怕。

「宥程。」

徐語安的聲音傳來，他抬起頭，看向身邊的徐語安，同時也意識到自己整個人都靠在她的身上，他嚇得趕緊挪開身體，緊張的說：「對不起！」

她笑了笑，沒有回應他的道歉，而是說：「謝謝你。」

在這一句道謝當中她不知道放了多少謝意在裡頭，從一開始的安慰與鼓勵，到後來的陪伴，還有剛才替她說話的時刻。不管是哪時候的他，總是那麼溫柔，給予她那麼多溫暖，她想，就算自己說了再多的謝謝都無法和他給予的相比吧。

她突如其來的道謝，讓梁宥程愣了一下，隨後傻傻的笑了起來，抓著頭髮笑著說：「不會啦。」

「喂，你怎麼對我和對姊姊的態度差那麼多啊？」

「我、我哪有？」

看著眼前的兩人，徐語安不禁更是笑了，也突然覺得這兩天哭得像世界末日的自己就像個白痴一樣。其實，沒必要為了一個根本不把自己放在心上的人那麼難過，因為在她的身邊還有更多關心她的人，不是嗎？

坐了一會兒之後，梁宥程便說他要回家了。

「你不留下來吃晚餐嗎？」徐語涵問，「我媽等等就會回來了。」

「不用了，我媽也會煮。而且，我也想回家看一下花生吃了沒。」梁宥程婉拒，他不敢說自己就是要在她們媽媽回來之前趕緊離開。要是她們的媽媽回到家看到一個不認識的男生坐在客廳，他不被質詢才怪，而且萬一媽媽的個性和徐語涵一模一樣，他一定會崩潰。

「好吧，如果是這樣就沒辦法了。」徐語涵撇撇嘴，沒有再繼續勸說。

徐語安接著站起身，說：「那我送你出去。」

「嗯。」梁宥程微微一笑，輕輕點頭。

等到他們再次來到屋外，李佑鈞已經離開了。沒有看見他的人影，而徐語涵仍待在屋內，此時只剩下她和梁宥程兩個人。

「今天真的很謝謝你。」站在機車旁，徐語安重複著今天不知道說了幾次的謝謝，因為很重要，也因為她是真心這麼想，所以她才一直說著。

「妳不要一直跟我說謝謝，這又沒什麼，而且我今天也很開心。」他戴上安全帽，「不過，剛才很生氣就是了，但現在又很開心了。」

「什麼跟什麼啊？變來變去的，你好奇怪喔。」她笑著說：「不過，我好像也是這樣。」

而他也跟著笑了。

「語安，明天需要我來接妳上課嗎？」

「不用了，我沒那麼嚴重，我明天就會乖乖去上課了。」她停頓了一下，「你也是，可不要就這樣蹺課上癮了。」

「我不會蹺課啦。」笑著給了不會再蹺課的承諾之後，他又問：「對了，我以後還可以找妳一起帶花生去散步嗎？」

「嗯，可以啊。」

以後她的時間都是自己的時間了，不需要再為了李佑鈞改變自己的生活作息。

「那妳以後還會像以前一樣常來圖書館嗎？」

她想了想，然後說：「只要有空堂的話，我就會過去。」

「真的嗎？太好了。」他一聽，又開心的笑了，「那我們就明天學校見，我先回家了。」

她微微一笑，「回家路上小心。」

她站在原地目送著他離開，直到他的身影完全消失，她才轉身回到屋子裡。

失戀後，徐語安發現她比自己想像中更快適應，生活步調很快就回到了最初，回到了暗戀著李佑鈞的時光。唯一不同的，是她的情緒已經不會再像從前一樣為了他而有所波動了，即使不小心在校園裡見到了李佑鈞的時候也是一樣。不過，這或許是對方看見她也都只是假裝不認識她的關係吧，因為他的冷淡，所以她才能變得如此淡然。

她並不知道他究竟是在生氣還是覺得尷尬，才假裝不認識她，她只知道當這段愛情走到了終點時，他們連朋友都做不成了。其實，這樣想想也挺悲哀的，多年的暗戀到了最後卻變成了這樣，如果當初她沒有那麼輕易回應他的告白，又或者是如果當時一察覺到不對勁時有多問一些什麼，而不是選擇逃避的話，也許他們現在就不會對彼此感到這麼難堪了吧？

然而，現在所說的也都只是如果，如果真的這麼做了之後會發生什麼事也很難講，而且時間也無法重來，所以她現在能做的也只是坦然接受當初的選擇而已。

當她漸漸釋懷了之後，時間的腳步似乎也跟著快了起來，轉眼間，時序進入了炎炎夏日，這學期也即將進入尾聲，來自期末報告和期末考的壓力隨之向她侵襲而來。

「妳還沒回到家嗎？」

手機螢幕上跳出了梁宥程傳來的訊息，徐語安不禁莞爾，立刻點開訊息回覆他，「嗯，因為剛剛在討論報告。」

「辛苦妳了，今天好像特別晚。」

即使只能透過手機螢幕交談，但她彷彿還能看見梁宥程皺著眉說話的模樣。

「沒辦法，期末到了就是這樣，一堆報告要趕。」她無奈的說，但卻止不住上揚的嘴角。

她常在想，或許沖淡悲傷的不是時間，而是梁宥程這些日子以來所給予的溫暖和溫柔，大概是因為當初她哭得一副快要世界末日一樣，他對她的關心從來沒少過，不僅是只有在感情方面，生活中有很多小事都能察覺到他的體貼，又或者是說他原本就是這樣了，只是從前的她沒有注意到而已。

當她的生活漸漸回到了最初的軌道上，雖然因此少了李佑鈞和林韻瑄，但卻多了更多的梁宥程。

「妳這樣會不會太累？明天還要帶花生去散步嗎？」

啊，除了梁宥程之外，還有花生。

「當然要啊，我們不是早就說好了嗎？而且，散步也是下午的事，我明天早上睡晚一點就好了。」

每個星期六帶花生去散步已經成了他們的例行公事，這天下午也在不知不覺當中成了徐語安最期待的時光，不會因為成了她的習慣而感到理所當然，而是因為成了彼此的習慣感到開心，打從心底的感到開心。

梁宥程發了一個開心灑花的貼圖，然後跟她說了一聲明天見，也提醒她騎車回家要小心。

嘴角邊的笑意又多了一些，她按著螢幕上的鍵盤，開心回覆，「嗯，明天見。」

怎麼辦？她現在就已經開始期待明天的到來了。

不同於平時討論完報告時的疲憊，徐語安現在的精神特別好，心情也很好，她輕哼著歌，騎在回家的路上。

現在已經晚上十點多了，路上的車潮減少了許多，她停在斑馬線的前方，等待著紅燈時間結束。當綠燈亮起，她便慢慢地往前方騎去，然而才剛騎到十字路口中間時，一陣刺耳的喇叭聲突然傳來。

她轉過頭，看見一輛來自顯示紅燈方向的汽車然竟直直朝她衝過來，她知道自己一定要快點躲開，不然肯定會被它撞上，可是手卻不聽使喚。

在這短短的幾秒鐘，她卻感覺好像經過了好久，她的腦海中閃過了許多關於過往的畫面，最後停留在了不久之前和梁宥程的訊息對話。

「明天見。」

然後，她的世界隨著這一道強烈的刺眼白光，瞬間變成了一片空白。

這已經是第三天了，徐語安出車禍後的第三天。

梁宥程坐在病床邊，身旁的儀器持續發出了規律且穩定的嗶嗶聲，他看著靜靜躺在病床上的徐語安，她的雙眼緊閉，臉上沒有絲毫血色，還必須依靠著呼吸器才行。

徐語安還沒清醒的日子就好像是一片空白，梁宥程感覺不到時間的流動，以往覺得一下子就走過的三天，到了這種時候卻變得如此漫長。

「語安，妳快點醒來好不好？妳爸媽他們還有語涵都一直在等妳，花生也一直在等妳帶牠去散步。」他看著徐語安，喃喃的說。

可是，回應他的卻只有單調的儀器聲響。說真的，這種聲音聽久了真的會讓人覺得煩躁，但這偏偏又是唯一能證明徐語安仍存在的聲音。

「還有，我也是，我也一直在等妳。」

他等了好幾天，一直都在等她清醒的那一刻。

說著說著，他感覺到自己的喉間頓時湧上了一陣微微乾澀，他覺得胸口好悶、好難受。

三天前的晚上，他本來只是想打電話給徐語安確認她是否已經平安回到家，然而她的手機一直處於關機狀態，無論打了多少通電話，他得到的都是制式的語音回應。在他的印象中，徐語安不曾關機過，她突然關機難免讓他開始擔心，於是他打電話給徐語涵，沒想到得到的卻是徐語涵哭著說姊姊出了嚴重車禍的消息。

他想，他永遠不會忘記那天晚上得知徐語安出車禍的那一瞬間，他真的覺得自己的心跳好像停了一樣。當他趕到醫院，看見在手術室外頭已經淚流滿面的三人，他才知道徐語安的情況比他想像中的還嚴重。

徐語安身受重傷，全身多處骨折，肺部也因此受損。他聽徐語涵說，徐語安剛送到醫院的時候狀況很緊急，甚至一度發生過心臟不適症狀，直到做了插管急救，情況才漸漸穩定了下來。然而，即使她脫離了危險期，但意識卻遲遲沒有恢復。

梁宥程希望她能快點恢復清醒，可是他又捨不得她醒過來之後所承受的。他不敢想像她清醒的那瞬間會有多痛，他光是用想的就覺得很痛，也很心疼，他甚至會想，如果那天晚上他不要和徐語安聊天，說不定徐語安就能錯過出車禍的那個時間點。

視線漸漸模糊了起來，梁宥程頓時一驚，趕緊揉了揉微微發熱的眼眶。

梁宥程，你哭什麼？語安又不是不會醒過來，只是還需要一點時間而已。

可是，無論他怎麼在心裡安撫自己，他都不能阻止越來越熱的眼眶，手指上頭甚至開始感覺到些微淚水的痕跡。

這時，身後突然傳來了開門聲，他回頭一看，看見是徐媽媽來了，他立刻站起身，將床邊的椅子讓給她。

「阿姨，午安。」他向徐媽媽打了一聲招呼，他這時才發現自己的聲音變得有點哽咽。

「午安。」徐媽媽朝他點點頭，聲音沙啞的說。她的面容憔悴，雙眼紅腫，哭過的痕跡依然殘留在她的臉上。

「阿姨，有需要幫忙的地方嗎？」他問。

「不用不用，你坐著就好。」徐媽媽說：「不過，同學，你今天不用上課嗎？」

「我今天的課只有上到早上而已。」

今天早上的課一結束，他就立刻從學校趕了過來，他也向圖書館請了假，想多花一點時間陪徐語安。

「這樣啊。」徐媽媽停頓了一會兒，然後問：「同學，我看你這三天都有來看語安，而且待的時間都還滿長的，你該不會是語安的男朋友吧？」

他一聽，連忙搖頭，「不是不是，我只是語安的朋友而已。」

「你們是大學同學嗎？」

他點點頭，「嗯，我是她的學長。」

徐媽媽點點頭，應了一聲，隨後從手提袋中拿出了一個空的水壺。

他見狀，立刻說：「阿姨，妳要裝水嗎？我幫妳。」

雖然只是一些微不足道的小事，但他還是希望能幫徐語安的家人分擔一些，希望能替徐語安做一些事。

「沒關係，我自己來就行了。」

「這種小事我來就好了，阿姨妳就留在這裡陪語安吧。」他把椅子往徐媽媽拉近，然後接過了她手中的水壺。

徐媽媽這才點點頭，「那就麻煩你了，謝謝。」

這三天，他和徐語安的父母親見過了幾次面，但前幾次他們都是在悲傷中，這還是他第一次和徐媽媽好好說話。

當他裝完水回到病房時，徐媽媽正坐在椅子上，靜靜看著徐語安。他走到她的身邊，發現徐媽媽正看著徐語安流眼淚，兩道明顯的淚水停留在她的臉上，他嚇了一跳，想開口說些什麼，不過徐媽媽已經察覺到了他的存在，率先開了口。

「同學，謝謝你，那個放旁邊就行了。」她邊說，邊抹去臉上的淚水。

「阿姨，妳還好嗎？」梁宥程擔心的問。

「沒事沒事。」她搖頭。

他知道徐媽媽並不像她所說的一樣沒事，但他現在也不知道該說什麼，只能給予安慰，「我相信語安一定會沒事的。」

徐媽媽停頓了一下，最後點點頭，「嗯，一定會沒事的。」

他們誰也都不再開口說話，只是任由沉默在他們之間蔓延，沉默在這樣的空間裡更顯沉重。

良久，梁宥程才開口，率先打破了這陣沉默，問：「阿姨，請問你們和肇事者的事情處理得怎麼樣？」

他只知道肇事者後來被帶去警察局做筆錄，至於後續的事他就不知道了。

「已經做完筆錄了，也調過行車紀錄器來看了，現在應該正在審理，不過詳細情況要問我先生，那邊都是他在處理。」她淡淡的說：「我不想再看到那個人，我怕我只要看到那個人就會失控。本來我們是要告他傷害，我可不想因為他弄到自己被告傷害。」

徐媽媽的心情梁宥程也能理解。徐語安出車禍那天，他也有看見那位肇事者，那個男生年紀很輕，看起來應該跟他們差不了幾歲，相較於徐語安的緊急狀況，他只受了一點輕微的皮肉傷，醉醺醺坐在一旁，一副事不關己的樣子。

明明做錯事的人是他，可是為什麼受罪的人卻是無辜的徐語安？她什麼錯都沒有，只不過是不湊巧在那個時間點經過那個地方而已。

要不是那天心痛和悲傷太過強烈，他或許也會像徐媽媽所說的一樣失控想打人。

而且，更讓他生氣的是，那個男生直到現在都還沒有好好向徐語安的家人道歉，甚至連來探望徐語安都沒有。

徐媽媽接著又說：「雖然他的父母來跟我們道歉好幾次，可是道歉有什麼用？又不是他們道了歉之後，語安就會馬上醒過來。」

她還說那個男生的父母說他們一定會負擔起徐語安所有的醫藥費，所以希望他們能私下和解，他們說他們兒子還年輕，不希望他留下太多的汙點。

梁宥程聽了，整個人傻住，怎麼會對已經傷心欲絕的父母說出這種話？

「當下聽到這種話真的是氣到不知道要說什麼？語涵還差點要跟他們打起來。」徐媽媽難過的說：「雖然同樣身為父母，我能理解他們的心情，但是他們說這種話難道都不會良心不安嗎？

難道我們家女兒的命就不是命嗎？他們說兒子還很年輕，我們語安也才二十歲而已，她好好騎在路上，結果竟然被他們的兒子撞成這樣。而且，他們有沒有想過語安萬一因此留下了什麼後遺症，她往後的人生該由誰負責？」

一想起當時的情況，她就越說越激動，連聲音也跟著微微顫抖了起來，「反正，他們想要和解也只是想減輕兒子的刑罰而已，既然他都敢酒後駕駛了，那麼該接受什麼樣的懲罰他就要自己去承擔。」

做錯事的人本來就是要有該承擔的責任，那什麼錯都沒有的徐語安為什麼又要承擔這些？看著徐語安，梁宥程就越覺得難過。

再說，這也已經不是負責和不負責的問題了，到頭來，所有的結果都是由徐語安和她的家人來承擔。

「但是，現在說了這麼多也無濟於事，我只希望語安能快點醒過來就好了。」徐媽媽最後深深嘆了一口氣。

梁宥程聽了，點頭應聲，「一定會的。」

現在最重要的是只要徐語安快點醒過來就好了。

第十五章　十五歲的情書

鐘聲響起，梁宥程放下筆，看著考試卷，他輕吁了一口氣，心裡覺得空蕩蕩的。

從那天到現在已經過了快兩個星期，甚至連期末考也結束了，可是徐語安卻還是遲遲沒有清醒過來。

「同學，時間已經到了，快點把考卷交上來。」

直到老師出聲提醒，他才恍然回過神，趕緊抓起考試卷起身往講台走去。

「宥程，你這幾天是怎麼了？總覺得你看起來好像很累的樣子。」準備要離開教室的時候，坐在後方的同班同學忽然問他。

「有嗎？」

「有啊，黑眼圈都跑出來了。」

「是喔。」他摸了摸眼睛下方，然後笑了笑，「可能是因為最近都在忙著準備考試和報告吧？好像都沒什麼睡到覺的感覺。」

「唉，期末考和期末報告這種東西本來就是隨緣嘛！那麼認真準備幹麼？」同學哈哈大笑，然後拍了拍他的肩膀，笑著說：「不過，現在已經放暑假了，你可以好好休息了。」

「嗯。」

明明已經放暑假了，但他卻一點都開心不起來，走在炙熱的烈陽下，他的腳步感覺特別沉重。

這一個多星期以來，他幾乎每天都會跑去醫院看徐語安，雖然在準備考試期間還這樣醫院、學校兩邊奔波很累，但他知道躺在病床的徐語安所承受的比他更辛苦，因此就算再累他還是沒有停止去醫院陪她。這段期間，他也經常在病房裡遇見徐媽媽，徐媽媽總是會和他說起關於徐語安以前的事，大多都是徐語安大學之前發生的事。他很開心能聽到這些回憶，讓他覺得自己好像更靠近徐語安一點了，但他更希望這些事情是由徐語安親口告訴他的，而且他也有好多話想跟徐語安說，他真的很希望能再次和徐語安說話的日子快點到來。

或許是因為考試結束之後的放鬆，睡意漸漸向他侵襲而來，他有些失神的走在校園裡，身旁忽然傳來了一陣笑鬧聲，他來不及閃躲，不小心和身邊的人有了碰撞。

「啊，對不起。」不小心撞到他的女生停止了笑鬧，轉頭向他道歉。

他回過神，轉頭回應，「沒關……」

然而，還來不及說出口的話在和女生身旁的人四目交會的同時倏的止住。

是李佑鈞。

他們視線交會的瞬間，李佑鈞的表情明顯愣了一下，但很快又恢復了平靜。他移開視線，看向身旁的女生，笑著說：「映萱，等妳考完試之後再打電話給我吧。」

「喔好啊，那我就先走了，學長拜拜。」她笑著朝李佑鈞揮揮手，又看了梁宥程一眼之後便笑著離開了。

看著她離開的背影，雖然知道跟自己沒關係，但梁宥程還是忍不住問：「你們在交往嗎？」

「這跟你沒關係吧？」

確實是跟他沒關係，梁宥程真不知道自己又在多管閒事什麼，他明明就不是這樣的人啊。

他看著李佑鈞，又想起了徐語安，大概是因為李佑鈞是徐語安曾經很喜歡的人，所以才會讓他那麼在意吧？

他突然有點慶幸徐語安沒有在這裡。

時間持續在流逝，身邊的人也依舊在改變，就連曾經很喜歡的人也是，但只有她一個人還停留在原地，她明明好不容易努力在慢慢走出來了，可是現在卻被迫留在原地。

「語安沒有跟你在一起嗎？」不知道為什麼，李佑鈞突然問起了徐語安，然後漫不經心的說：「我好像已經有一陣子沒有看到她了，她該不會是又蹺課了吧？奇怪，她以前明明就不是這樣子的啊。」

雖然知道他對於徐語安出車禍的事情並不知情，但聽到他用這種輕鬆的口氣問起徐語安的事還是讓梁宥程莫名的很不舒服，他不以為意的態度，就好像之前欺騙徐語安的事從來沒有發生過一樣。徐語安之前傷心難過的模樣他明明都知道，為什麼他現在還能表現得如此淡然？

此時，怒意湧上心頭，他生氣的問：「既然你這麼關心語安，那你之前見到她的時候為什麼都要假裝不認識？你不知道你這樣會讓語安很受傷嗎？」

「咦？我只是隨便問問而已，你反應那麼大幹麼？」

隨便？又是這兩個字。這兩個字讓梁宥程頓時焦躁了起來，他忍不住又問：「你真的有喜歡過語安嗎？」

「這跟你沒有關係吧？你管那麼多幹麼？這是我和語安之間的事吧。」李佑鈞看著他，不以為然，「再說，之前都是語安她自己心甘情願的跟我在一起的，如果不喜歡，她早就會拒絕我了，不信的話，你可以自己去問語安，她從來沒有拒絕過我。」

聽到這種話，再加上他不以為然的態度，梁宥程突然覺得一肚子火，再也控制不了的朝他伸出手，一把抓住了他的衣領。

「什麼叫心甘情願？語安就活該被你這樣欺負嗎？」

「你……」衣領被這樣猛然一抓，李佑鈞頓時有些喘不過氣，正要破口大罵的時候不禁愣住，莫名其妙地看著梁宥程，問：「你在哭什麼？」

梁宥程自己也愣了一下，回過神之後才意識到眼眶盈著淚水。

李佑鈞對待徐語安的態度讓他感到很生氣，也替被這樣對待的徐語安感到難過，可是他知道影響到他此刻的情緒更多的，是這些日子以來的不安還有無力。徐語安的狀況遲遲沒有好轉，這讓每天壓抑在心中的擔心和害怕都積壓成了無形的壓力而變得敏感，他的心理狀況並沒有他自己想像中的冷靜，所有的情緒一下子就因為李佑鈞的態度一口氣爆發。

可是，他現在到底是在幹麼？為什麼控制不了自己的情緒？為什麼要把自己不安的情緒發洩在別人身上？

當溫熱的淚水流過眼角，他失控的情緒才漸漸平復了下來。

「對不起，我不是故意的……」

他鬆開了手，低下頭，看著地面，地面隨後染上了濕潤的淚滴。

「但是，你真的有把語安當朋友的話，拜託你別再說這種話了，語安很多時候說沒事不代表她真的沒事，她只是不敢把心裡話說出來而已。」

而且，現在的她就連說沒事的機會都沒有了。

就算是她的違心之論也好，他真的好希望現在可以看見徐語安笑著跟他說沒事。

就在此時，他的手機忽然震動了起來，他拿出手機一看，是徐媽媽打來的。

發生什麼事了？

他突然感到很緊張，他連忙擦掉了眼淚，深呼吸了一回，想讓自己的情緒穩定一些，清了清喉嚨之後，才接起電話，「喂？阿姨，妳好，怎麼了嗎……咦？」

耳邊傳來了徐媽媽哽咽的聲音，他聽不太清楚她究竟在說什麼，半晌，他才終於從那些破碎的隻字片語中拼湊出徐媽媽想說的話。

「什、什麼？」

這瞬間，他覺得自己的心臟好像突然停了一樣。

炎熱的夏風在機車的快速行駛之下褪去了些許溫度，它不再熱得燙人，而是帶了一些涼意。

梁宥程騎著機車，在馬路上快速奔馳著，他從來沒有這麼著急過，這麼急著想要抵達一個地方，此刻的心情好像比徐語安出車禍那天更緊張。

剛才在電話中，徐媽媽哭著告訴他徐語安已經清醒了，要他快點來醫院。

經歷了十幾天的漫長等待，他終於等到了徐語安清醒的這一刻。

一想到這裡，他止不住激動情緒的波動，騎車的速度忍不住又加快了一些，想快點抵達醫院。他好想快點見到徐語安，好想快點聽到她的聲音。

在抵達醫院之後，他奔跑的腳步從未停下過。當他一打開病房，他更是忍不住放聲大喊著徐語安的名字。

「語安！」

這瞬間，房間內的所有視線全都集中到他的身上，他頓時一驚，才意識到自己的失態，他連忙低下頭，向病房的其他人被自己打擾道歉，然後快步走到徐語安的病床邊。

隨著腳步一步又一步的向前，來自左胸口的心跳聲越來越震耳。

在見到徐語安之前，徐媽媽紅著眼，小聲說：「語安現在還不太能動，也沒辦法說話。」

他點點頭，緊張的往床上一看。徐語安躺在病床上打點滴，臉色依舊蒼白，沒有血色，模樣很虛弱，而臉上仍罩著呼吸器，遮去了她的半張臉。唯一不同的是她的雙眼不再緊閉，而是半瞇著眼看他。

「語安……」

和她四目交會的瞬間，梁宥程的胸口就像是被什麼東西用力撞了一下，他的眼淚頓時潰堤，他不知道該怎麼描述此刻的心情，徐語安清醒過來明明是很讓人開心的事，可是為什麼他卻覺得心好痛？甚至比徐語安昏迷的時候還要更讓人難受。

看著哭到像是情緒崩潰的梁宥程，徐語安根本沒辦法安慰他，只能無力的看著他。

好痛……好累……

如果現在再次閉上眼，她一定會馬上再度昏睡過去，可是眼前的他卻讓她捨不得閉上眼，即使視線很模糊，她想多看看他，也想多看看媽媽，還有待會就會趕過來的爸爸和徐語涵。她忍著痛，靠意志力硬撐著意識，怎樣也不願意讓自己再度昏過去，誰知道要是又昏睡過去了，下一次醒來會是什麼時候？

不久之前，當她的視線從黑暗變成了一片白的瞬間，劇烈的疼痛立即向她襲來，疼痛從頭頂貫穿到腳底，在全身蔓延，她已經痛到身體感覺像是快散了一樣。或許昏睡對現在的她而言會比較舒服一點，但是此時待在她身邊的兩個人卻讓她改變了想法，不管身體有多痛，她說什麼也要硬撐著。

「語、語安，我真的好想妳，也好擔心妳……」

好久沒聽到他的聲音了，不知道是不是因為現在痛到快沒知覺了，她突然覺得他的聲音好不真實，要不是疼痛蔓延，她肯定會覺得自己在做夢。

他整個人哭到快喘不過氣，哭到連徐媽媽都看不下去，拍著他的肩膀安慰他，安撫著他崩潰的情緒。徐語安也好想摸摸他的頭，告訴他不要哭，告訴他自己已經沒事了，可是現在不論是朝他伸出手，還是開口說話，她就連發出一點聲音的力氣都沒有，現在連呼吸都讓她覺得好累、好痛。

「不過，幸好妳終於醒過來了，妳能醒過來真的是太好了……」他邊哭邊說，因為情緒太過激動而變得口齒不清。

看他哭得一把眼淚一把鼻涕的，甚至感覺臉好像都快變形了，徐語安覺得很無奈又好笑，真不知道他為什麼可以哭成這樣？

真是的，怎麼可以哭得這麼醜啊？

可是，奇怪的是，明明就覺得醜，為什麼她的心此刻卻暖得發燙？她覺得胸口好像是她現在唯一不會感到疼痛的地方。

雖然徐語安的意識恢復了，可是卻還是失去了健康的身體，也暫時失去了她的聲音，因為之前插管手術的影響，讓她的聲帶受了傷，暫時不能發出聲音。她只要一嘗試發出聲音，喉嚨就會傳來一陣劇烈的刺痛，讓她立刻打消說話的念頭。

恢復意識之前感到煎熬的是徐語安身邊的人，但在意識恢復之後才是徐語安艱難的開始，不斷纏繞在身體各處的疼痛就像是惡夢一樣揮之不去。尤其是當麻醉和止痛藥褪去之後，她變得更加難熬。

每當梁宥程看見她痛苦皺眉的表情，他就覺得很心疼，卻不能替她分擔什麼，只能默默陪著她去做復健。而現在也因為正值暑假期間，使得梁宥程能陪她的時間更長了，他每天都是在家裡早餐店結束營業之後就會來醫院陪她，常常就在醫院待到晚上才離開。他的陪伴總是讓她感到很窩心，也很感謝，他是除了家人之外，唯一願意一直陪在她身邊的人。然而卻也因為如此，同時讓她感到很抱歉，他為了她不知道已經犧牲掉了多少時間，她不希望他的暑假全都浪費在待在醫院裡。

她沒辦法說話，只能用唇語和他說對不起。

「不要再跟我說對不起了啦，我反而還怕我每天來妳會嫌煩。」面對她無聲的道歉，他總是笑著這麼回答她。

儘管如此溫柔的話無法完全消除掉她心中的愧疚感，卻溫暖包覆住了她的傷痛，無論是之前李佑鈞帶來的傷害還是車禍之後所有的傷口，他都毫不猶豫地給予溫暖。她想，梁宥程大概是除了家人之外，對她最好的人了吧？

「現在最讓我開心的事，就是可以看到妳每天一點一點的好起來。」他沿著床邊蹲下身，溫柔看著坐在病床上的她，輕輕笑著說：「而且，我現在最期待的，就是能快點聽到語安妳的聲音，雖然這樣說對阿姨他們不太好意思，但我想當第一個聽到妳聲音的人。」

當他說完，她的心底頓時一陣蕩漾，這樣溫柔的人她怎麼可能不心動？

她欲言又止的開了口，她的模樣看起來像是有什麼話想說，梁宥程原本以為她要說話了，然而半晌過後，她什麼話也沒說，只是無聲的又閉上嘴巴，迴盪在他們之間的，僅有來自窗外的蟬鳴聲。

果然還是不行嗎？

梁宥程看著低下頭的徐語安，心裡有點失望，但很快又揚起笑，鼓勵她，「語安，慢慢來吧，總有一天妳的聲音一定會恢復的。」

抬起頭，她欲言又止的看著他一會兒，最後才輕輕點頭。

每一天都在難熬的復健中度過，炎熱的夏天漸漸走遠。隨著夏天的腳步離去，新學期緊接著到來，雖然身體還沒有復原到能夠回學校上課，但徐語安的身體狀況已經好轉許多，她不再像過去一樣大多數的時間都只能待在病床上。然而，她的聲音狀況卻遲遲沒有復原，自從徐語安出車禍之後，他們就再也沒有聽過徐語安的聲音。

「語安，現在還是沒辦法講話嗎？」徐媽媽擔心地問。

徐語安沒有馬上回應，而是先停頓了一下，然後才搖搖頭，用唇語說了一聲對不起。

「沒關係，不用說對不起，我們慢慢來就好。」徐媽媽輕拍了拍她的手，微笑的說。

看著媽媽溫柔莞爾的模樣，她低下頭，視線落到了媽媽溫暖的手上，罪惡感湧上了心頭。

「真是的，怎麼才剛開學作業就這麼多啊？我明明就沒選什麼課。」在病床邊的椅子坐下，梁宥程忍不住開始和徐語安抱怨起學校的事，只要一想起那些還沒做完的作業，他就感到一陣無力，但奇怪的是，只要他看見徐語安認真聽他說話的模樣，這種感覺很快就會消失。

果然還是這裡才會讓他有一種鬆了一口氣的感覺，雖然空氣中瀰漫著藥水味，但待在徐語安身邊總是會讓他能放鬆，尤其是能夠看見日漸好轉的徐語安，這樣感覺又變得更是明顯。

只不過，這樣的他看在徐語安眼裡並不會讓她這麼想，她只覺得抱歉和愧疚。

每天學校和醫院兩邊跑果然還是很累吧？她皺起眉心想。

梁宥程察覺到了她表情上的抱歉神情，他連忙笑著說：「妳不要用那種表情看我，就算上課很累，我還是一樣會來。比起去學校上課和做作業，我更喜歡待在這裡。」

真是個笨蛋，哪有人說比較喜歡待在醫院的啊？

她一聽，不禁無奈心想。不過，如果他知道她此刻心裡在想什麼的話，他肯定會笑著回答她，「因為有妳在啊。」之類的話吧？

思緒至此，她的臉頓時一熱，害羞低下了頭，用力甩了甩頭。

徐語安，妳現在是在想什麼東西啊？自己想這種話害不害羞啊？

「語安，妳怎麼了？頭暈嗎？」看著她的怪異反應，他忍不住問。

她緊張得立刻用力搖頭，絕對不能讓梁宥程知道剛才她在想什麼。

「是嗎？如果不舒服的話一定要跟我講。啊對了，我幫妳帶了一點吃的東西過來，我買了皮蛋瘦肉粥還有雞蓉玉米粥兩種，妳想吃哪一種？」他邊說邊拿起剛才一起提進病房的手提袋，小心翼翼放到腿上。

她對吃的沒什麼意見，只要是梁宥程買的都好。

他抬頭看了她一眼，隨後笑瞇了眼，「喔，妳現在是不是在想，只要是我買的就都喜歡？」

咦？

當心裡正在想的事被說中，她的雙頰頓時一熱，下意識搖頭否認。

他見狀，立刻哈哈大笑了起來，「看妳否認得這麼乾脆，果然是被我說中了吧。」

她一聽，馬上停下了動作，不知道該怎麼反駁他，只是紅著臉看他。

即使沒有說話，但隨著在一起的日子越來越長，梁宥程越來越能從她的表情中猜出她在想什麼，只不過他有時候猜測得太過精準，一下子就說中了她的心事，常常會讓她害羞得不知道該如何是好，就像剛才那樣。

「既然這樣的話，那妳兩種都先吃吃看吧，看妳比較喜歡哪一種？比較不喜歡的那個再給我就好了。」他邊說邊拿掉了紙碗上的塑膠蓋，想要把兩碗熱粥都端到她床邊的小桌子上。

可是，他並不是端著碗的下緣，而是直接抓著碗最上方的兩側，熱粥的溫度讓他的手微微顫抖，他這種拿法讓徐語安看得膽顫心驚，很怕他會被燙到。就在她才剛這麼想完的瞬間，他忽然一個沒有拿穩，眼看裝著熱粥的碗就要滑落。

「小心！」她頓時一驚，下意識地叫了出聲。

所幸，他很快就拿穩了碗，沒有整碗打翻，只撒出了一點熱粥而已，但是卻灑落在他的手上。

她心急的看著他，心裡太過著急，她忍不住又擔心的開口問：「還好嗎？」

「沒事沒事，擦一擦就好了。」他趕緊放下碗，然後抽了幾張面紙，擦掉手上灼熱的痕跡，也趕緊擦拭著不小心被他弄髒的床單，忽然間，他停下了手的動作，愣愣抬起頭，驚訝的問：「語安，妳可以說話了？」

剛才的一切發生得太過自然，使得他沒有在當下察覺到。雖然聲音變得不太一樣，不再是細細軟軟的娃娃音，但他很確定那是徐語安發出來的聲音。

徐語安愣了一下，隨後撇過頭，沒有回答他。

他不能理解她此刻的反應，但她能說話的事還是讓他感到開心，他立刻把皮蛋瘦肉粥的事拋到腦後，趕緊拿出手機，「我現在得快點通知阿姨他們才行。」

然而，下一秒，拿著手機的手卻被她拉住。

「怎麼了？」他納悶地問。

她沒有說話，只是按住他的手，朝他搖搖頭，不願意讓他打電話。

「為什麼？」他不明白的問：「妳現在能講話了，阿姨他們知道一定會很高興，而且還得請醫生趕快檢查一下才行。」

然而，她卻只是依舊搖頭不語。

她的反應真的很奇怪。梁宥程想了想，最後放下了手機，沿著床邊蹲下，抬起頭看著她，輕聲問：「語安，發生什麼事了嗎？」

她欲言又止的開了口，可是卻遲遲沒有發出任何聲音。

梁宥程感覺得出來她有話想說，於是向她靠近一些，輕聲說：「妳慢慢講沒關係，我會聽妳講完。」

她看著梁宥程許久，最後才緩緩開了口，「其實……」

剛才發生得太過突然，他沒有仔細去聽她的聲音，當此刻冷靜下來，他才能好好去聽她的聲音以及她想說什麼。只不過，太久沒有聽見她的聲音，他突然覺得很陌生，而且她的聲音真的變得不太一樣了。

「我……在一個月前……就可以講話了，可是我的……聲音變得很奇怪……」她艱難且緩慢的說，表情很難受，但更讓她難受的是她的聲音竟然變得很奇怪，甚至變得比以前更奇怪。

其實，早在一個月前左右，她就已經可以發出一些簡單的聲音，然而卻也是在那時候，她發現她的聲音變得和以前不太一樣了。她的聲音本來就已經很奇怪了，現在因為車禍變得更奇怪，奇怪到連她自己都聽不下去，使得她根本就不敢開口說話。娃娃音的本質並沒有完全消失，但聲音裡頭多了一點沙啞，兩種截然不同的音調參雜在一起，讓她的聲音變得很詭異，而且還會不時變成了斷斷續續的氣音，有些字她根本發不出聲音，感覺就好像是壞掉的老舊樂器一樣。

她真的很怕一開口，旁人就會用奇怪的眼神看她，甚至是嘲笑她。

她低下頭，吶吶的說：「我……不想被笑。」

他皺起了眉，「都什麼時候了，妳怎麼還在擔心這種事情？」

原來，她不是沒辦法說話，而是不願意開口說話。

然而，他的這番話卻讓徐語安的頭變得更低，她低著頭的側臉看起來很難過，他才意識到自己下意識說出口的話已經傷到她了。他在幹麼啊？為什麼要把話說得這麼輕鬆，他明明比誰都還要清楚知道，她一直都很在意旁人對她的聲音的看法，也很怕會因為聲音而被嘲笑。

他很心疼不敢說話的徐語安，但同時又感到很失望，他問：「就算這樣好了，但妳連我都不相信嗎？在妳心中，我也是那種會笑妳的人嗎？」

她低下頭，沒有說話，更沒有搖頭或點頭來回答他。其實，她這樣的反應看在梁宥程的眼裡，讓他覺得很難過，雖然他無法體會徐語安之前因為聲音被欺負嘲笑的心情，也不曾經歷過說話總是在看旁人反應的不知所措，但在他的心裡從來都沒有半點嘲笑她聲音的想法存在。然而，卻也是因為無法體會，所以他更不知道該怎麼幫她才好。

沉默在他們之間蔓延，半晌，他輕嘆了一口氣，揚起微笑，「沒關係，我們慢慢來就好。妳肚子餓了吧？我們先吃點東西吧。」

良久，她才輕輕點頭，低應了一聲。

「給妳。」他遞了一支湯匙給她，「小心燙，慢慢吃。」

她接過湯匙，盯著手裡的湯匙許久，然後才小聲地說：「謝謝……」

他不知道當她說出這句謝謝時究竟是要鼓起多大的勇氣，聽著變得和之前不一樣的嗓音，他的喉嚨間突然湧上了一陣酸楚，他覺得心裡好難受。

直到此時，他才明白就算身體上的外傷都漸漸康復了，但她心裡的傷口其實一直都還在，從來沒有癒合過。

昨天晚上梁宥程陪她吃完飯離開之後，她的世界再次陷入了沉默。

徐語安以前總是在想，如果自己的聲音能夠改變的話，那該有多好？可是，如今她的聲音改變了，不再是不符合年齡的娃娃音，但她卻反而開始懷念以前的聲音，懷念以前比較沒那麼奇怪的聲音。

比起以前，她現在變得更害怕說話，或許是因為已經習慣娃娃音時期所受到的嘲笑，即使不習慣在陌生人面前開口說話，但她早已能預料旁人聽見她的聲音時會有的反應，當有這樣的預期心理時，承受的傷害就會稍微降低一點，可是她從來沒有用過這麼奇怪的聲音在別人面前說過話，她很擔心旁人的反應。

「在妳心中，我也是那種會笑妳的人嗎？」

當她看見梁宥程失望的受傷表情時，她的心裡也很難過，也知道自己當下沉默不語的反應已經間接傷害到他了。她當然知道梁宥程不是那種會嘲笑她的人，她卻遲遲跨不過心裡的那一關，她只要一想要開口說話，就會想起之前被嘲笑捉弄的回憶，她不是不信任梁宥程，甚至是媽媽他們，她只是不信任她自己而已，不信任自己有勇氣去承擔可能會面臨的嘲笑。

「語安，媽媽要先去郵局辦一點事，妳一個人可以嗎？」徐媽媽問。

她沒有說話，只是朝媽媽點了一下頭。

徐媽媽摸了摸她的頭髮，柔聲的說：「我很快就回來，有事就打電話給我。」

目送媽媽離開病房，她轉過頭，看向窗外的天空，今天的天氣很晴朗，天空一片蔚藍，可是她的心情卻很沉重，怎樣也輕鬆不起來。

今天郵局人可能特別多，媽媽已經去了兩個多小時了都還沒有回來，獨自一人待在病房裡的時候，總會感覺時間過得特別慢。直到時間悄悄的走到了下午三點，她突然聽見了開門的聲響，她原以為是媽媽回來了，沒想到從門外走了進來的人是梁宥程，當他們四目交會的同時，他揚起了笑。

「語安，妳一個人啊？阿姨不在嗎？」他邊問，邊走到她的床邊坐下，他看起來就像平常一樣，和昨天離開之前的落寞模樣截然不同，好像昨天什麼事都沒發生似的。

然而，面對如此輕鬆的他，她卻覺得很歉疚。她想和他道歉，可是又不知道該怎麼說起才好，只是點頭不語。

「太好了，幸好阿姨不在，不然我還真不知道該怎麼開口才好。」他四處張望，隨後笑著拍了拍自己的胸口，像是鬆了一口氣。

「咦？」她納悶看著他，難道他有什麼祕密是不能讓媽媽知道的嗎？

看出了她表情中的困惑，他揚起笑，「其實啊，我今天有一件很重要的事想跟妳說。」

「重要的事……？」

「嗯，很重要的事。」他微微一笑，向她湊近了一些，輕聲問：「語安，妳還記得我國中的時候被同學欺負，妳曾經救過我的那次嗎？」

她愣了一下，不明白他為什麼會突然提起這個，但隨後還是點點頭，表示自己還記得。

他笑了笑，接著又問：「那妳還記得妳國二那一年，學校畢業典禮前一天，我曾經在學校走廊上叫住妳的事嗎？」

這次，她是真的愣住了。

他曾經在走廊上叫住她嗎？她微微皺起眉，無法在過往的記憶中找尋到相關的回憶片段。

「沒有印象很正常，畢竟我們當時還不認識。」她皺眉困惑的模樣早已在他的預料之中，他知道她肯定是不記得了，於是向她解釋，「其實，那時候我是想把這個交給妳。」

他邊說，邊從背包中拿出了一封信，這封信看起來應該是寫了一段時間了，信封袋上頭有著許多摺疊過的痕跡，拆封處貼著一張黃色的笑臉貼紙，唯有這張貼紙看起來感覺是新的。

「可是，那時候我卻因為緊張，什麼話都沒說就逃走了，然後隔天我也畢業了。在我離開學校之後，我就一直沒機會把它交給妳，後來過了好幾年，我本來也忘了它的存在，直到去年遇見妳才讓我再次想起它。」他斂下眼，看著以前交不出去的情書，然後又抬眸看向徐語安，說：「雖然妳可能會覺得有點莫名其妙，但我還是希望妳能收下這封信。」

他昨天想了很久，不知道該怎麼鼓勵不敢說話的徐語安才好，突然想到了這封情書，想起了他過去寫在情書中的一字一句，雖然會有點突然，但他覺得這或許是現在最好的方法了。

不過，那時候的他肯定不會想到這封送不出去的情書竟然會在六年後才交到了收件人手上。

徐語安伸出手，小心翼翼接過信封，她翻到背面一看，卻發現沒有寫收件人，只有在信封的右下角寫上了「三年六班，梁宥程」幾個字。

「我那時候還不知道妳的名字，所以就沒有署名了。」

她點點頭，又把信封轉回正面，問：「我真的可以開嗎？」

「妳本來就是收件人。」他微微一笑，即使表面笑得坦然，但心裡卻還是不自覺的緊張了起來，彷彿回到了十五歲在走廊上叫住她的那時候，只不過他知道這次自己不會再逃跑了，因為他不只要把這封信交給她而已，他還有好多心裡話想告訴她。

徐語安小心翼翼拆開了信封的黏貼處，信封裡放了一張白色的信紙，這張信紙看起來皺巴巴的，而且邊緣也已經開始有些泛黃，歲月走過的痕跡都停留在了上頭。

「妳好，我是三年六班的梁宥程。」

看著信紙上頭的開頭，徐語安突然有一種好不可思議的感覺，心裡頓時一陣蕩漾，字跡裡還流漏著青澀的痕跡，他說這是來自十五歲的情書，被他遺忘在青春中的情書。

儘管她依然記得當年他們相遇的場景，可是卻是在他提醒之後，她才知道原來那個男生就是他。那年，他十五歲，而她十四歲，他們在一場大雨中相遇，但她沒有將他特別放在心上，只有他惦記著那些日子的曾經。

透過這一封來自過去的情書，她開始細讀著曾被她遺忘的曾經……

妳好，我是三年六班的梁宥程。

突然寫這封信給妳，妳一定會覺得我很莫名其妙，希望妳不會被我嚇到才好，不過妳不用擔心，我並不是什麼奇怪的人，只是一個想和妳說謝謝的人而已。其實，我是想和妳向那天幫我的事道謝，可是我想了很久，因為我很容易結巴，而且很容易一緊張就變得連話都說不好，所以我還是覺得比起親口對妳說謝謝，寫這封信更能表達我想說的話，希望妳不要介意，也不要覺得我很奇怪才好。

其實，我一直都很討厭下雨天，因為在下雨的日子裡我總是看不見任何光亮，陰沉沉的天空和潮濕鬱悶的空氣總是會讓我想起一些很不好的事，可是遇見妳的那個雨天卻給了我截然不同的感覺，我第一次不再因為雨天而感到沉悶。所以，真的很謝謝妳願意替我解圍，如果那時候妳沒有出現幫我的話，他們恐怕就不會那麼輕易放過我，可是我那天因為太害怕了，我竟然忘了要好好跟妳說謝謝，對不起，拖了這麼久才向妳道謝，也知道現在說了再多謝謝都比不上當下的一句謝謝，但是我對妳的感謝是真心的，真的、真的很謝謝妳。還有，我那天說自己耳朵好痛並不是因為妳的關係，我也不知道自己當下為什麼會說出那種話，我一定是被他們打傻了才會亂講話，其實我覺得妳的聲音很可愛，我很喜歡妳的聲音，就好像是天使的聲音一樣，就是有妳，我才能得救，對我來說，妳真的就像是天使一樣，雖然那天的空氣依舊潮濕得讓人煩悶、天空也依然一片灰濛，但由於妳的出現，讓我感覺好像看見了明亮。

最後我想說的是，其實我已經注意妳好久了，我最初寫這封信的時候本來只是想跟妳說謝謝而已，可是當看著妳的日子久了，我就漸漸發現我想說的不只是謝謝而已，我從來沒有向人告白過，並不知道什麼樣子的話才算是浪漫的告白，我能想得到的唯一一句話就是，我喜歡妳。

我喜歡妳。

雖然在告白之後才問這種問題好像有點太慢了，但如果可以的話，能讓我知道妳的名字嗎？可不可以讓我喜歡妳？

情。

P.S.我真的不是什麼奇怪的人。

梁宥程　筆

看到最後一段，徐語安不禁愣了一下，她從來不知道那時候的梁宥程對她竟然會有這樣的心情。

然而，最後的署名卻讓驚訝的她忍不住莞爾，突然覺得這的確很像梁宥程會寫的情書。

見她輕輕地笑了，他感到很緊張，連忙問：「我寫得是不是很蠢啊？」

他當初寫的時候就覺得有點奇怪了，昨晚在封信之前他又讀了一遍，感覺似乎變得更奇怪了，可是他卻不想修改，想把當初的心意完整讓她知道。

「不會，很可愛。」抬起頭，她看著身旁表情像是頓時鬆了一口氣的他，不禁問：「不過，這該不會就是你曾經說過忘記要給的……情書吧？」

看完這封信的同時，她忽然想起他們過去曾經爭論過，究竟是直接告白還是寫情書比較能表達心意的事情。

「妳知道這世上有種東西叫『情書』嗎？」

「拜託，現在都什麼年代了？哪有人在寫情書的啊？」

「總比妳什麼都說不出口好吧？」

「那你把情書給你喜歡的人了嗎？」

「……還沒。」

「那還不是跟我一樣？」

「不一樣！我不是不給她，只是忘了給而已。」

「最好是會忘了。」

他愣了一下，隨後不好意思的笑了起來，「是啊，這就是我說的那封情書，雖然內容寫得有點蠢，但都是我心裡最真實的想法。我國中畢業時最大的遺憾，就是沒有趕在畢業之前把這封情書交給妳，好好向妳道謝。」

本該是在十五歲就交出去的情書，他原本甚至已經做好一輩子都不會交出去的心理準備。可是昨天的事卻讓他的想法有了改變，如果她擔心他會嘲笑她，那他就要讓她知道他從國中時遇見她的想法，以及對她的心意。他想讓她知道他不是那種會嘲笑她聲音的人，而是很喜歡她和她的聲音的人。

「對不起，那時候的我什麼都不知道。」

「不要說對不起，是我自己沒有好好表達出來。」他搖搖頭，停頓了一下，接著又說：「不過，我現在反而很慶幸我那時候逃跑了。」

什麼意思？她不明白地看著他。

「雖然聽起來很像藉口，但就是這樣，我現在才有機會把這封情書交給妳。比起那時候，我覺得現在會更有意義。」他微微一笑，坦然笑著說：「其實，我想跟妳說的是，我從國中開始就很喜歡妳的聲音了，直到現在我都還是這麼想，不只是因為那是救了我的聲音，而是真的覺得妳的聲音很可愛，從來沒有嘲笑妳的想法。」

如果藏在這封情書的心意能夠跨越時空，走進她的心裡就好了。

徐語安聽著他的話，心裡的歉疚變得更是強烈。原來，他是因為想向她證明這一點才特地把這封情書交給她的。

她昨天的沉默不語果然讓他很在意，他肯定認為她的沉默就是默認，可是她並不是那個意思，她只是害怕而已。

「語安，就算妳現在的聲音改變了，但依然是妳的聲音，我的想法也不會改變。」他專注看著她：「就像這封情書裡寫的一樣。」

這瞬間，她的胸口頓時傳來一陣緊縮，看著表情很認真的他，她突然有那麼一瞬間就好像是忘了要怎麼呼吸似的，有一種身處在夢境的不真實感，直到急促強烈的躁動聲從左胸口傳來，她才有了回到現實的感覺。

她知道此刻的心動不是在做夢，而是真實存在著。曾幾何時，梁宥程所說的話總是能輕易淌入她的心中，他的每一字每一句總會勾起她心裡最深處的情緒，無論是悲傷的回憶也好，還是疼痛的過往也好，他都會用最溫柔的方式包覆住了她的傷口，就如同此刻來自手中的溫暖一樣，她不再感到疼痛，而是最深刻的溫暖。

「我知道妳現在可能還不太能適應現在的聲音，但是沒關係，我會陪妳直到妳完全適應妳的聲音為止。」

直到適應自己的聲音為止嗎？然而，這究竟需要多久的時間？

她低下頭，吶吶的說：「可是，我覺得我做不到……」

這種事情她連想都不用想，就算經過了這麼多年的聲音，她也依然無法適應自己與眾不同的聲音，更何況她現在的聲音因為突如其來的車禍而變得更奇怪了，這是要她怎麼去接受自己變得越來越奇怪的聲音？即使有他溫柔的陪伴，她依然覺得自己還是沒有足夠的信心去做到像他所說的接受自己的聲音。

然而，身為旁人的他竟然比她這個當事人還要有信心。

「可以的！」他立刻替她接話，充滿信心，「我相信妳一定可以的！」

她覺得很錯愕，沒好氣的說：「你怎麼會這麼有自信啊？你應該多少能感覺得出來吧？我一直都很討厭我的聲音，以前甚至還討厭到希望它能消失的地步。」

她想起了以前被欺負嘲笑時的心情，那時候的她總是恨不得她的聲音可以徹底消失，沒辦法說話也無所謂，只要沒了她這種奇怪的娃娃音，她就可以逃離那些紛擾。

她曾經是這麼認為的，明明曾經是這麼認為的。

「宥程，你有聽過《人魚公主》的故事嗎？」她接著又問。

他微微偏過頭，想了想，然後問：「妳是說人魚公主用聲音去換雙腳，然後上岸找王子的童話故事嗎？」

她點點頭，緩緩說：「你可能會覺得我很奇怪，但其實我以前一直都很羨慕人魚公主。」

「羨慕？」他一臉納悶。

「雖然在故事裡，人魚公主失去她的聲音不是什麼好事，但是我還是很羨慕她，我那時候好希望自己能像她一樣用聲音去做交換，她換成了雙腳，而我想換成不會被嘲笑的平靜生活。」她說，視線落到受了傷的雙腳上，「不過，我怎樣也沒想到自己竟然是用雙腳去換掉了我很討厭的聲音。」

她的聲音變了，可是健康的雙腳也沒了，雖然受傷的雙腳可以靠復健慢慢恢復，但會留下什麼後遺症也很難說。

「明明曾經是那樣羨慕著，但直到事情發生了以後，我才體會到曾經有過這種想法的我真的好蠢。」她的聲音突然變得哽咽，直到此刻，她才終於說出了一直埋藏在心底連她自己都搞不清楚的複雜心情。

雖然她很討厭自己的聲音沒錯，可是當她失去了她討厭的聲音時，她卻又變得難以適應，甚至是無法接受，矛盾的心情使她變得害怕開口說話。

她的話讓他聽了很心疼，他輕輕覆上了她拿著情書的手，溫柔握住了她微微顫抖的雙手，莞爾地看著她，輕聲說：「那麼從現在開始，妳就不要再相信童話裡的巫婆了，就相信我吧。」

「妳對自己沒自信沒關係，但妳就稍微對我有一點信心吧。」

短短一句話卻用力敲進了她的心底，努力壓抑著心底的悸動，她的眼眶微微發熱了起來。

她愣愣抬起頭看他，他明亮的雙眼直直地看著她，眼神專注且認真，沒有絲毫遲疑，讓她能感受到他所說的那些話都是發自內心，並不是在騙她。

「語安，妳身上的傷，我會陪著妳復健直到妳完全癒合為止，而妳心裡的傷我也會陪妳走過，不管需要多久的時間，我都會陪妳。」他莞爾，「而且，我會讓妳明白妳的聲音有多麼重要，所以妳就別再說討厭自己的聲音了。因為，妳的聲音不只是救了我，也救了妳自己啊。」

「什麼救了我？」她不明白他所謂的救了她自己是什麼意思。

他伸手輕輕撫上了她的眼角，想在眼淚掉落之前阻止，他深深地看著她，輕聲地說：「雖然聲音改變了，但也是因為當初插管緊急開刀才讓妳穩定了下來不是嗎？換個角度來想，不就是妳的聲音救了妳一命嗎？」

溫柔的一字一句讓她再也壓抑不住自己的情緒，忍不住哭了起來，這段沉默的日子所承受的壓力也同時宣洩了出來，她崩潰的哭著，根本止不住眼淚。

他真的是一個好溫柔的人，不管發生了什麼事，總是有辦法溫柔安撫她的情緒，讓她知道自己的價值。

他沒有說話，只是給了她一個溫暖的擁抱，他把所有的溫柔全都放進了這個擁抱當中，沒有言語，可是她卻輕易感受到了他所有的溫柔。

面對他所給予的溫暖，她的胸口裡暖得像是要滿溢而出，她哭著說：「宥程，對不起，真的很對不起……」

「為什麼要說對不起？妳又沒做錯事。」

「你明明就這麼替我想，但我卻什麼都不跟你說。」她抽抽噎噎的說：「我不是故意要隱瞞你，也不是怕你會笑我，我只是害怕而已。」

「我知道，我都知道。」他輕輕拍了拍她的背，任由她去宣洩情緒，但最後還是忍不住笑了起來，「真是的，怎麼哭成這樣啊？」

「還不都是你害的……」她哽咽地說：「誰叫你沒事對我這麼好幹麼？」

從一開始的陪伴到剛才所給的承諾，他總是能讓她深刻地感受到他對她的好。

「我才不是沒事對妳好，而是真心的想對妳好。」他輕笑著，覺得說出這種話的她很可愛，「其實，我在剛開始遇見妳的時候，我一直覺得我欠了妳一份好大的人情，所以只要是我能幫的，我都想為妳做好。」

她國中的時候幫助身為陌生人的他的事，他一直惦記在心上，總想著將來有一天一定要把這份人情還給她。然後，就這樣過了好幾年，直到上了大學，他才無意間在校園裡遇見她，即使她對他一點印象都沒有了，但他仍記得自己當初要還的人情，起初他確實是因為懷有這樣的想法才對她好。

「但我後來發現其實我就像這封情書所寫的一樣。」

可是，隨著和她相處時間越來越長，他才明白這份心意中不再是只有最純粹的謝意，還有更多的是因為她而有的悸動。

他看見她笑，心情就會跟著好起來；他看見她哭，心裡就會很難受、很心疼；看見她被欺負的時候，他就會生氣，想要替她出一口氣。曾幾何時開始，他心裡想的全都是關於她的事，就像是回到了十五歲那年，回到了初戀萌芽的時候。

不過，這次他不會再逃跑了。

他抿了抿唇，停頓了一下，然後輕聲地說：「全都是因為我喜歡妳。」

第十六章　給你的第一封情書

「語安，歡迎回家。」

空氣中瀰漫著不再是刺鼻的藥水味，徐語安站在敞開的家門前，看著熟悉卻許久不見的室內擺設，心底頓時感到一陣踏實。在度過了她人生中最漫長的夏天之後，並在秋天的腳步離開之前，在媽媽和梁宥程的陪同下，徐語安離開待了將近三個月的醫院，總算是回到了最熟悉溫暖的家中。

徐媽媽提著行李率先走進了屋內，身影一下子就消失在視線當中，徐語安站在玄關處，遲遲沒有移動腳步，只是看著屋內的擺設，儘管室內裝潢沒有任何改變，但她仍想把眼前的這一切好好收入眼底。

看著徐語安專注的模樣，一旁的梁宥程看了不禁莞爾。她看著室內擺設，而他看著她，沉默了一會兒，她忽然轉過頭，不偏不倚和他的視線有了交會，梁宥程愣了一下，隨後又朝她笑了笑，開心的情緒在臉上，望著眼前的笑容，她就像是染上了他的笑意似的，不自覺跟著笑了。

「謝謝你陪我回家。」她說，在這段難熬的日子裡，不只是家人的陪伴，他的陪伴、他的笑容也一直都是支撐她繼續走下去的力量。

「不會啦，能看到妳回到家我也很開心。」他說，語氣很溫柔，「這段時間真的是辛苦妳了。」

而她又輕輕笑了，他的一字一句都讓她感到窩心，「你也是，謝謝你。」

伴隨著身體的康復，她的聲音也漸漸恢復到了原本的狀態，雖然聽起來還有些許的沙啞，但至少不會像之前一樣發不出某些音來了，聽起來就只是像感冒而已。而且，現在的她也不會再那麼害怕說話。

因為有他。

在簡單地收拾好從醫院帶回來的衣物之後，徐媽媽說：「我先去準備午餐，宥程，你也留下來一起吃飯吧。」

「咦？我可以嗎？」梁宥程睜大雙眼，驚喜的問。

徐媽媽笑著點頭，「這陣子你這麼照顧語安，我都還沒好好謝謝你，改天找個時間我們全家人再請你吃飯，你今天就先吃我煮的家常菜吧。」

這段日子以來，梁宥程真的幫了她很多的忙，除了平常總是會到醫院去陪徐語安之外，就連今天徐爸爸因為要上班沒辦法到醫院來幫忙，也都是他在一旁協助處理徐語安出院的事，只要有他陪在徐語安身邊，她就會覺得安心許多。

雖然她不知道徐語安是怎麼想的，但她很喜歡梁宥程這個男孩子，要不是不想給徐語安壓力，不然她真的很想叫徐語安好好把握這麼溫柔體貼的男生。

「謝謝阿姨，那我今天就不客氣留下來了。不過，你們不用特地請我吃飯了啦，只要能吃到阿姨煮的我就很高興了。」

徐媽媽笑著說：「那你們先去客廳看電視，我好了再叫你們。」

在徐媽媽走進廚房之後，徐語安依然動也不動站在原地，看起來似乎沒有要去看電視的意思，只是一直看著通往二樓的樓梯，於是他問：「語安，妳想去哪裡？還是有想做什麼嗎？」

「我……」她看了樓梯一眼，吶吶的說：「宥程，我想先回房間看看。」

她好久沒回自己的房間了，她想回房間看看。

「喔，好啊。」他看了她的雙腳一眼，又看了一下樓梯，隨後向她提議，「我揹妳上去好了。」

雖然她的腳已經漸漸痊癒了，但他還是不希望給她剛痊癒的腳帶來太大的負擔。

她連忙搖頭拒絕，「不用了啦，這樣太麻煩你了，我自己慢慢走上去就好了。再說，我已經好幾個月沒運動了，又整天躺在床上，一定胖超多的。」

「不會胖啊，我覺得妳都沒什麼胖到，害我超沒成就感的。」他說，覺得徐語安現在的模樣和之前沒什麼太大的差別，他明明每天都帶那麼多好吃的去給她了。

「什麼成就感？我都胖在看不到的地方啦。」她沒好氣的失笑道，有時候她都會覺得梁宥程根本是把她當花生在養了，每次一見面就拚命塞食物給她。

「有嗎？」

「有啦，誰叫你每次都帶那麼多吃的來給我。」

「這樣聽起來好像是我害的耶。」他微微偏過頭，想了想，接著轉過身，背對她蹲了下去，「所以，就讓我負責吧。」

負責？她的臉頓時一熱，「什麼負責啊？」

「不相信我嗎？我可是抱得動花生的男人耶。」他回過頭，朝她笑了笑。

「真是的，只不過是抱起花生而已，幹麼說得自己好像得了世界冠軍一樣？」她覺得他很好笑，突然有一種想惡整他的念頭，想讓他後悔說出這種話，竊笑道：「好啊，既然你這麼有自信，那我就讓你看看我現在變得有多重！」

如果他等一下站不起來的話，她一定要笑他。

「世界冠軍嗎？這麼說起來，我的確是世界冠軍沒錯耶。」他笑著附和著她的吐槽，當她的重量一落到他的後背上，他隨即毫不費力站起身，轉過頭看向身後的她，他們兩個之間的距離頓時拉近許多，他笑著說：「因為我現在已經揹起了全世界。」

「咦？」她愣了一下，隨後才反應過來他所謂的全世界指的是自己，她下意識狠狠推了他的頭一下，「你去哪裡學來這種話的啊？很噁心耶。」

她記得梁宥程明明就是一個害羞又靦腆的人，怎麼會說出這種讓人全身起雞皮疙瘩的話？啊，差點忘了，他之前好像還說過她像天使一樣。

他沒有說話，只是傻笑著。

自從向徐語安表白，梁宥程就覺得自己的臉皮變得越來越厚，開始能自然地說出一些以前連自己都覺得噁心的話，不過或許因為是他面對的人是徐語安才能這樣吧？他想讓她知道自己心裡最真實的想法。

那天向她告白之後，她並沒有馬上給予他答覆，只是沉默了許久，然後問他說能不能再給她一點時間？說她一定會給他答案，只是還需要一點時間。

他當然說好，要他等多久都沒關係，對他而言，現在最重要的是徐語安能早日恢復健康就好。不過，從她剛剛推他的力道來看，徐語安的身體狀況應該是恢復得差不多了吧。

徐語安微微偏過頭，看著他直視著前方的專注側臉，她聽不見周遭的聲音，只聽得見自己此刻強烈的心跳聲。她常在想，自己究竟是需要多少的幸運才能遇見這麼替她著想的溫柔男生，對於梁宥程，她總是有好多話想說，但卻擔心說出來的話沒辦法完整表達自己的心情而作罷。

當梁宥程小心翼翼地揹著她走到了二樓，她擔心問：「我會不會很重？」

「不會，比花生還要輕。」

她忍不住笑了，「那我想我暫時應該不需要減肥了。」

「本來就不需要嘛！」他說：「對了，妳房間是哪一間啊？」

「剩下一點點的路我自己走就好了。」她決定還是自己走比較好，他揹自己上樓已經讓她很感謝了，她不好意思讓他又揹著自己回房間。

「妳可以嗎？」

「嗯。」她頓了頓，輕聲說：「我想跟你一起用走的。」

梁宥程聽了，隨後蹲下身，小心翼翼地讓她重新回到地面上，還不忘叮嚀，「那妳小心一點。」

「嗯。」

他們一起走進了徐語安的房間，房間裡一塵不染，並沒有因為幾個月沒有住人而堆滿灰塵，顯然媽媽平常都有在幫她打掃，也一直在等著她回家。這時，她的胸口湧起了一陣暖意，就連眼眶都微微發熱了起來。

發現她突然哭了起來，梁宥程頓時慌張了起來，緊張的問：「妳還好嗎？是不是哪裡又不舒服了？」

「不是啦，我覺得我的淚腺可能也壞掉了，最近變得好愛哭。」她抹去了眼角的眼淚，無奈笑著說。

他輕輕地拍了拍她的後腦勺，溫柔的說：「愛哭沒關係，只要哭過就好了。」

「嗯。」

待她的情緒漸漸緩和下來之後，他們便肩並肩坐在床邊，一邊閒聊，一邊整理著從醫院帶回來的行李。

「宥程，我好久沒和花生見面了，我們找個時間一起帶花生去散步，好不好？」

「當然好啊。不然，我們這個星期六就去，到時候我再來妳家接妳。」

「好。」她點頭，想了想，接著又問：「那麼我可不可以……」

不等她說完，他就笑著打斷了她的話，點頭如搗蒜，「可以可以。」

她突然覺得很好笑，「喂，我什麼都還沒說，你這樣很敷衍喔。」

「我才不是在敷衍妳！」他立刻替自己辯解，隨後又揚起了笑，「因為只要是妳說的，我都一定好。」

她愣了愣，然後摸了摸下巴，故意問：「那……如果我說要把你賣掉也可以嗎？」

「唉。」他擺了擺手，連忙向她推銷自己，「我又不值錢，賣不了多少錢啦，不如把我留在妳身邊比較好啦。」

她忍不住笑了起來，「你說話怎麼越來越油腔滑調啊？你該不會是冒牌貨吧？」

「我怎麼可能是冒牌貨？妳看我這張臉可是貨真價實的。」他笑著用力搓了搓自己的臉頰，「不信的話，妳可以捏捏看。」

她笑了笑，朝他伸出手，輕輕撫上了臉龐，用指尖描繪著他的輪廓。他不明白她此刻的舉動，但還是笑了起來，明亮的笑眼都成了彎月一樣。

看著眼前的他，她能輕易感受到最深刻的心動痕跡。

她知道自己喜歡他，喜歡如此溫柔且溫暖的他。不過，也因為他是這麼溫柔的一個人，所以他給她的告白，她一定要好好回覆才行，就像他當年提筆寫下那封情書一樣。

梁宥程筆。P.S. 我真的不是什麼奇怪的人。

隨著青澀的字跡來到了情書的結尾，徐語安的嘴角不自覺微微上揚了起來。即使已經讀過了很多次，但每次只要看到這封情書，她都還是會覺得梁宥程好可愛，就連心情也會因為他而跟著好起來。

現在想想，認識梁宥程的這一年當中真的發生了好多事，感覺就好像是做了一場好長的夢一樣。她原本以為她的暗戀會一直持續下去，但沒想到李佑鈞竟然會向她告白，可是就在她以為多年的暗戀好不容易要開花結果的時候，自己卻成了介入別人情感的第三者，而她更沒想到自己會對梁宥程動心，不單單只有因為住院的這段日子以來的陪伴，還有更多的是認識他的這段時間他所給予的溫暖和溫柔。

不過，話說回來，這份喜歡究竟是從什麼時候開始的？

她輕撫著信紙的邊緣，撫著染上了歲月痕跡的地方，想著這段日子和他在一起的點點滴滴。

她說不出一個準確的時間點，但卻有一種感覺，她覺得這份心意好像已經悄悄住進心底許久似的，或許是在和李佑鈞分手以後，又或者是在更早以前，當她發現時，這份心情早已充滿了整個心房。

叩叩。

這時，門邊忽然傳來了敲門聲，思緒猛然被拉回，徐語安頓時嚇了一大跳，隨手拿了一本書把情書壓住，動作才剛停下，房門隨即被打開。

「語安，妳怎麼還不睡覺？」徐媽媽站在房門外問，看見女兒的書桌上還擺著一本書，「在讀書嗎？」

「沒、沒有啦，我只是在整理東西而已。」她緊張地隨便編了一個藉口。

徐媽媽無奈一笑，「媽媽平常都有幫妳整理乾淨了，如果還有什麼要收拾的我們明天再一起整理，妳今天才剛出院，早點睡覺比較好。」

她點點頭，乾笑道：「好，我知道了。」

「早點睡吧，晚安。」

徐媽媽關上門之後，徐語安才鬆了一口氣，移開書本，情書再次回到了燈光底下，她接著從抽屜中拿出了一張信紙。

每當她讀完這封情書時，她都覺得自己一定要好好回信給梁宥程才行。可是，這是她第一次寫情書，再加上他給予的喜歡太溫柔，她就變得更小心翼翼，所以光是寫開頭的部分就不知道已經浪費了多少信紙和立可帶。

唉，不管怎麼寫，她都覺得奇怪？

她放下筆，手托著下巴，苦惱地盯著信紙看，半晌，她又拿起了梁宥程寫給她的情書，眉頭隨之鬆開，嘴角不禁再次微微上揚了起來。

那時候的他，不知道是以什麼樣子的心情寫下那封情書的？

思緒至此，腦海中不禁又浮現出梁宥程微笑的模樣。

徐語安出院，梁宥程也回歸到原本的生活作息。他不再需要每天往醫院跑，雖然比較不累了，但突然失去了去醫院陪徐語安這樣的生活重心，他反而不太適應。

今天是徐語安出院的第三天，晚上七點多，結束了一整天的課程，他騎著車回到了家。平時總是熱鬧的店面在此刻顯得冷清，他關上鐵捲門之後，便往後方走去。

「媽，我回來了，有沒有東西吃？我好餓喔。」

走進客廳，梁媽媽正坐在客廳裡看電視，即使聽見兒子喊肚子餓的聲音，她也依然盯著電視看，目光沒有絲毫移轉，只是指著後方的廚房，說：「桌上有菜。」

梁宥程應了一聲，隨後便往廚房移動，才剛踏進廚房，梁媽媽的聲音又自身後傳來。

「啊對了，弟弟，今天有你的掛號信欸。」

「掛號信？」他停下腳步，回過頭，納悶的問：「學校寄來的嗎？」

不過，他也想不透這個時間學校寄信給他要做什麼？期中考都還沒有結束，應該不太可能是預警單吧？

梁媽媽站起身，拿起了擺在電話旁的一封信，低頭看了一眼，然後抬頭，「不是，上面寫著語安的名字。」

「語安？」

徐語安寄信給他？徐語安寄掛號信給他？徐語安為什麼要寄掛號信給他？

這個問題像是在他腦海中炸開了一樣，他立刻將疲憊和飢餓感全都拋到腦後，趕緊快步朝媽媽走過去，迅速地接過了她手上的那封信。

低頭一看，上頭確實寫著他的名字，而寄件人寫的真的是徐語安的名字。他頓時一驚，立刻抬頭問：「媽，妳應該沒有偷看吧？」

「我才沒有那麼無聊。」梁媽媽聳聳肩，不以為然地說。

「是嗎？」他摸了摸黏貼處，看起來似乎沒有打開過的痕跡，看著徐語安寄給他的信，他能感覺到自己的心跳聲變得越來越強烈，徐語安到底為什麼要突然寄信給他？而且，這幾天都沒有聽她提過這件事。這時，他忽然感受到了一陣強烈的目光，再次抬起頭，和媽媽的視線不偏不倚有了交會。

「你不打開嗎？」梁媽媽問。

他將信揣在懷裡，「當然要開啊，可是我要自己看！」

說完，他就轉身快步跑回房間。

用力關上門，他的背倚著房門坐了下來，他坐在地上，小心翼翼拿出了徐語安寄來的信。深呼吸了一回，他緊張的拆開了信封，拿著信紙的手因為莫名的緊張而微微顫抖，為什麼收到徐語安的信比他要把情書送出去的時候還要緊張？

「給宥程……」

這瞬間，他突然覺得周遭的聲音像是全都消失了一樣，他只聽得見自己來自左胸口的心跳聲，他緊張的讀著信上的內容，情緒更是隨著她的一字一句而更激動了起來。

給宥程：

我是語安，突然收到這封信你一定覺得很莫名其妙吧？不過，你放心，我並不是什麼奇怪的人，只是一個有很多話想告訴你，但卻不知道該怎麼說起才好的人而已。

你還記得我之前跟你說過吧？再給我一點時間，其實我不是要你再給我一點時間考慮，而是再給我一點時間讓我能好好向你表達我的心意，因為有個人曾經跟我說過這世上有種東西叫情書，他說如果有說不出口的話就寫情書吧。所以我想如果是你的話，應該是不會介意突然收到一封這麼奇怪的情書吧？

雖然現在才說似乎有點慢了，但我還是想告訴你，我很高興收到你的來信，收到那封來自十五歲的情書。在這段難熬的日子裡，那封情書一直帶給我很大的力量，彷彿只要看著它，我就能感受到滿滿的溫暖，就算到了現在也是一樣，而你對我來說又是比它更溫暖的存在，謝謝你這段時間一直陪在我身邊，也謝謝你為我做了這麼多，如果沒有你，我想我肯定沒辦法度過這麼難熬的日子。

在認識你之後，我覺得我改變了很多，很多時候都是因為有你才能讓我慢慢改變自己的想法，尤其是我聽到你說你喜歡我、喜歡我的聲音的時候，我真的很高興，甚至還會忍不住想為什麼不能早點認識你？如果能早點認識你的話，或許有很多傷心事都不會發生了。不過，也許就像你之前說過的一樣，比起你十五歲的時候，那封情書現在送出去會更有意義，我想我能再次遇見你也是有一個特別的意義存在吧。

在經歷這麼多事情之後，我想我已經找到了遇見你的特別意義。

雖然十四歲的徐語安已經沒有機會可以回覆那時候的你了，不過二十歲的徐語安想問現在的你：可不可以也讓我喜歡你？

讀完信的瞬間，梁宥程整個人傻住了，呆愣了好一會兒之後他才恍然回過神，他愣愣地捏了捏自己的臉頰，一陣痛覺在臉頰上蔓延開來，他頓時痛得皺起眉，總算意識到現在並不是在做夢，而是真的。然後，他再也壓抑不住心裡的激動，衝出了房間。

「花生！花生！」

他急匆匆跑去找正趴在客廳睡覺的花生，花生聽見了主人的叫喚，沒有移動身子，仍半瞇著眼趴在地上，只是懶懶的看向他。

「花生，你看你看，語安說她喜歡我！」梁宥程在花生前方蹲下身，像是在獻寶似的，興奮的向花生展示著徐語安寄給他的情書，花生隨即湊了過去，嗅了嗅信紙，像是在聞眼前這個東西能不能吃的樣子。

當花生湊向他，他馬上一把用力地抱住了花生，緊緊將花生和情書抱在懷裡，他一副快哭出來的樣子，說：「怎麼辦？花生，我現在真的覺得自己好幸福喔。」

然而，花生似乎沒有感受到他所謂的幸福，現在只想從他的手中掙脫開來，牠拚命掙扎著，但已經沉浸在喜悅和幸福當中的梁宥程完全感受不到花生的掙扎，依舊用力緊抱著牠不放。

「啊，對了對了，我得快點打電話給語安，告訴她我收到信了才行。」直到他想起了自己現在最該做的事時，他才總算鬆開了抱住花生的手，當能逃脫的空間一出現，花生立刻從他的身邊逃離，一溜煙地往廚房跑去。

不過，現在的他根本沒有心思去管花生，他現在滿腦子想的都是關於徐語安的事，他趕緊起身要回房間，正巧和剛洗完澡，準備要去客廳看電視的梁爸爸撞了個滿懷。

「唉唷，你是在急什麼啊？」梁爸爸揉著被梁宥程撞痛的肩膀，無奈的碎念著。

他無視爸爸的抱怨，反而興奮的給了梁爸爸一個大大的擁抱，「爸，我愛你！」

「啊？」梁爸爸完全摸不著頭緒，莫名其妙看著不知道在興奮什麼的兒子。

「謝謝你讓我去讀大學。」他開心說完之後，便興沖沖地跑回房間，急促的腳步聲在屋內清晰迴盪著。

梁爸爸轉頭問正在廚房削水果的梁媽媽，納悶的問：「這小子是在興奮什麼？中樂透喔？」

梁媽媽沒有停下手中的動作，嘴角微微上揚，看著手中的梨子說：「不是，是發生了比中樂透還要更讓人開心的事。」

「什麼？」

梁媽媽回過頭，看著滿臉困惑的梁爸爸，笑著說：「他談戀愛了啦！」

耳邊迴盪著電話撥出去之後的接通聲，以及越來越震耳的心跳聲。

梁宥程拿著手機，緊張的在房間裡來回踱步著。當接通聲停止的瞬間，他的腳步也跟著停下。

「喂？」

徐語安的聲音從聽筒的另一端傳來，雖然是透過手機，但他卻突然有一種她正在他耳邊說話的感覺。他下意識地用兩手握住手機，緊張的說：「語、語安，那個……那個我……」

梁宥程，冷靜一點！給我好好講話！

他開始懊惱自己一緊張就會結巴的老毛病，怎麼偏偏在這麼重要的時候又發作了？

「怎麼啦？是在緊張什麼？」她輕輕的笑著說：「是收到我寄給你的情書了嗎？」

「妳、妳怎麼知道我要說這個？」他驚訝的問，他覺得徐語安好厲害，他都還沒開口她就知道他要說什麼了。

「當然知道啊，情書是我昨天早上拿去寄的，時間算一算差不多你今天就會收到啦。」

「對喔……」他傻傻地笑著應聲，突然覺得自己問了一個蠢問題，接著又問：「可是，怎麼都沒聽妳提起這件事？」

這封情書來得太過突然，他完全沒有察覺到任何一點徵兆。

「怎麼可能會讓你知道？這樣才會有一種驚喜的感覺啊。」她笑著說：「我可是一寫完就馬上寄出去了，不像某人竟然忘了，放了好幾年才交到對方的手中。」

梁宥程知道她在說自己，忍不住又傻笑了起來，方才的緊張情緒好像已經漸漸消失了。

「語安，我現在可以去找妳嗎？」說了那麼多，他最想問的就是這個。

「咦？現在嗎？」徐語安愣了一下，沒想到他會這麼問。

「嗯，因為我有些話想當面對妳說。」

他要跟她說什麼？有什麼話是不能在電話裡說的？這時，換徐語安開始緊張了起來，吶吶地說：「喔……好啊。」

「太好了，那我現在馬上過去。」

「可是，你不可以騎太快！你要是太快來的話，我就不出去了。」她叮嚀他，深怕他會為了要快點趕過來而超速，不管怎樣，安全永遠都是最重要的。

「遵命！」

結束通話之後，徐語安看著手機停頓了幾秒鐘，隨後突然慌張了起來。

怎麼辦怎麼辦？梁宥程現在要來找她！而且，以他騎車的正常速度，他肯定不到十分鐘就到了。

她緊張的在房間裡不停地走來走去，和方才講電話時的平靜模樣截然不同，她不知道自己接下來該做什麼？

是要先梳頭髮？還是要先換衣服？對了，她要不要順便化個妝啊？可是，待在家裡還化妝會不會讓梁宥程覺得她很刻意？而且，她才剛出院沒多久而已耶。

到底該怎麼辦才好？

慌張歸慌張，但徐語安還是很快就在十分鐘之內將自己打理好，然後趁著父母都在客廳裡看電視的時候，悄悄溜出家門，關上家門的同時，她不禁鬆了一口氣，幸好沒有被發現，不然他們肯定又會問個不停了。

她站在家門前著急等待著，來自左胸口的心跳聲震耳且急促，隨著時間一秒一秒的過去，緊張的情緒越來越強烈，不過在這些緊張當中，還有更多的是期待。

雖然叫他騎慢一點，但她好想快點見到他。

「語安！」

幾分鐘過後，遠處忽然傳來了梁宥程喊她的聲音，緊接在梁宥程聲音後頭的是一陣狗吠聲，她驚訝的轉頭一看，梁宥程正騎著機車，笑著朝她騎來，機車前頭竟然還載著花生。

她突然想起了自己第一次遇見梁宥程的時候，那時候他也是帶著花生突然出現，然後就這樣走進了她的生活中。

梁宥程將機車隨意停在路邊，連安全帽都還沒脫掉，就急匆匆朝她奔來，什麼話都還來不及開口，徐語安便被他抱進懷中，原本還身處在帶著涼意的秋日裡，她一下子就突然跌入微熱的初夏，突如其來的溫暖讓她不禁愣了一下，但隨後還是忍不住笑了起來。

他一句話都沒說，一見面就是緊緊抱住她，就好像是怕她會不見一樣。難道這就是他所謂的想當面告訴她的事嗎？這的確很像梁宥程會做的事。

「你不要戴著安全帽抱我啦，這樣很不浪漫欸。」她笑著說。

「啊？啊！差點就忘了。」他才終於鬆開手，趕緊把頭上礙眼的安全帽脫下來，傻笑說：「我真的好蠢喔。」

這時，花生也從機車上跳了下來，跑到他們的腳邊，朝她使勁地搖尾巴。

「花生也跟來了啊？」

「是啊，一看到我去牽車，牠馬上就跟過來了。」梁宥程一臉嫌棄，剛才明明還在躲他，結果一看到他要騎車出門，馬上又跟了過來，牠肯定是以為又有消夜可以吃了。要不是不想浪費時間，不然他一定會拚了命想辦法把花生這顆大電燈泡留在家裡。

「走開走開，去旁邊，不要在這邊搗亂。」他朝牠揮揮手，試圖趕走牠，但花生也只是在他們身邊打繞著，並沒有要走開的意思。

看著他們的互動，徐語安更是忍不住笑了出聲。她的笑聲拉回了他的注意力，他不好意思的抓了抓頭。

望著正因為害羞而傻笑的他，他的雙頰微微泛紅著，她不禁莞爾，問：「宥程，你想跟我說什麼？」

當她一說完，他又將她抱入懷中。在騎車過來的路上，他不斷在思考要怎麼回答她會比較好，但後來想了想，他知道自己不擅長說話，說了再多肯定都比不上一個擁抱。

而且，他早就想這麼做了。

「所以，這就是你要給我的答案嗎？」再次深陷在他的溫暖當中，她不禁笑著問。

「嗯。」他輕聲說：「除了可以，我不會有其他答案。」

她問他可不可以讓她也喜歡他，除了可以之外，他怎麼可能還會有其他答案？

她將臉輕靠在他溫暖的胸膛前，「謝謝你。」

他的手不自覺又抱得更緊，情緒忽然湧上喉嚨間，「這是我該說的，謝謝妳不嫌棄我，語安。」

他的聲音輕輕落在耳邊，嗓音中似乎多了一點哽咽，她微微一怔，隱約聽見了他在吸鼻子的聲音。

「你……是在哭嗎？」她驚訝的問。

「我只是太開心了。」他鬆開了手，揉了揉眼睛，無奈笑著說：「我最近變得好愛哭。」

自從國中畢業之後，他就幾乎不再哭過了，可是在這半年以來的日子裡，他卻哭過了很多次，每一次的眼淚都是因為徐語安。

看到徐語安的心意不被珍視的時候，他整個人氣到哭了出來，還有在聽見她出車禍的時候，他也因為擔心而哭了，就連她清醒過來的時候，他更是因為克制不了自己激動的情緒而崩潰哭著，而現在也是。不過和以往不同的是，現在感受到的是快要滿溢而出的開心情緒。

他的心情總是會受到徐語安而起伏不定，開心也好，難過也好，甚至是生氣也好，他心裡想著的都是關於她，他知道這全都是因為喜歡她的關係。

「我以後不會再讓你哭了。」她伸出手，輕輕捧住他的雙頰，和他微微泛紅的雙眼對視著。喜歡他都來不及了，她怎麼可能會嫌棄這麼溫柔的人啊？她一定會好好珍惜他，就像他那麼珍惜自己一樣。

他點點頭，反握住她的雙手，「我也是，我會保護妳，以後都不會再讓妳哭了。」接著，映入眼底的是她溫柔莞爾的模樣。

他的心裡不禁一陣蕩漾，他牽著她的雙手，忍不住向她湊近了一點，欲言又止，「語安，那個我可不可以……」

她明白他的意思，隨後閉上了眼。看見她閉眼的模樣，他又感到更是緊張，抿了抿唇，他摒住呼吸，微微側下身向她靠近，在快要觸碰到她之前又停頓了一下，最後一記輕吻落在她的左臉頰上，輕得就像是微風拂過的感覺一樣。

「還是先這樣就好了。」他緊緊抱住她，覺得自己好像快休克了一樣，他紅著臉閉上眼，害羞的說：「花、花生在看！」

明明就是因為自己太過害羞而不敢親下去，但他還是把責任推給了一旁在湊熱鬧的花生。

「花生？」徐語安愣了一下，轉頭看向一旁的花生，牠正搖著尾巴，一雙烏溜溜的眼睛直直盯著他們看。她不禁莞爾，低笑道：「嗯，這樣就夠了。」

不管怎樣，只要有他就夠了。

「媽媽！姊姊偷跑出去了！她在跟宥程約會！」

這時，耳邊傳來了徐語涵打小報告的聲音，徐語安嚇得立刻放開梁宥程，左顧右盼，最後在自家的二樓窗戶邊看見了徐語涵，徐語涵站在敞開的窗邊，笑盈盈看著他們。

「語涵，妳不要亂叫啦！」徐語安緊張的揮了揮手，示意徐語涵閉嘴。

「蛤？妳說什麼？」徐語涵把手放在右耳邊，佯裝聽不見，故意大聲問：「妳是叫我不要跟媽媽說妳跟宥程在談戀愛嗎？」

講那麼大聲是要幹麼？這傢伙絕對是故意的！徐語安頓時嚇得驚慌失措，用力的朝她搖搖頭。

就像是在附和徐語涵的話一樣，花生跟著叫了起來。

梁宥程嚇得趕緊出聲阻止，蹲下身，紅著臉制止牠：「花生，安靜一點！不要再叫了！」

然而，即使語言不通，他們兩個還是一來一往喊著。

「咦？花生，你也是這麼覺得嗎？你也覺得不要告訴我媽比較好啊？」

「汪汪汪！」花生拚命叫著。

梁宥程見狀，更是驚慌地想摀住花生的嘴，而徐語安只能無奈站在一旁看著。

真是受不了，他們是要叫到全部的鄰居都知道她和梁宥程在談戀愛嗎？

已經好久沒有來學校了。

徐語安站在圖書館的門口，看著已經開始染上冬日氣息的校園，景物依舊熟悉，可是她此刻的心境卻已經變得和半年多之前不太一樣了。

以前總是覺得來學校上課是一件很理所當然的事，是一件本來就要存在於她的生活中的事，但自從發生了那場車禍之後，她才體會到生活中根本就沒有所謂的理所當然，有太多的意外難以預料，很多時候生與死甚至只是一瞬間而已。慢慢地走過了車禍帶來的傷痛之後，她更珍惜在生命中遇見的任何大大小小的事情。

「語安！語安！」

轉過頭，看著正匆匆忙忙向她跑來的梁宥程，她不禁莞爾一笑。

當然啦，也包括最值得她珍惜的他在內。不論是他還是他對她的好，她都一定會好好珍藏在心上。

「你怎麼這麼快？」她問，下課鐘聲明明才剛響起沒多久而已。

「我、我一打鐘就跑過來了。」他微彎著腰，大口喘著氣，努力調整著他上氣不接下氣的呼吸頻率。剛才上課的時候，他突然收到了徐語安傳來的訊息，問他什麼時候下課？說她等等會在圖書館前等他。一看到這則訊息，他就變得坐立難安，時間走過的一分一秒都變得像一個小時一樣漫長，當下課鐘聲一響起，他更是不管老師宣布下課了沒有，立刻跑出教室，急忙的往圖書館跑來。

呼吸漸漸回復到了正常的頻率，他接著又問：「不過，語安，妳是怎麼來的？該不會是騎車吧？」

「當然是坐公車來的，我現在短時間之內都不敢再騎機車了。」

「阿姨她放心讓妳一個人來學校嗎？」

「有什麼好不放心的？我又不是小孩子，我只是行動比較緩慢而已。」她沒好氣的笑著說：「而且，我一跟她說我是要來找你的，她就更放心讓我來了。」

「真的嗎？」他很驚訝，也很開心，沒想到自己在徐媽媽心目中是這麼值得信賴的人。

見他開心笑了，她不禁也跟著笑了，就好像是感染到他的開心情緒一樣，即便只是看著他笑著的模樣，她的心也會跟著感到暖暖的。

「對了，妳怎麼會突然跑來學校？發生什麼事了嗎？」

「沒有啊，因為想你所以就來了。」她毫不掩飾，很坦然的說。她來學校的理由很單純，真的就只是因為想他而已。

「咦？」他愣了一下，沒想到她會說得這麼直接，頓時感到害羞了起來，他緊張地搓了搓臉頰，抱歉的說：「可是，我待會圖書館有排班耶，可能沒辦法陪妳。」

「沒關係，那就換我陪你上班。」

「好啊。」他頓時笑瞇了眼，笑著朝她伸出手，「那我們進去吧。」

右手輕輕覆上了他的掌心，來自他手中的溫暖隨即在掌心中擴散開來，他輕輕牽住她的手，她感受到的不再只是溫暖而已，還有更多的溫柔。

她好想告訴他，如果可以的話，她想和他像這樣一直牽著手走下去，然後走到更遙遠以後的未來。

老舊的輪子摩擦聲響打破了圖書館的寧靜，現在距離期末考還有一段時間，館內的人並不多，感覺有些冷清。梁宥程穿上了圖書館的工作背心，推著推滿書本的推車在圖書館移動著，他的移動速度比平常都還要慢上許多，他不時注意著走在身邊的徐語安，盡可能不留痕跡地配合著她的速度。

雖然她的外傷大致上都已經痊癒了，但她現在還是不能久站或是走太快，他不希望她為了陪他而造成自己的負擔。

他推著推車來到了其中一座書架前停下，然後從推車上拿起了幾本編號屬於這座書架的書本，要將它們重新歸還到書架上，徐語安也湊到了推車旁，想要幫他的忙。

「語安，這些我自己來就可以了，妳坐著休息吧。」

「沒關係，我想幫你，只要能幫到你的忙，我就不會累。」她找到了幾本編號相對應的書本，抬起頭，朝他笑著說：「而且，我已經好久沒有和你一起整理書了，我想重溫一下之前的感覺。」

即使只是像這種一起整理書本的小事，都能輕易地讓她感受到滿滿的幸福。

他聽了，沒再繼續勸說她坐下休息，只是莞爾。

是啊，已經好久了。明明是不到一年的時間，可是卻因為之前那段難熬的日子讓他覺得好像過了好長一段時間。

徐語安見他沒再阻止，隨後抱著幾本書走進了書架之間的走道上，她看著書本編號的排序位置，將手上的書本一一放回了架上。梁宥程走到了她的身後，她的袖子隨著右手舉起而露出手腕的部分，手腕上有一道明顯的疤痕，那是車禍留下的，他知道她的身上還有更多類似這樣怵目驚心的傷痕。

他心疼地握住她的手腕，她隨即停下動作，轉過身面對他，問：「怎麼了？」

「還會痛嗎？」他問。

她低頭看了他的手停留的位置，隨後朝他搖搖頭，「不會了。」

「不管是這裡，」她舉起了右手，然後指尖落到了自己的左胸口，「還是這裡，我都不會痛了，因為有你在。」

不管是車禍帶來的傷痛還是因為失戀而有的傷痕，都因為他而漸漸癒合。

下一秒，他鬆開了手，伸手抱住了她，手裡的書本從她的手中滑落，隨即落地，在安靜的館內發出了劇烈的碰撞聲。

看來，她已經從那段最艱難的日子走了出來。

「宥程，好痛……」

直到她細細的聲音從懷中傳出，他頓時嚇得鬆開了手，因為情緒太過激動而一時忘了要控制力道。

他連忙和她道歉，「語安，對不起，我不是故意的。」

「我知道，沒關係。」

看著她莞爾的模樣，他的胸口頓時一陣緊縮，心跳又開始加快。他再次伸出手，將背對著書架的她禁錮在書架和他之間。

她看了看撐在自己額頭兩側的雙手，心想：難道這就是傳說中的壁咚嗎？

「你是從哪裡學來這招的？」她好奇的問。

「看到妳就忍不住想這麼做了。」

怎麼說話又開始變得油腔滑調了？她不禁笑了出來，問：「你這個冒牌貨，你又把我的宥程藏去哪裡了？」

他微微一笑，向她傾近了一些，低笑道：「就在這裡呀。」

他們之間的距離一瞬間拉近許多，近得能隱約感受到他的氣息，和他的近距離接觸讓她忍不住心跳加快，周遭一片寂靜，靜得只聽得見自己的心跳聲，她現在的臉熱得不像話。不過，似乎有個人比她還要更緊張，看著眼前的他，她點點頭，說：「嗯，我確定你是真的宥程了。」

她突然改口反而讓他愣了一下，納悶的問：「妳怎麼突然……？」

「因為你現在臉紅得跟番茄一樣。」

「哪有？」他頓時一驚，連忙收回手，摀住自己紅得發燙的臉頰，剛才的裝模作樣在被她識破之後而一瞬間瓦解。

「明明就有。」她莞爾，伸出手，拉住了他摀著雙頰的手，接著踮起腳尖，輕輕一吻隨即落在了他的唇上。

梁宥程頓時驚訝地瞪大了雙眼，這瞬間，他連呼吸都忘了。

幾秒鐘之後，她重新拉開了和他之間的距離，她鬆開手，丟下一句要去廁所之後就低著頭離開。

他愣愣看著她走開的背影，直到她的身影從視線當中消失了之後，他才恍然回過神，他捧著臉，嘴唇上還殘留著她留下的痕跡，他的心跳快到好像要爆炸了一樣。

太過分了，怎麼可以親完人之後就這樣瀟灑直接走掉啊？

和梁宥程在一起的這段日子裡，感覺時間的腳步都變得輕快了起來，不知不覺，徐語安和他已經一起走過了兩個季節，如今走進了蟬鳴繚繞的炎熱夏天。

轉眼間，梁宥程也已經大學畢業了。

「天哪，好可愛喔。」徐語安驚呼。

原本還扁著嘴，一臉不開心的梁宥程聽了，笑容頓時在臉上綻開，問：「真的嗎？」

「對啊，你這樣真的好可愛喔。」她點點頭，伸手摸了摸他的小平頭，摸起來的觸感就好像是在摸魔鬼氈一樣。

他低下頭，害羞笑著，他本來還覺得自己剃平頭的模樣很呆，但現在被徐語安這麼說了之後，他突然覺得剃平頭似乎已經不是一件很糟糕的事了。

一旁的梁嘉辰看了，不禁沒好氣的說：「喂，我昨天不是也這樣跟你說過嗎？你現在明明就很高興，昨天幹麼還一副生氣要咬我的樣子啊？」

「誰叫你是笑著說？那怎麼看都是在笑我啊。」梁宥程反駁，他只要一想起昨天梁嘉辰在他剃完平頭之後在憋笑的表情，他就不開心。

「唉，這就是哥哥和女朋友的差別啦。」徐語涵雙手一攤，直接說出了重點。不過，她能理解梁嘉辰想笑的心情，因為剛才當她看見梁宥程平頭的呆樣時，她更是毫不客氣指著他瘋狂大笑，覺得他看起來好呆，氣得梁宥程都不太想跟她說話。

至於她這個姊姊嘛……

她看著從見到梁宥程之後，就一直不斷誇讚他好可愛的徐語安。

嘖，愛情真的讓人變得盲目。她看啊，不管梁宥程是什麼模樣，姊姊一定都會覺得可愛。

「你們很壞欸，宥程這樣真的很可愛啊。」徐語安替梁宥程打抱不平。

徐語涵和梁嘉辰交換了一個眼神，沒有說話，只是相視一笑。

「不過，你怎麼這麼快就收到兵單了啊？」徐語安摸了摸梁宥程的平頭，不捨的說，她記得明明不久之前才陪他去抽籤而已，沒想到過沒多久就收到了要入伍的通知單，她只要一想到梁宥程要去當兵了，她就覺得好捨不得。

「現在去當兵才好啊，早點做完就可以早點解脫啦，不然像我那時候拖到年底才入伍，很多事情都做不了很麻煩。」身為過來人的梁嘉辰笑著說。

「對啊，而且總算有機會讓你們暫時分開一下了，不然每天都看到你們一直黏在一起真的很煩。」徐語涵幫腔，尤其是梁宥程，平日在學校見面還不夠，假日還跑來她家找徐語安。

「妳現在是羨慕還是嫉妒？」徐語安笑著問。

「不羨慕也不嫉妒，只是眼睛快被閃瞎了。」徐語涵大聲嚷嚷：「你們害我也好想談戀愛喔。」眼睛被閃瞎是一回事，但說不羨慕是騙人的，她真的好羨慕姊姊可以遇見一個對她這麼好的人。

「還是好好讀書吧，要談戀愛等上大學再說。」梁嘉辰拍了拍她的肩。

「你怎麼跟我媽說的一樣啊？這句話我聽到耳朵都快長繭了。」徐語涵哀怨的說。

其他三人不禁都笑了起來。

「語安，我去當兵那天妳會來送我嗎？」梁宥程問。

「當然會啊。」徐語安毫不猶豫點頭，這種問題還需要問嗎？答案不是肯定的嗎？

「我也要去我也要去！」徐語涵連忙舉手想要跟去湊熱鬧。

「那天就來我們家集合吧，我開車載大家一起過去。」梁嘉辰提議。

「好啊。」

他們隨後討論起集合的時間，梁宥程看著正在說話的徐語安，雖然去當兵只有幾個月的時間，也會有放假的時候，但一想到要和徐語安暫時分開，他就覺得好不捨。

大概是察覺到了他的視線，徐語安忽然和他四目交會，看著他莞爾一笑。

在這即將要短暫分別的炎炎夏日，她的笑容並沒有沖淡了不捨的情緒，反而在他心上增添了更多的捨不得。

唉，他畢業的時候都沒有這麼想哭了。

「他們真的是太過分了！」

明明說好要來送他，結果梁嘉辰竟然睡到怎麼樣都叫不起來，還有徐語涵也是，直到現在仍在家裡呼呼大睡著，更過分的是花生，對於要暫時離開家的主人絲毫不關心，和牠說再見的時候也只是忙著在低頭吃早飯。

「沒關係啦，有我就夠了啊。」

梁宥程在後方氣呼呼地抱怨著，讓徐語安忍不住想笑，覺得現在的他就好像是鬧彆扭的小孩一樣。

「啊，也是，只要有妳就夠了。」梁宥程像個撒嬌的小孩一樣，從她的身後輕輕抱住了她的腰，「謝謝妳還特地載我去集合。」

透過後視鏡，她看見了正閉眼輕靠在她身後的他，嘴角不禁微微上揚。

騎了約莫十分鐘的車程，他們抵達了區公所，區公所前停了幾台大型遊覽車，現場有很多同樣要去當兵的男生。

這天，艷陽高照，天氣很晴朗，可是現場的氣氛給人的感覺卻不如好天氣來得陽光明媚。

在要集合之前，梁宥程給了她一個擁抱，然後輕輕地拉著她的手，不捨的說：「語安，我要去集合了，妳要記得吃飯，如果身體又不舒服的話一定要馬上去醫院，可以找我哥載妳過去，反正他很閒。」

「你別只顧著說我，你去當兵才更該要好好照顧自己。」她說，即使心裡有再多的不捨，她也不願意在這個時刻表現出來。

反正，過幾個星期他就可以放假回來了。每當她感到不捨，她總是在心裡這麼告訴自己。

「我會的。啊，對了，我會打電話給妳，妳記得要接我電話，我聽說只能用公共電話打，所以妳不要看到不認識的號碼就不接了。」他叮嚀，很擔心她不接電話，即使見不到她的人，他希望至少能聽見她的聲音。

「好，不過在打電話給我之前記得一定要打電話給阿姨他們報平安。」

「知道了。」他輕輕一笑，「語安，這段時間就要讓妳等我了，等我回來之後，我們就能好好談戀愛了。」

「笨蛋，你在說什麼啊？我們不是早就已經在談戀愛了嗎？」她笑著糾正他，但還是覺得說出這樣的話的他很可愛。

「是啦。」他抓了抓頭，笑道：「我只是想說等我當完兵之後，我們就不用再像這樣暫時分開了，可以好好在一起了。」

原來他所謂的好好談戀愛是這個意思。她點點頭，向他承諾，「我知道了，我會好好照顧自己，也會乖乖等你回來，所以你就放心地去當兵吧。」

「嗯。」他揚起燦爛的笑，「那我走了喔。」

說了這麼多，即使有再多的不捨，他終究還是要離開。只不過，不知道是不是因為剛才的對話，梁宥程的腳步看起來特別輕快，就像是在期待著退伍之後和她談戀愛的日子。

看著和其他人瀰漫著明顯不同氛圍的梁宥程，徐語安不禁覺得好笑。

真是的，從來沒有看過有人去當兵，腳步還能這麼輕快的，就連笑容也從來沒有離開過他的臉上。

「等我回來之後，我們就能好好地談戀愛了。」

想起說這句話的他時，她不禁又笑了。

說起來，儘管他們才在一起不到一年的時間，可是她卻覺得他們好像在一起很久似的，感覺他收到她寄的情書的那天晚上不是他們愛情的起點，而是在更早以前。

她突然想起了那封來自十五歲的情書，也想起了那時候的自己，以及只存在於模糊記憶當中的他。

她常覺得過去的那些悲傷回憶就好像是一場漫長的雨季，天空總是灰濛濛的，空氣中更是潮濕得讓人難以呼吸。過去的他們都曾經各自獨身走在雨季當中，以前身材瘦小的他總是被同儕欺負，而她曾因為聲音被嘲笑捉弄，他們同樣都走在雨季，也在一場大雨中遇見了彼此。

然而，那場大雨卻只是一個短暫的交會點，在那天之後他們不再有任何交集，他忘了要把情書交給她，而她也忘了十五歲的他。直到多年後，他在一場大雨中再次走入她的生活中，然後他牽著她的手，帶著她走出了前一陣子那段最難熬的日子。

她常在想，究竟需要多少緣分才能再度遇見他？究竟需要多大的幸運才能遇見對她這麼好的他？

梁宥程跑到集合的隊伍前，在入隊之前又回過頭，朝她揮了揮手。

「妳要記得吃飯喔！每一餐都要記得吃！」他對她大喊著，離開之前還不忘做最後的叮嚀。

徐語安愣了一下，她原以為最後的叮嚀會是叫她乖乖等他回來，沒想到在他的心中吃飯更重要，她忍不住笑了出來，笑著說：「知道了啦！」

雖然不是很浪漫的告別，但卻是最體貼的叮嚀，直到離開之前，他想的都是她。

燦爛的笑容在陽光的映照下而顯得更加明亮，就是因為這樣陽光燦爛的笑容，一直停留在她的心中的那段漫長的雨季總算是結束了，對她來說，和他在一起的每一天都像是晴天一樣。

記憶或許會因為時間流逝而變得模糊，但承載在情書上的情感卻不會，反而會因為歲月的痕跡而變得越來越深刻，他的溫柔早已深深停留在她的心中。

「我們不是早就已經在談戀愛了嗎？」

是從什麼時候開始的呢？

她想，他們的愛情就是從她收到那封被他遺忘在青春裡的情書那一刻開始的吧。

《全文完》

【番外】再次相遇的日子

夜色布滿了整片天空，夜晚的來臨驅走了一些夏日的炎熱，白天居高不下的溫度開始漸漸降低，迎面吹來的微風帶來了些許舒適的涼意。

今天是入伍的第一天，折騰了一整天，總算是等到了可以打電話的時段。梁宥程排在公共電話前的隊伍裡，滿心期待地排隊打電話，只要想到再忍耐一下就可以聽見徐語安的聲音，他就更是期待不已。

不知道待會她會跟自己說什麼？

會是「你辛苦了」呢？還是「加油」呢？啊！該不會是「我好想你」之類的思念吧？

梁宥程忍不住傻笑了起來。

光是想到這，今天一整天累積下來的疲憊好像都漸漸消失了一樣。

隨著隊伍一步又一步的前進，他忽然想起了徐語安白天和他分開之前的叮嚀。

「不過在打電話給我之前記得一定要打電話給阿姨他們報平安。」

在白天抵達營區的時候，他已經打過電話跟父母報平安了，但既然徐語安都這麼交代了，他還是再打一通電話說一聲好了，告訴他們今天一整天雖然很累，不過他都過得很順利，這樣他們也比較不會擔心。

即便僅是幾分鐘的等待在此刻都顯得漫長，好不容易終於輪到他打電話了。他投了零錢，然後撥了家裡的電話。

不知道為什麼，他突然緊張了起來，越來越震耳的心跳聲都快要附蓋過了電話撥出去的接通聲。電話響了幾聲之後便被接起，媽媽的聲音隨即傳到耳邊，「喂？你好。」

聽到媽媽的聲音，他突然有一種想哭的衝動，明明就是早上才聽過的聲音，也不是不曾有過離家的經驗，但此刻他卻還是無法抑止這股莫名的衝動。

「媽，我是宥程。」

「喔，是弟弟啊，我還以為你會先打電話給語安呢。」她帶著笑意的聲音聽起來很驚訝。

「語安有叫我一定要先跟你們報平安。」他說。

媽媽停頓了一下，才慢慢回：「喔，是喔。」

咦？奇怪，是他的錯覺嗎？他怎麼覺得媽媽的回答好像有點漫不經心？

就在他要開口的時候，原本說話還有些心不在焉的媽媽忽然激動了起來，她大喊：「天哪，這個女人也太可惡了吧？這種不要臉的事她也做得出來？竟然還直接搬進去他們家？」

咦？

他愣了一下，疑惑的問：「媽，妳是在跟誰……吵架嗎？」

「唉，不是啦。弟弟啊，我們明天再聊好不好？現在正精彩，我沒辦法一邊看電視一邊跟你講電話。」

看電視？

老天，他竟然忘了現在是晚上八點多，是媽媽準時收看鄉土劇的時段。

「那爸爸呢？」

媽媽沒辦法講電話，爸爸總行了吧？

「他喔……他也在看電視啊，他叫你不要吵他。」

「那哥呢？」

沒關係，他還有哥哥！

「你等一下。」媽媽應了一聲，然後將話筒拿遠，大喊：「哥哥啊，弟弟在找你，下來聽電話。」

接著，他聽見梁嘉辰大聲回應的聲音，可是當透過話筒傳來時，梁嘉辰的聲音就變得很不清楚。

「哥哥說他現在正在忙著破關，沒時間理你。」

連哥哥都不行，他總不能悲慘到叫花生聽電話吧？

然而，他看見電話上還顯示著一些時間，他嚥下一口口水，艱澀地說：「那……花生呢？」

「拜託，花生又不會說話，你叫牠幹麼？唉，算了算了，你等一下。」媽媽又拿遠話筒，大喊：「花生啊，弟弟在叫你，過來一下！」

然而，他卻完全沒有聽到花生的聲音。

「花生好像睡著了耶，連動也不動。」媽媽說：「弟弟啊，現在大家都在忙，你還是明天再打啦。啊，記得不要在八點的時候打來喔。」

說完，媽媽就逕自結束了通話。

太過分了！他們的小兒子去當兵，怎麼每個人都對他這麼漠不關心？鄉土劇會比他重要嗎？線上遊戲會比他重要嗎？睡覺會比他重要嗎？

早知道他就不要浪費零錢在他們身上，直接打電話給語安了，他相信語安絕對不會這樣對他。

他氣呼呼地掛上電話，本來想再打電話給徐語安，可是卻被身後的人提醒，「後面還有很多人在排隊。」

他頓時一驚，連忙轉過頭，懇切的說：「拜託，再讓我打一通電話，只要一通就好。」

「啊？」

「拜託！」他雙手合十，可憐兮兮地看著排在身後的同梯，「我爸媽在看鄉土劇，我哥在打電動，就連我家的狗都不肯理我，拜託再讓我打一通電話給我女朋友，我不會講太久，只要讓我跟她說我很平安就好。」

見梁宥程一臉可憐兮兮的樣子，而且遭遇聽起來又這麼悲慘，他不禁心軟點點頭，「好啦好啦，你快點就是了。」

「謝謝！」梁宥程回過頭，趕緊又投了零錢，按下徐語安的手機號碼。為了這一天，他可是默背了徐語安的手機號碼好久。

「喂？」

然而，接起電話的卻不是他最心繫的聲音。一聽見徐語涵的聲音，他頓時一驚，「語涵？怎麼會是妳？」

老天，他應該不會是蠢到背錯電話號碼了吧？不可能吧！

「咦？宥程？你怎麼會用這個號碼？換手機了喔？」電話另一端的徐語涵也很驚訝。

「不是啦，我現在只能用公共電話打。」他急忙解釋，現在時間很急迫，一分一秒都很珍貴，他不想浪費太多時間在和徐語涵解釋上，他緊張的問：「語安呢？」

「喔，姊姊她在洗澡啊。」

什麼？在洗澡？

「而且，她才剛進去而已，應該不會那麼快出來。我待會再叫她回撥這支電話給你，就先這樣了，我要去看電視啦，拜拜。」

「等等，語……」

嘟——嘟——

不等他說完，徐語涵就毫不留情的掛掉電話，梁宥程傻眼的看著手中的聽筒，不知道該怎麼反應。

拜託，這是公共電話欸，語安是要怎麼回電啦？

他欲哭無淚的心想。

「不好意思，還讓你專程來我家接我，應該是我要去你家才對。」徐語安坐在副駕駛座上，看著正在開車的梁嘉辰，抱歉的說。

「有什麼好不好意思的？這麼客氣。」梁嘉辰笑著看了她一眼，視線很快又回到前方的路況上，「反正，不管從哪裡出發我都是要走這一條路，既然都有順路的話，妳幹麼還要再浪費油錢來我家集合？」

她笑了笑，「謝謝你。」

「是我要謝謝妳才對，我爸媽忙著要工作今天沒辦法一起去，幸好有妳陪我，不然兩個大男人的懇親會光是用想的就覺得很淒涼。」他笑著說：「所以，宥程這幾天在電話中就一直交代我一定要帶妳一起去。」

「哥，你記得有事沒事就要提醒語安懇親會的時間，千萬不能讓她忘了，也不能讓她在那天安排其他事。」這幾天打電話給他的時候，梁宥程總會在電話中懇切地叮嚀著。

「你自己不會講喔？我又不是語安的男朋友，哪能去管她那天要幹麼。」梁嘉辰嫌麻煩。

「我自己當然有說啊。」

梁嘉辰無力的大嘆了一口氣，「有說就好了啊，幹麼還要我特地去講？」

「我還是怕她會不小心忘記了嘛！而且，我怕我一直說的話她會覺得我很煩。」

「你會擔心她嫌你煩，難道就不用擔心嫌我煩嗎？」他沒好氣的說，他可不想為了這種小事變成一個嘮叨煩人的人。

「語安嫌你煩又沒關係，反正你本來就很煩了啊。」梁宥程說得很理所當然。

「什麼？你說誰煩了啊？你這小子去當兵之後怎麼越來越欠揍了啊？在裡面學壞了喔你！」梁嘉辰說。真是的，當兵不就是要學習所謂的服從嗎？他怎麼反而覺得梁宥程自從去當兵之後越來越喜歡跟他頂嘴了？他那個可愛又容易緊張害羞的弟弟去哪了？該不會是因為第一天沒接他的電話，所以一氣之下就在裡面叛逆學壞了吧？

「我哪有！」梁宥程理直氣壯。

梁嘉辰完全可以想像梁宥程現在說話的欠揍表情，他語帶威脅，「好啊，我一定要把你現在這個樣子告訴語安！」

聽了梁嘉辰轉述了他們兄弟倆的對話內容，徐語安雖然很驚訝，但她隨後只是低笑了起來。

「真的假的？宥程真的這樣說喔？好可愛喔。」她笑著說。

可愛？

梁嘉辰無言的看著前方，不知道該怎麼回應才好，甚至覺得自己告狀的行為根本就像是個傻瓜一樣。

啊，他都忘了自己現在面對的是一對熱戀中的情侶，是不管發生什麼事都會覺得對方好棒、好可愛的一對笨蛋情侶。

梁嘉辰跟著車子的隊伍慢慢地駛進了營區，依循著指示來到了梁宥程營隊附近的停車場停車。他們來得很早，停車場裡的車子還不算太多，停好車之後，他們兩個便一起往梁宥程所待的營隊走去。

隨著和梁宥程之間的距離越來越近，徐語安能感覺到緊張的情緒正漸漸地湧上心頭。已經有一些日子沒見面了，她真的好緊張。

看見徐語安一下在整理頭髮，一下又拉了拉衣角，不然就是在摸自己的臉頰像是在確認妝容一樣，梁嘉辰不禁莞爾，問：「語安，妳現在是在緊張嗎？」

「嗯。」她點點頭，壓著左胸口，可以感覺到心臟正在劇烈地跳動著，「怎麼辦？我現在好緊張喔。」

「有什麼好緊張的？只是懇親會而已，又不是要去相親。再說，現在最緊張的應該是宥程吧，他現在一定在緊張不知道我們什麼時候會到。」

「那怎麼行啊？我們得快點才行，不能讓宥程緊張。」她一聽，更是加快了腳步，漸漸拉開了和梁嘉辰之間的距離。

她快步走向前，就像是快要跑起來一樣，他不禁無奈一笑，隨後跟上了她的腳步。

「語安，妳去登記叫宥程吧。」梁嘉辰指著前方正在排隊登記叫人的隊伍。

「咦？這種時候不是應該讓哥哥去叫才對嗎？」她說，再怎麼說梁嘉辰才是家人。

「唉，這妳就不懂了。」梁嘉辰擺擺手，「妳不知道對當兵的男人來說，女朋友是一個多麼偉大的存在嗎？拜託，有再多的哥哥都比不過一個女朋友。」

雖然他很想看見梁宥程滿心期待之後的失落表情，他想那一定會很有趣。不過，今天是這麼難得的重要日子，他們有一段時間沒有見面了，而且梁宥程又辛苦受訓了這麼久，他這個做哥哥的還是不要鬧弟弟好了。

徐語安在登記處做好了登記之後，便離開隊伍在一旁等待著梁宥程出來。

不知道他待會出來會是什麼樣子的表情？而她自己待會看見他又會是什麼樣子的表情？

她緊張的拍了拍臉頰，然後輕吁了一口氣。就在此時，一道熟悉的身影自樓梯口跑了出來。

梁宥程快速進入了她的視線當中，但卻在他們四目交會的時候突然在樓梯口停下了腳步。

周遭的喧鬧聲在這一刻彷彿沉澱了下來，她聽不見來自外頭的聲音，耳邊迴盪著只剩下自己震耳的心跳聲。

要不是心跳仍在強烈地跳動著，不然她一定會認為是時間暫停了。

燦爛的笑容隨後在他的臉上綻開，她的世界彷彿在這一刻再次流轉了起來。

「語安！」他開心大喊，聲音在空氣中清晰地迴盪著。直到此時，她才終於恍然回過神，不禁揚起了笑，此刻不只是感到開心，更是有一種鬆了一口氣的感覺。

終於能見到了讓她每天思念的他了。將近兩個星期的時間沒有見面，他感覺變得更瘦了，也曬得更黑了，臉上的青澀似乎也跟著褪去了不少，不過看起來很有精神，臉上的笑容依然燦爛陽光，這讓她總算是能放心了。

接著，他邁開步伐朝她奔來，臉上始終掛著燦爛的笑容。這一刻他不知道等了多久，每天都只能透過電話聯繫，只能聽到她的聲音，他真的好想語安。

眼看他距離徐語安只剩下幾步的距離，一道身影忽然竄到了他的面前，瞬間擋住了她莞爾的模樣。

「哎呀，好久不見了啊，我可愛的弟弟。」梁嘉辰替徐語安接住了梁宥程充滿思念之情的擁抱，還故作欣慰的拍了拍梁宥程的後背，「跑得這麼快，沒想到你竟然會這麼想哥哥。」

「誰想你了啊？走開啦！」想像中的浪漫重逢被打斷，梁宥程頓時氣得哇哇大叫，立刻推開他。

「什麼走開？你剛才不是很興奮跑過來，而且還張開手要抱我嗎？」

「我是要抱語安！」

看著眼前這對兄弟吵吵鬧鬧的模樣，徐語安愣了一下，隨後忍不住笑了出聲，雖然再次見面的日子沒有原本預期的浪漫動人，不過這樣溫馨的發展似乎也不錯。

怎麼辦？大概是因為太久沒有見面了，她現在就連看到梁宥程吃東西的模樣都覺得好滿足。

徐語安一臉欣慰看著正在吃早餐的梁宥程。

「我都不知道媽媽做的早餐竟然這麼好吃。」梁宥程咬著媽媽替他準備的總匯三明治，不知

道是因為太久沒吃到媽媽做的早餐，還是吃了太多不是人吃的食物，他現在真的覺得好感動，甚至覺得好吃得讓他想哭

「我懂我懂，我當兵的時候也覺得媽做的早餐根本就是人間美味，明明之前都還一直嫌吃膩了。」梁嘉辰笑著說，從袋子中拿出了冰奶茶，「慢慢吃，吃不夠的話這裡還有。」

「嗯。」梁宥程又咬了一口三明治，隨後察覺到了徐語安的視線，於是他把三明治湊近她，「語安，要吃嗎？很好吃喔。」

「不用，你吃就好。」她微笑搖頭，拿了一張面紙，替他擦去了不小心留在嘴角邊的番茄醬痕跡，「看到你吃飽我就很開心了。」

梁宥程在軍中的這段日子，她最擔心的就是他有沒有吃飽，雖然比起入伍之前是瘦了許多，不過看到他還這麼有精神她就放心了。

他一聽，頓時傻笑了起來，笑得好開心。

即便僅是眼神交會，但他們的目光當中充滿了對彼此的思念之情，而兩人的互動更是讓一旁的梁嘉辰看得頓時起了一身雞皮疙瘩。

可能是太久沒談戀愛了，又或者是因為他們之間的氣氛太過美好，這種情侶之間的熱切目光實在是讓他難以負擔。

他不自在地搓了搓手臂，總覺得明顯就是電燈泡的自己在這裡繼續待下去就顯得他太不會察言觀色了，於是他說了一聲要去廁所之後便離開了。

「太好了，他終於走了。」看到梁嘉辰終於離開，梁宥程開心地放下手中的三明治，向徐語

安坐近了一些，將頭輕輕靠在她的肩頭上，皺了皺眉，說：「他真的是很電燈泡耶。」

「不過也要謝謝你哥，今天是他載我來的，還好有他在，不然我一定找不到這裡的路。」她懂他的心情，不過今天也是因為梁嘉辰，她才能平安順利抵達這裡。

「也是啦。」

「對了，我有拍了很多花生的照片，你要不要看？」

「不要，我現在只想看妳。」他抬眸看她，笑瞇了眼。

說話怎麼又開始變得油腔滑調了？她無奈一笑，「你……」

看她這個表情，他知道她肯定又要質疑他是會油腔滑調的冒牌貨了，於是在她開口質疑之前，他率先替自己澄清，「啊，我是正版的！不是冒牌貨。」

說完，他還坐直身體，用力地拉了拉自己的臉頰，「妳看，這張臉是貨真價實的。」

她笑了起來，沒好氣的說：「我知道啦！你就別再捏了，臉上都沒肉了還捏？」

他放下雙手，臉頰上停留著泛紅的痕跡。兩人相視了一會兒，不約而同笑了出聲。

「語安，我每天都在想妳，只要覺得累或是被罵得很委屈的時候就會特別想妳。」他收起了過多的笑意，眼裡流轉的是更多的思念，「不過，我都告訴自己只要撐過這幾個月我就可以像以前一樣每天都見到妳了，妳一直都是我在這裡撐下去的力量。」

「我也是。」她輕聲說。

即便每天都會聽到他的聲音，但僅有聲音的傳遞還是無法完整把對他的思念表達出來。此刻，她覺得胸口滿滿的，感覺像是乘載了太多的情緒在其中，即使現在見了面也沒辦法做到真正的宣洩。

於是，所有的情緒變成了一句最深刻的想念。

「我也很想你。」看著他，她輕輕笑著說。

心湖不禁再次泛起了陣陣漣漪，梁宥程的左胸口傳來了一陣躁動，他害羞的低笑了起來。

也許是太久沒見面了，他看到她的笑容感覺特別緊張，特別讓他心動，彷彿又回到了一開始喜歡上她的時候，那種會讓人特別緊張害羞，甚至是不知所措的心動痕跡。

雖然分開了一些日子，不過卻也因為如此，再次相遇的此時讓他有一種再一次經歷初戀的感覺。

他知道無論在一起多久的時間，溫柔且深刻的心動痕跡一直都停留在他的心裡。

「為什麼花生不是在吃就是在睡啊？」

懇親會結束之後，梁宥程便跟著他們一起回家。回家的路上，他和徐語安坐在後座，看著徐語安替他拍來的花生的照片。

「那不就是牠的日常嗎？」梁嘉辰笑著說。

「這麼說也是喔。」梁宥程又滑了幾張照片，悄悄抬眸看向身旁的徐語安，感受到了他的視線，她隨後也跟著抬眸，和他的視線有了交會。

他不禁莞爾，接著湊近她，想要親她。

「啊，不可以！」她嚇得伸手擋在梁宥程的嘴前，緊張地看了正在開車的梁嘉辰一眼，小聲地說：「不行啦，你哥哥也在耶。」

梁宥程一臉落寞地斂下眼，表情看起來很失望很可憐，徐語安突然覺得自己好像變成了壞人一樣。於是，在回頭確定梁嘉辰的視線正專注在前方之後，她鼓起勇氣湊近梁宥程，輕輕地吻了他一下。

梁宥程又驚又喜地睜大了眼，落寞的神情一掃而空，驚訝的看著她。

「這樣可以了嗎？」她用嘴型無聲的問，覺得自己的整張臉都是燙的，然而卻換來他的搖頭。

什麼？她都已經鼓起勇氣了，他怎麼還不滿意啊？

下一秒，他突然吻住她。他的吻來得太突然，她根本沒有機會阻止他，只覺得這個吻似乎比以往都還要來得深刻。

忽然間，梁嘉辰輕咳了一聲，徐語安嚇得立刻拉開和梁宥程之間的距離，梁宥程愣了一下，隨後撇撇嘴，一臉哀怨看著出聲打擾他們的哥哥。

真是的，難道他就不能安靜好好開車嗎？

梁嘉辰瞥了後視鏡一眼，看見了梁宥程直盯著他的哀怨眼神，而一旁的徐語安則是一副做壞事被發現的模樣，整張臉都紅了起來。他清了清嗓，故作正經的說：「請坐在後方的乘客繫上安全帶，不然會害司機被罰錢。」

這種事情為什麼不在出發的時候提醒他們？幹麼為了這種小事打擾他們啊？

梁宥程不情願地繫上安全帶，隨後看見徐語安也正在繫安全帶，但不知道是太緊張還是怎樣，她一直無法將安全帶繫好，於是他伸手替她繫好了安全帶，喀嚓地一聲，安全帶一下子便固定好，不過他並沒有馬上放手，輕拉著她溫暖的手，緩緩抬起頭，不偏不倚和她的視線有了交會，她朝他微微一笑，小聲說了一句謝謝。

這瞬間，他忽然感覺到左胸口有一陣躁動傳來，他的眼中此時只剩下徐語安一個人，直到梁嘉辰的聲音再次傳來。

「請後方的乘客不要一直含情脈脈地看著對方，你們已經閃到後視鏡都在反光了，這樣會影響單身司機的開車情緒。」梁嘉辰哀怨的說，他看了後視鏡一眼，這次不再有任何哀怨或是不好意思的模樣出現，後視鏡中的兩人都紛紛笑了起來，笑得很開心。

唉，為什麼連繫個安全帶都可以搞得這麼浪漫？

聽著兩人的輕笑聲，梁嘉辰無奈的嘆了一口氣，突然覺得自己的存在有點多餘，而他們燦爛的幸福笑容又顯得自己的淒涼。

早知道就讓梁宥程自己搭車回家了。

《番外完》

情書，一份小心翼翼的溫柔

《情書忘了寄》這個故事的開始是在去年夏天的時候，然後在今年的春天寫下了句點，經歷了快要一年的時間，當我走過了春夏秋冬四個季節的同時，感覺也好像跟著語安和宥程的腳步一起經歷了從相識到後來的開花結果，但願故事的結尾也能讓大家感受到像春天一樣滿滿的溫暖。

我很喜歡關於情書的故事，當初就是因為對情書的憧憬，所以讓我想寫下一個關於情書的小說，於是宥程和語安的故事就這樣誕生了。

我一直覺得寫情書是很浪漫的事，對我來說，比起直接告白，乘載在情書上的心意感覺又多了一份小心翼翼的溫柔，尤其是在書寫時，反覆憶著那些心動痕跡，也會讓這份暗戀變得更加深刻，而且似乎也能讓告白有更完全的準備。只不過，青春中似乎或多或少都會有些不小心遺忘的時候，就像是故事中的宥程和語安一樣，一個忘了要將情書送出去，一個則是忘了要告白，雖然有時候並不是真的忘了，而是因為害怕而選擇假裝忘了而已。

如果勇氣能再多持續一秒鐘就好了。如果能再慢一秒鐘逃避就好了。或許多了那一秒鐘的勇氣，這份心意就能傳遞到對方手上了，但很多時候往往卻都是缺少了那一秒鐘的勇氣，又或者是缺少了一個像花生一樣可以助攻的角色，宥程有多少次的機會都是被他嫌棄當電燈泡的花生促成的啊。

儘管假裝遺忘不見得會是壞事，但常常卻成了留在青春中的遺憾，成了一個執著，就像是故事中語安對初戀的執著一樣，當年說不出口的告白成了她的遺憾。雖然語安很多時候真的是傻得可以，甚至傻到忘了自己，但換個角度想，對於好不容易開花結果的暗戀，這些執著和過於小心翼翼都不是沒有可能的吧。不過，在追求愛情的同時，也要記得保護自己。

最後，希望在讀完《情書忘了寄》之後都能感受到當中的溫暖，也謝謝每一位讀完這個故事的你們。

柚昕

國家圖書館出版品預行編目資料

情書忘了寄 / 柚昕著. -- 初版. -- 臺北市；商周，城邦文化出版；家庭傳媒城邦分公司發行, 民107.06
面 ； 公分. --（網路小說；279）

ISBN 978-986-477-477-7（平裝）

857.7　　107008708

情書忘了寄

作　　者／柚昕
企畫選書人／陳思帆
責任編輯／陳思帆

版　　權／翁靜如
行銷業務／李衍逸、黃崇華
總 編 輯／楊如玉
總 經 理／彭之琬
發 行 人／何飛鵬
法律顧問／元禾法律事務所　王子文律師
出　　版／商周出版
台北市中山區民生東路二段 141 號 9 樓
電話：(02) 2500-7008　傳眞：(02) 25007759
Blog：http://bwp25007008.pixnet.net/blog
Email：bwp.service@cite.com.tw
發　　行／英屬蓋曼群島商家庭傳媒股份有限公司城邦分公司
聯絡地址：台北市中山區民生東路二段 141 號 11 樓
書虫客服服務專線：(02) 25007718・(02) 25007719
24小時傳眞服務：(02) 25001990・(02) 25001991
服務時間：週一至週五09:30-12:00・13:30-17:00
郵撥帳號：19863813　戶名：書虫股份有限公司
讀者服務信箱 Email：service@readingclub.com.tw
城邦讀書花園網址：www.cite.com.tw
香港發行所／城邦（香港）出版集團有限公司
地址：香港灣仔駱克道 193 號東超商業中心 1 樓
Email：hkcite@biznetvigator.com
電話：(852)25086231　傳眞：(852) 25789337
馬新發行所／城邦（馬新）出版集團【Cité(M)Sdn. Bhd.】
41, Jalan Radin Anum, Bandar Baru Sri Petaling,
57000 Kuala Lumpur, Malaysia.
電話：(603) 90578822　傳眞：(603) 90576622

封面設計／黃聖文
版型設計／鍾瑩芳
排　　版／游淑萍
印　　刷／高典印刷有限公司
總 經 銷／聯合發行股份有限公司
電話：(02) 2917-802　傳眞：(02) 2911-0053

■ 2018 年（民 107）6月5日初版　　Printed in Taiwan

定價 / 260元

ISBN　978-986-477-477-7